DER SERBE

Von H.C. Scherf

Thriller

Bibliografische Information der Deutschen Nationalbibliothek:
Die Deutsche Nationalbibliothek verzeichnet diese Publikation in der
Deutschen Nationalbibliografie; detaillierte bibliografische Daten sind im
Internet über http://dnb.dnb.de abrufbar.

DER SERBE

Band 2 aus der Serie Spelzer/Hollmann

Aktives Mitglied im Selfpublisher-Verband e.V.

Covergestaltung: VercoDesign, Unna
Bilder von: Zelfit/hugofelix/Khunaspix (Clipdealer)

Herstellung und Verlag:
BoD – Books on Demand, Norderstedt

ISBN: 978- 3746055879

DER SERBE

Spelzer/Hollmann-Serie – Band 2

von H.C. Scherf

Ich habe so viele
Leichen seziert,
und niemals eine Seele
gefunden.

Rudolf Virchow

- Kapitel 1 -

Das Messer in der erhobenen Hand näherte sich unaufhaltsam, erzeugte einen bedrohlichen Schatten auf der schwach beleuchteten, feuchten Kellerwand. Der abbröckelnde Putz ließ diese Szene besonders schaurig erscheinen. Muffiger Geruch betäubte gleichzeitig die Sinne. Nichts konnte den Killer noch aufhalten, der sein Werk nun endgültig beenden wollte. Schlurfende Schritte erzeugten Gänsehaut, ließ den Körper des Opfers in Erwartung des tödlichen Stoßes erstarren. Das lange Messer drang in den Hals ein. Ein nervenzerfetzendes Knirschen entstand, als die Klinge die Nackenwirbel durchbohrte. Der Schmerz hielt nur kurz an, da die Nervenbahnen augenblicklich durchtrennt wurden.

Begleitet von einem Aufschrei schnellte Svens Oberkörper in die Höhe. Er stieß das Oberbett von sich, versuchte, sich zu orientieren. Der Schweißfilm, der sich auf seinem Körper gebildet hatte, durchnässte seinen Pyjama komplett, ließ ihn auf der Haut kleben. Karin schüttelte Sven. Ihre Hand glitt zärtlich über sein Gesicht.

»Es war nur ein Traum, Schatz. Beruhige dich wieder. Einfach nur ein böser Traum.«

Sven Spelzer atmete immer noch gehetzt, versuchte, sich in der scheinbar fremden Umgebung zu orientieren. Allmählich wurde er sich dessen bewusst, dass er wieder einmal von Erinnerungen heimgesucht wurde, die er so gerne endgültig vergessen machen wollte. Karin Hollmann hatte sich mittlerweile daran gewöhnt, dass Sven plötzlich mitten in der Nacht, von Träumen geplagt, hochschreckte. Nur zu gut wusste sie, was dieser Mann noch vor Monaten durchmachen musste. Der Fall des Isenburg-Killers steckte noch allen Ermittlern in den Knochen. Selbst Karins Geist verarbeitete ab und zu das Geschehen in wilden Traumbildern. Jedoch hatte sie nicht annähernd das durchstehen müssen wie Sven. Trotzdem wünschte sie sich nichts sehnlicher, als dass diese Bestie in der geschlossenen Psychiatrie verrotten möge.

»Habe ich dich wach gemacht, Liebes? Es tut mir leid, aber ...«

»Psssst, mach dir deshalb keine Sorgen, Svenni. War es derselbe Traum? Versuche, wieder einzuschlafen, morgen ist ein neuer Tag. Und denke daran, dass wir in wenigen Wochen den Urlaub in Thailand genießen können. Leg dich hin und entspann dich.«

»Du sagst das so. Wir haben sowieso schon sechs Uhr durch, da kann ich auch gleich aufstehen und das Frühstück machen. Der Termin bei Doktor Haller ist schon um neun. Du kannst noch etwas schlummern. Ich weck dich, wenn der Kaffee durch ist.«

Er küsste Karin auf die Stirn und zog ihr das Oberbett bis hoch zu den Schultern. Sie schloss die Augen und genoss die wenigen Minuten, die ihr noch blieben, bis Sven sie zum

Frühstück rief. Auch sie hatte heute einen schweren Tag mit drei Obduktionen, bei denen die Todesursache zweifelsohne festgestellt werden musste. Ihr Gutachten als Rechtsmedizinerin sollte in dem Fall einer verstorbenen, aber vermögenden Mittvierzigerin vor Gericht entscheiden, ob ein Verdächtiger des vorsätzlichen Mordes angeklagt werden sollte. Der Hausarzt hatte zwar den Totenschein mit der pauschalen Diagnose Herztod ausgestellt, der Amtsarzt im Krematorium äußerte daran jedoch berechtigte Zweifel. Die sich anschließenden Ermittlungen ergaben, dass kurz zuvor eine Lebensversicherung über fünfhunderttausend Euro abgeschlossen wurde. Eine verdächtige Einstichstelle im Lendenbereich nährte zusätzlich die Annahme, dass hier ein Außenstehender eventuell nachgeholfen haben könnte.

Als warme Lippen ihre Wange berührten, drehte sich Karin auf die Seite und schnurrte wie eine Katze. Sie umarmte den Mann, der sie vor gar nicht langer Zeit aus den Fängen eines Serienkillers gerissen hatte. Dass er dabei sein eigenes Leben fast verloren hätte, würde sie ihm niemals vergessen.

- Kapitel 2 -

»Bringt ihn rein!«

Kladicz wartete ruhig ab, bis seine beiden Bodyguards den schmächtigen Mann über den Boden gezogen und auf den Stuhl gepresst hatten. Nur einen Moment sah er in Augen, deren Pupillen wild umherirrten. Scheinbar unbeeindruckt wanderte Kladicz zum Sideboard, um sich in aller Seelenruhe einen Cognac einzugießen. Während er das Glas in Augenhöhe schwenkte und die Färbung des Getränks begutachtete, genoss er das ängstliche Wimmern seines Gastes. Ohne sich umzudrehen, forderte er seine Leute dazu auf, den Mann festzubinden.

»Nein, bitte nicht, ich habe doch alles gesagt, was ich weiß. Die Bullen haben mich wirklich laufen lassen. Kein Sterbenswort habe ich den Schweinen verraten. Ich schwöre es beim Leben meiner Mutter.«

»Du solltest dir gut überlegen, wen du für deine falschen Schwüre sterben lässt, du Furz. Deine verfickte Mutter ist schon fünf Jahre tot. Lass uns noch ein einziges Mal über deine Aussage reden, Renato. Ich tu mich schwer damit, dir abzunehmen, dass du standhaft geblieben bist. Wenn nicht diese verdammten Bullen am Container aufgetaucht wären und mir die zwanzig Kilo Crack beschlagnahmt hätten, säßen wir jetzt nicht hier und würden auch nicht über einen Verrat nachdenken. Ich könnte jetzt bei einer schönen Frau im Pool abhängen und mir die Eier kraulen lassen. Fredi, frag diesen Scheißer bitte noch ein letztes Mal, was er denen gesteckt hat.«

Mit schreckgeweiteten Augen sah Renato die Hünengestalt auf sich zukommen. Er zerrte verzweifelt an seinen Fesseln, die ihn brutal in der Position hielten. Das kurze Messer in Fredis Hand blitzte auf, bevor es sich nur Sekunden später in den Oberschenkel des Gefangenen bohrte. Kladicz zuckte mit keinem Muskel, als der Schrei durch das Haus hallte. Ein zynisches Grinsen umspielte seinen Mund. Genießerisch leerte er sein Glas und goss den verbliebenen, kleinen Rest in die Wunde. Wieder dieser Schrei.

»Diese Schmerzen haben gewisse Vorteile. Es wird neben dem Adrenalin auch viel Blut in den Schädel gepresst. Das bewirkt, dass der Bereich, in dem die Erinnerungen lagern, ordentlich befeuert wird. Den meisten Menschen fallen dann wieder Dinge ein, die sie schon längst vergessen glaubten. Du glaubst gar nicht, was wir damit schon alles erreicht haben. Stärkere Männer als du haben darum gebettelt, uns was erzählen zu dürfen. Fredi versteht sich darauf, dass der Blutverlust gering ist, der Schmerz aber umso größer. Dem macht es Spaß, die Befragung lange hinauszuzögern.

Nur mir, das will ich dir sagen, macht es keinen Spaß, lange warten zu müssen. Das macht mich zornig, sehr zornig. Du Judas hast mir schon jetzt auf das teure Parkett gepinkelt, das gefällt mir nicht. Mach jetzt endlich das verdammte Maul auf.«

Stumm gab er Fredi ein Zeichen, der die Klinge in Renatos Handrücken stieß. Ungläubig starrte der auf seine Hand. Bevor er wieder loskreischen konnte, verschloss Fredis Pranke Mund und Nase. Nur ein Gurgeln drang durch dessen Finger. Das Gesicht wechselte in ein ungesundes Blau. Einen Augenblick, bevor Renato das Atmen endgültig einstellte, zog Fredi die Hand zurück und bewegte die Klinge vor Renatos Gesicht. Noch während der nach Luft rang, stützte Fredi seine freie Hand auf die Wunde im Oberschenkel.

»Ich ... ich sage ja ... aufhören damit ... bitte.«

»Ich verstehe dich nur sehr undeutlich. Was hast du soeben gesagt? Willst du mir etwas mitteilen, du Zwerg?«

»Ja, ja ... ich habe diesem Bullen ... ich habe ihm den Tipp gegeben. Aber die haben mich gefoltert, Chef. Die haben mich unter Druck gesetzt. Das wird nie wieder passieren ... nie wieder. Ich verspreche das.«

»Hör mir zu, du Stück Dreck. Du scheinst nicht zu wissen, wie recht du mit deinem Versprechen hast. Ich werde dafür sorgen, dass du es auch einhalten wirst. Dein loses Maul hat mir viele, viele Tausend Euro gekostet. Außerdem hast du mich in der Szene zur Lachnummer gestempelt. Das schadet meinem Image. Du sollst allen anderen Pissern ein Beispiel dafür sein, was passiert, wenn man mich hintergeht. Schafft mir den Kerl endlich aus den Augen. Und bitte, seid besonders nett zu ihm!«

Renatos an sich schon mickrige Gestalt schrumpfte nochmal um einige Zentimeter. Er hing wie ein lebloser

Sack zwischen den beiden Kleiderschränken, die alle anfallende Drecksarbeiten für den Boss erledigten. Renatos Muskeln versagten nun endgültig den Dienst. Seine Stimme ließ nur noch ein klägliches Wimmern zu. Kladicz goss sich einen weiteren Cognac ein, trank ihn in einem Zug und legte den Bademantel ab. Er betrachtete seine Gespielin, die ihm über den Poolrand mit laszivem Lächeln entgegensah.

- Kapitel 3 -

Der Praxisraum von Doktor Haller besaß eine riesige Fensterfront, die den Blick auf einen Teil der Essener Innenstadt freigab. Hoch über den Kronen dreier Pappeln streckte sich die Silhouette des Rathauses in den trüben Himmel. Mit tief in den Taschen vergrabenen Händen stand Sven am Fenster und genoss das Prasseln des Platzregens gegen die Scheiben. Es hatte etwas Beruhigendes. Die Augenblicke des Runterkommens, der Ruhe, taten ihm gut; es waren die Momente, wenn die allgegenwärtige Gewalt einmal draußen bleiben musste. Das wusste auch Doktor Haller, der von Sven unbemerkt ins Zimmer getreten war und ihn beobachtete.

»Herrlich, nicht wahr, Herr Spelzer? Dieser Regen hat auch sein Gutes. Er vermittelt uns recht einfach, dass die Natur unsere Seele positiv ansprechen kann. Sie werden sehen, dass der Tropenregen, den Sie in wenigen Wochen erleben dürfen, einen Teil des Mülls, der sich in uns angesammelt hat, einfach wegspülen kann. Ich genieße das auch einmal im Jahr. Zur Regenzeit finden Sie mich im Südosten, im Golf von Siam. Dann erhole ich mich auf der Insel Koh Chang. Einfach göttlich, sage ich Ihnen.«

Sven mochte diesen Seelenklempner, der sich nun schon mehrere Monate darum bemühte, Svens innere Konflikte, seine Ängste herauszufiltern. Sie nahmen sich jedes einzelne Detail vor und analysierten die Ursachen. Obwohl ihn die Träume immer noch quälten, konnte er den Job wieder ohne Ängste ausüben. Der Aufenthalt in dunklen, engen Räumen bereitete ihm noch manchmal Probleme. Dann setzte das Zittern ein, die Angst, dass dieser wahnsinnige Pehling wieder Hand an ihn legen würde. Der bloße Gedanke, dass ihn jemand in seiner Beweglichkeit einschränken, ihn fesseln könnte, rief Aggressivität in ihm hervor. Doch das wollten Sie später gemeinsam angehen. Haller hatte da eigene Methoden.

Wie zu jedem Sitzungsbeginn kochte Haller ihnen einen Filterkaffee, dessen Zubereitung er schon fast zelebrierte. Der große Mann, der seine bereits angegrauten Haare im Nacken zum Zopf gebunden hatte, schwor auf die alte Methode, war ein bekennender Müllvermeider.

»Ist es wieder passiert?«

Sven überraschten solche Fragen nicht mehr, da er davon überzeugt war, dass Haller in seinen Gedanken wie in einem offenen Buch lesen konnte. Er drehte sich nicht einmal um.

»Heute Nacht, da kam er wieder in den Keller. Aber Sie hatten recht. Bevor er mich quälen konnte, bin ich aufgewacht. Das Unterbewusstsein scheint mich tatsächlich vor Schmerz zu bewahren. Aber es muss doch irgendwann einmal vorbei sein. Die Träume zerstören die Nachtruhe, ich finde nur schwer Erholung.«

»Geduld, Herr Spelzer, Sie müssen dem Verstand schon etwas Zeit geben. Sie sind schließlich nicht nur vom Fahrrad gestürzt. Bei Ihnen sind Teile des Gehirns an Grenzen gekommen, die bei den meisten Menschen irreparabel sind. Sie können von großem Glück reden, dass wir uns überhaupt darüber austauschen können. Sie besitzen eine enorme psychische Kraft, die Sie vor dem Schlimmsten bewahrt hat. Für mich ist das schon ein kleines Wunder. Sie nehmen nur Milch im Kaffee, wenn ich mich recht erinnere?«

Sven nickte, während er immer wieder auf seine Uhr blickte. Das war Haller nicht entgangen, der ihn unauffällig beobachtete. Er wusste um all die Veränderungen, die Sven nach seiner Gefangenschaft im Keller des Serienkillers Pehling heimsuchten. Dazu gehörte auch diese innere Unruhe, Spätfolge der Schlafstörungen und der damaligen Verabreichung eines undefinierbaren Drogencocktails. Doktor Haller wusste, dass noch eine lange Zeit der gemeinsamen Arbeit vor ihnen lag.

Eine Stunde lang quälte sich Sven Spelzer durch die Sitzung, die er zwar als notwendig erachtete, ihn aber immer wieder aus seiner Arbeit herausriss. Kriminalrat Fugger hatte auf diese Therapie beim Psychologen konsequent bestanden. Er wollte seinen besten Mann nicht zum Psychokrüppel verkommen lassen – so ähnlich jedenfalls hatte er sich ausgedrückt. Karin unterstützte ihn in dieser Ansicht und achtete darauf, dass Sven keine Sitzung schwänzte.

Sven fiel schon auf dem Flur die Unruhe auf. Kollegen und Kolleginnen aus anderen Dezernaten kamen ihm auf dem Flur entgegen, grüßten flüchtig und verschwanden hinter der Tür zum Besprechungsraum. Er glaubte sogar, Musik zu hören. Neugierig geworden steckte er den Kopf durch den Türspalt. Gesprächslärm, gemischt mit einem Helene Fischer-Song, schlug ihm entgegen. Mittendrin entdeckte er Hörster, dem ständig auf die Schulter geschlagen wurde. Plötzlich fiel es Sven wie Schuppen aus den Haaren, dass heute die interne Feier zur Beförderung von Hörster zum Kommissar anstand. Der tiefe Bass von Kriminalrat Fugger ließ Sven zurückschnellen.

»Gehen Sie ruhig rein, Spelzer. Sie dürfen heute auch mitmachen. Ihre Beförderung zum Hauptkommissar haben wir ja auch gebührend gefeiert. Ich finde, dass Hörster das wirklich verdient hat. Der war damals so unendlich glücklich darüber, dass er Sie aus der Hand dieses Verrückten befreien konnte. Gehen Sie rein und lassen Sie die bösen Buben da draußen einen Augenblick aus den Augen. Die Welt wird deshalb nicht gleich untergehen. Sie waren doch bei Doktor Haller, oder?«

Fuggers Blick war ernst geworden, als er mit seiner Begrüßung endete. Sven wusste, dass er immer bei Haller nachfragte, ob er denn auch brav erschienen war. Dieser Mann besaß ein Herz für seine Leute, das war Sven spätestens bei dem Fall des Isenburg-Killers klar geworden. Stumm nickte er und ließ sich von dem laufenden Fleischberg in den Raum drücken. Ohrenbetäubender Lärm begleitete Svens Gratulation an seinen Lebensretter. Sven sah sich im Raum um. Karin hatte in den letzten Tagen angedeutet, dass sie ebenfalls zu dieser Feier eingeladen war und gewillt war, hinzugehen. Er fand sie jedoch nicht. Die Kollegen ließen ihm keine Gelegenheit, sich darüber Gedanken zu machen, zumal sie beim Frühstück davon sprach, eine wichtige Obduktion durchführen zu müssen.

- Kapitel 4 -

Karin Hollmann betrachtete die Einstichstelle im Bereich neben der unteren Lendenwirbel durch eine Lupe. Für sie stand zweifelsohne fest, dass genau hier die Spritze angesetzt worden war, mit der die tödliche Menge an Insulin zugeführt wurde. Ein glücklicher Zufall, der dem Amtsarzt im Krematorium zu Hilfe kam, nachdem der Hausarzt bereits einen natürlichen Tod attestiert hatte. Einmal mehr bestätigte sich die Notwendigkeit, vor dem Verbrennungsprozess noch den Amtsarzt eine Leichenbeschauung vornehmen zu lassen. Zu oft übersahen ungeschulte Hausärzte wichtige Hinweise auf eine Gewalttat. Nun hieß es für das Morddezernat, zu ermitteln, wer für diese Tat verantwortlich war. Karins Gutachten für das spätere Gerichtsverfahren würde eindeutig sein. Sie zog das weiße Laken wieder über die weibliche Leiche.

»Eine schöne Frau, die viel zu früh starb. Ich werde das niemals verstehen können, wozu Menschen fähig sind, um ihre Geldgier zu befriedigen.«

Karins heutiger Praktikant, ein Medizinstudent, den sie vier Wochen an ihrer Seite haben würde, schob die Bahre wieder zurück in den Kühlschacht. Er zog den Mundschutz vom Gesicht und setzte sich gegenüber seiner Chefin, die ihre Ergebnisse in den Computer eingab. Karin ließ die Bemerkung unkommentiert, blickte aber erstaunt auf, als Kevin Holstein fortfuhr.

»Entschuldigen Sie, Frau Hollmann, wenn ich Sie das frage, aber es interessiert mich eben. Es hat sich ja herumgesprochen, dass Sie sich einige Tage in den Händen dieses Isenburg-Killers befunden haben.«

»Halt mal, einen Augenblick. Es hat sich wo herumgesprochen?«

»Nun ja, irgendwer hat das bei einem Studenten-Treffen am Tisch erzählt. Außerdem wurde dieser Fall im Hörsaal bei einer Psychologie-Lesung behandelt.«

»So so, dann werde ich jetzt schon zu Lebzeiten zu Studienzwecken missbraucht. Ganz toll. Was wollen Sie wissen? Sie möchten doch bestimmt was Interessantes zum Thema beitragen können, oder nicht? So aus erster Hand.«

Die Verlegenheit konnte Kevin nicht verbergen, sein hochroter Kopf verriet ihn.

»Ich ... ich hätte nur gerne gewusst, was das für ein Gefühl ist, wenn man weiß, dass dieser Täter sich nur wenige Schritte entfernt aufhält. Ich habe gehört, dass man ihm ein künstliches Knie verpasst hat. Der wird dann wohl bald wieder halbwegs normal laufen können. Ich werde verrückt, wenn ich darüber nachdenke, dass dieser Mörder jetzt auch noch eine Gesichts-OP auf Staatskosten erhalten soll. Die wollen ihm diese hässliche Narbe beseitigen, weil er sich von innen immer wieder auf die alte, vernarbte Wunde beißt. Soll er doch daran verrecken, dieses Biest.«

Karin sah ihren Praktikanten völlig konsterniert an. Sie hatte davon gehört, dass Pehling wegen des Knies unters Messer sollte, doch von der Gesichts-OP hatte sie keine Ahnung.

»Sie sind ja da besser im Thema als ich. Ich wusste lediglich, dass ihm ein Gelenk und eine neue Kniescheibe implantiert wurden. Die Bänder sind geflickt worden. Also, eines ist sicher, damit wird der keine Skiabfahrt mehr machen können. Man hatte im Stillen erhofft, dass er von nun an im Rollstuhl sitzen muss. Ich meine damit, die Kollegen, die ihn festnahmen. Sie sagen, dass man ihm auch noch das Gesicht verschönert hat? So eine Verschwendung. Ich fand, dass ihm diese fiese Narbe ausgezeichnet stand. Kann ja sein, dass die in der forensischen Psychiatrie Schönheitswettbewerbe veranstalten und den Dreckskerl dafür herrichten.«

»War das denn eindeutig, dass dieser Mistkerl nicht nach normalem Strafrecht verurteilt werden konnte? Die hätten sich im Knast bestimmt auf den Kindermörder gefreut.«

Auf Karins Stirn bildeten sich Falten, bevor sie sich zu Kevin vorbeugte.

»Dem wurde Schizophrenie unterstellt. Fertig. Sie müssen wissen, dass etwa ein Drittel der Menschen einmal im Leben psychisch krank werden. Wir haben allein in Deutschland etwa eine Million Schizophrene. Nur selten wird einer davon durch eine Tötungshandlung auffällig. Doch die wenigen bekannten Fälle erzeugen natürlich ein großes Medieninteresse. So entsteht schnell der Eindruck, dass diese Mörder fast alle in die Klapse kommen, wie es der Volksmund so schön bezeichnet.

Bedenken Sie aber auch, dass die Zeit darin oftmals doppelt so lang ist, als wenn man Straftäter ins Gefängnis stecken würde. Ganz so einfach ist der Maßregelvollzug, also die Forensik, nicht zu sehen. Hier müssen sich die Patienten tagtäglich mit ihrer Tat auseinandersetzen, anstatt nur die Haftstrafe abzusitzen.«

Fasziniert hatte Kevin gelauscht. Er verfolgte Karin Hollmann mit den Augen, die zum Nebentisch ging und sich das Smartphone ans Ohr hielt, das ungeduldig auf der Tischplatte rotierte.

»Tut mir leid Sven. Bestell Hörster meine besten Wünsche zur Beförderung. Ich konnte hier nicht weg. Da war dieser seltsame Fall dieser Frau auf meinem Tisch, die wir aus dem Krematorium erhielten. Es war Mord, definitiv. Da werdet ihr wohl wieder was zu tun bekommen.«

»Über Arbeit können wir uns nicht beschweren. Ich muss gleich zum Stadthafen. Ein Baggerschiff hatte einen Leichnam in der Schaufel. Allerdings hat der Greifer den mittendurch geschnitten, als er sich schloss. Jetzt suchen Taucher nach der unteren Hälfte des Toten. Die Einzelteile wirst du wohl im Laufe des Tages auf den Tisch bekommen. Ich hoffe, dass ich es heute Nachmittag auch zu dir schaffe. Was essen wir übrigens zu Abend?«

»Verdammt, was ist das denn für eine Frage? Du servierst mir Einzelteile einer Wasserleiche und fragst im gleichen Atemzug, was wir zum Abendbrot servieren? Du bist pervers!«

»Das sind die Folgen, wenn man sich als Mann mit einer Beschäftigten aus der Rechtsmedizin einlässt. Ich überlege ernsthaft, ob ich zum veganen Essen wechsel. Bei totem

Fleisch spüre ich in der letzten Zeit immer wieder gewisse Ablehnungen. Früher habe ich mein Steak immer medium rare gegessen, mittlerweile muss ich es well done haben. Schon der Fleischsaft erinnert mich an deinen Arbeitsplatz.«

»Bist du jetzt fertig mit deiner Frotzelei? Du bist ein scheinheiliger Bastard. Zur Strafe gibt es heute Abend Tatar mit Zwiebelringen. Das Fleisch besorge ich selbst, bin ja schließlich an der Quelle.«

»Oh Gott. Da behauptet die Frau doch glatt, dass ich der Perverse bin. Muss jetzt abbrechen, die Spurensicherung wartet auf mich. Bis nachher, Liebes.«

- Kapitel 5 -

Das Boot der Wasserschutzpolizei lag ruhig auf dem Wasser. Drei Beamte beobachteten aufmerksam die Wasseroberfläche, an der sich immer wieder die Luftblasen der eingesetzten Taucher ausbreiteten. Sven hatte den Kragen seines Parkas hochgestellt, um sich vor dem kalten, böigen Wind zu schützen. Nur die Leute der Spurensicherung liefen suchend durch die angrenzenden Gebüsche und Parkflächen. Sie hofften, Spuren zu finden, die Hinweise darauf lieferten, wie der Leichnam hierher transportiert worden war. Keine leichte Aufgabe, denn gerade hier befand sich eine Kaimauer, an der häufig Ladungen von den Schiffen gelöscht wurden. Unendlich viele Reifenspuren vermischten sich mit Müll und Fußabdrücken. Ruhnert, Chef der Spurensicherung, stand nachdenklich neben Sven und versuchte, mit dem Schirm den Nieselregen abzuhalten. Ein total beschissenes Wetter.

Noch immer spürte Sven der Anblick des Toten wie einen Klotz im Magen. Er würde sich nie an den Anblick von Wasserleichen gewöhnen können. Ihr Äußeres besaß etwas besonders Gruseliges, besonders dann, wenn sie schon einige Zeit im Wasser lagen. Das Wasser veränderte ihre Haut auf eine besondere Art und Weise. Eine bekannte Stimme holte ihn aus seinen unerfreulichen Gedanken.

»Hallo Sven, hallo Ruhnert. Habt ihr die andere Hälfte schon gefunden? Ich seh mir schonmal den Oberkörper an. Kann ich den Torso bewegen, oder müsst ihr noch dran?«

Ruhnert drehte sich um und beeilte sich, der lieben Kollegin Hollmann zur Hand gehen zu können. Die Plane nahm er in dem Augenblick hoch, als auch Sven eintraf. Der bemühte sich, den Blick von den menschlichen Überresten abzuwenden. Er beobachtete, wie sich Karin an dem männlichen Leichnam zu schaffen machte. Sein Magen drohte zu rebellieren.

»Ich würde auf drei bis vier Tage tippen. Die Hohlhand ist schon weiß, die Waschhaut beschränkt sich also nicht mehr nur auf die Fingerspitzen. Ich kann aber noch die Fingerabdrücke nehmen, eine Leichendaktyloskopie ist noch ohne großen Aufwand möglich. Vielleicht bekommen wir dadurch mehr über den Toten raus. Jetzt mal abgesehen von den hässlichen Wunden im Bauchbereich, die wohl die Baggerschaufel verursacht hat, finde ich es seltsam, dass der Tote im Gesichtsbereich diese Blässe aufweist.«

»Was ist denn daran so außergewöhnlich? Sind die nicht alle blass und blutleer?«

Sven hatte aufmerksam zugehört und schob sich wieder näher an den Ort des Geschehens heran.

»Ich kann deine Frage verstehen, wenn es sich um eine frische Wasserleiche handeln würde. Die ist in der Tat blass und hat eine schwache Ausbildung der Waschhaut, also diese runzelige Haut, wie du sie nach einem langen

Wannenbad an den Fingern erhältst. Jetzt muss man wissen, dass die Toten in der Regel kopfüber, senkrecht im stilleren Wasser treiben. Dabei sammelt sich das Blut durch die Schwerkraft im Kopfbereich. Diese Hypostase gibt uns einen ungefähren Aufschluss darüber, wie lange der Tote bereits im Wasser war. Dann entwickelt sich bei längerem Aufenthalt eine rote bis blauviolette Färbung, also diese Totenflecken. Bei besonders langer Verweildauer entsteht sogar ein Durchschlagen des Venennetzes an der Brusthaut. Hier finden wir jedoch totale Blutleere.«

»Was schließt du daraus?«

»Ich würde einmal sagen, dass hier nachgeholfen wurde und der Tote verkehrt herum im Wasser stand.«

»Betonfüße«, warf Ruhnert knurrend in die Runde.

»Genau, da tippe ich auch drauf. Deshalb hat die Baggerschaufel nur den Oberkörper gegriffen und abgetrennt. Den Rest werden die Taucher wohl am Boden des Kanals finden. Die Gewichte an den Füßen haben verschiedene Dinge bewirkt. Die Leiche konnte weder auftauchen, noch wegtreiben. Außerdem blieb sie zu unserem Glück davon verschont, von Schiffsschrauben zerrissen zu werden. Allerdings sind erhebliche Verletzungen am Körper zu erkennen, was bedeuten könnte, dass der Tote zuvor kräftig in die Mangel genommen wurde. Ob er schon vor dem Versenken tot war, wird die Obduktion ergeben. Seht, die Taucher haben da was gefunden.«

Alle versammelten sich an der Kaimauer. Sven, der neben Karin stand, versuchte, unauffällig nach ihrer Hand zu greifen. Ruhnert war das nicht entgangen. Ein Lächeln umspielte sein gutmütig wirkendes Gesicht. Ein Taucher rief nach einem Seil und verschwand damit wieder in der Tiefe des Hafenbeckens. Die Winde auf dem Polizeiboot quietschte dezent, als man den Rest des Opfers heraushiefte. Mittlerweile hatten sich mehrere Hafenarbeiter auf der gegenüberliegenden Kaimauer versammelt, die sich jedoch erschüttert abwendeten, als das ablaufende Wasser den Blick auf den Rumpf des Mannes freigab. Das Boot steuerte näher an die Hafenmauer heran und die Männer legten den Betonklotz ab, aus dem zwei Beine und das Becken herausragten.

»Treffer!«

Weiter äußerte sich Ruhnert nicht dazu, bevor er, begleitet von Karin, sich dem grausamen Fund näherte. Bis zu den Knien hatten die Täter ihr Opfer einbetoniert und im Hafenbecken versenkt. Die Trennung des Körpergewebes durch die Baggerschaufel war sauber vollzogen worden. Die Arbeit bestand jetzt darin, die Füße wieder von dem Beton zu befreien.

»Seht ihr? Das Blut ist komplett in die unteren Extremitäten gelaufen. Hier finden wir die erwarteten Totenflecken. Ich meine, sobald wir ihm die Kleidung entfernt haben. Na dann viel Spaß bei der Arbeit mit dem Presslufthammer, meine Herren. Den ersten Teil könnt ihr mir ja schon in die Rechtsmedizin bringen. Ich hätte heute sowieso nicht gewusst, was ich vor lauter Langeweile hätte tun sollen.«

»Wann kann ich die ersten Ergebnisse ...?«

»Langsam, langsam, junger Mann. Ich habe meinen Kunden noch nicht auf dem Tisch, da willst du schon erste Kontakte knüpfen. Such doch schonmal in deiner Verbrecherkartei. Ich möchte drauf wetten, dass du die Visage dort finden wirst. Das sieht mir nach einer Bestrafung nach

Mafiaart aus. Ich muss jetzt wieder zurück. Das Gutachten wartet. Wir sehen uns heute Abend? Bei mir oder bei dir?«

»Weder noch, meine liebe Frau Doktor. Wir sind doch heute zum Essen beim Griechen. Du erinnerst dich?«

»Okidoki, alles klar, Herr Kommissar ... oh, sorry, Herr Oberkommissar.«

- Kapitel 6 -

Der Polizeibeamte blickte gelangweilt den Flur entlang. Sein Gefangener war vor einer Viertelstunde aus der Physiotherapie zurück. Es rang Polizeimeister Engelhardt eine gewisse Bewunderung ab, mit welcher Energie dieser Gewaltverbrecher Pehling dafür trainierte, wieder sicher laufen zu können. Eine Knie-OP war ja schließlich kein Pappenstiel. Dazu kam, dass er kurz danach noch diese Gesichtsoperation hat über sich ergehen lassen müssen. Durch die große Glasscheibe verfolgte Engelhardt den großen Mann, dessen rechte Gesichtshälfte von einem breiten Verband verdeckt wurde. Immer wieder setzte er die Krücken auf den Boden und schob das verletzte Bein nach vorne. Sein Keuchen war bis auf den Flur zu hören. Dass sein Hemd hinten nicht gänzlich geschlossen war und sein Gesäß deutlich zu sehen war, störte den Gefangenen nicht. Er gab einfach nicht auf.

Jetzt, nach immerhin fast drei Wochen, war diese Bewachung des verurteilten Mörders schon Routine und trotz Wechsel mit den anderen Kollegen ziemlich langweilig. Engelhardt wusste um die schrecklichen Taten des Mannes, der auf ihn allerdings einen völlig normalen und entspannten

Eindruck machte. Immer, wenn er den Raum betrat oder er den Gefangenen zu einer Reha-Maßnahme begleiten musste, grüßte dieser freundlich. Es gab sogar Augenblicke, in denen sie Persönliches austauschten. Pehling hatte ihm noch gestern Tipps gegeben, wie er seine Terrassen-Platten langfristig von Moos und Schimmel befreien konnte.

Sie hatten, ungeachtet der Vorschriften, sogar schon in den Nachtstunden eine Partie Rummikub gespielt. Auf diese Art und Weise ließ sich dieser langweilige Job erträglicher gestalten. Seine Frau allerdings fand es gruselig, dass ausgerechnet er zu den Leuten zählte, die dieses Monster bewachen mussten. Zu viel hatte sie über die grausamen Taten des Killers gehört und gelesen. Engelhardt hatte dafür nur ein gnädiges Schmunzeln übrig. Was wussten die Medien schon? Sie lebten doch davon, alles aufzubauschen und Tatsachen zu verfälschen.

Erst kurz bevor das Abendbrot auf der Station ausgeteilt wurde, beendete Pehling seine Bemühungen und kroch zurück ins Bett. Geduldig wartete er darauf, dass ihm das vorbereitete Essen vorgesetzt wurde. Er genoss den Service, dass ihm alles mundgerecht serviert wurde. Niemand wollte riskieren, dass er mit scharfkantigem Besteck weiter Unheil anrichtete, bzw. einen Suizid versuchte. Engelhardt nahm der Schwester das Tablett ab und trug es an Pehlings Bett. Mit dem Glöffel rührte der in seiner Tomatencremesuppe, bevor er sie vorsichtig probierte. Polizeimeister Engelhardt setzte sich etwa einen Meter entfernt auf den Besucherstuhl und beobachtete seinen Gefangenen, während dieser sich bis zum Joghurt durchgearbeitet hatte. Mit der Serviette tupfte er sich den Mund sauber.

»Ihre Frau kocht bestimmt jeden Tag frisch und viel besser. Diesen Schlangenfraß würden Sie bestimmt nicht auf Dauer akzeptieren, oder irre ich mich da? Meine Mutter konnte überhaupt nicht kochen, die hatte kein Händchen dafür.

Was ich Sie übrigens schon lange fragen wollte, Herr Engelhardt. Machen Sie diesen Job eigentlich gerne? Ich meine jetzt nicht gerade dieses Bewachen eines Gefangenen, sondern den Polizeidienst im Ganzen. Klar, dass ich nicht gerade zu diesen Menschen gehöre, die euch allzu gerne sehen, aber dennoch bewundere ich die Männer und Frauen, die sich in den Dienst des Staates stellen. Und dann auch noch bei dieser miesen Bezahlung.«

Engelhardt nickte. Dieser Pehling hatte genau den wunden Punkt getroffen, der ihm schon lange wie ein Kloß im Magen saß. Sie mussten ständig ihren Arsch riskieren, wurden angespuckt und jeder Bankangestellte im vierten Berufsjahr verdiente mehr als er. Das war auf keinen Fall gerecht.

In letzter Sekunde konnte er die Suppentasse auffangen, die vom Tablett kippte. Dass der Teller und die Dessertschale auf dem Boden zerschellten, konnte er allerdings nicht mehr verhindern. Pehling krümmte sich zusammen, da der Schmerz aus dem Knie ihm den Atem nahm.

»Oh, entschuldigen Sie, das wollte ich nicht. Dieses verdammte Knie bringt mich noch um. Ich klingel nach der Schwester, lassen Sie das ruhig liegen. Da hat sich ja auch noch der Suppenrest auf dem Boden verteilt. Scheiße.«

»Kein Problem, ich heb das Porzellan auf und bring das Tablett raus. Die Schwester kann dann das Essen aufwi-

schen. Sie bleiben liegen. Die können Ihnen ja den Schmerz-
tropf wieder anschließen.«

Engelhardt nahm vorsichtig die Scherben auf, legte sie auf
das Tablett und verschwand nach draußen. Er stellte es auf
das Tischchen, das man ihm netterweise neben seinen Stuhl
platziert hatte. Als er durch die Scheibe nach seinem Gefangenen sah, war dieser schon eingeschlafen und lag ruhig in
seinem Bett. Engelhardt sah nicht den Glöffel, den Pehling
in der Hand unter der Bettdecke versteckt hielt.

- Kapitel 7 -

Selbst die Füße des Getöteten waren mittlerweile vom Beton befreit. Karin hatte ihre Arbeit am Torso beendet und wendete sich dem unteren Teil des Objektes zu, das irgendwann einmal einen kompletten Menschen ausmachte. Der Mann war lediglich bis unterhalb des Knies eingegossen worden, sodass Karin sofort die tiefe Wunde am Oberschenkel auffiel. Sie blickte kurz auf, als Sven den Raum betrat. Sofort winkte sie ihn heran.

»Du kommst gerade richtig. Siehst du hier den Einstich? Der Mann war mit Sicherheit gefesselt und hatte keine Möglichkeit, sich gegen die Verletzung zu wehren.«

»Woran erkennst du das denn?«

»Das ist ganz einfach, Sherlock. Der Einstichkanal ist absolut gerade, ohne Ausfransungen. Also hat keine Gegenwehr stattgefunden. Der Stich wurde gerade von oben nach unten ausgeführt, was die Vermutung zulässt, dass das Opfer saß und der Täter direkt links neben ihm stand. Der Stich kam von einem Rechtshänder mit einer kurzen, beidseitig schneidenden Klinge, die allerdings nicht sonderlich lang war. Die zweischneidigen Messer erkennt man daran, dass der Schnittkanal sich zum Ende an beiden Seiten verengt. Die Waffe war aber dennoch so lang, dass sie bis in den Oberschenkelknochen vordrang. Das bedeutete für diesen Mann hier kräftige Schmerzen. Zum Zeitpunkt dieser Verletzung lebte das Opfer noch. Wir können also davon ausgehen, dass er vor seinem Tod durch Ertrinken, noch gefoltert wurde. Ein weiterer Einstich in der Hand dürfte die Theorie noch untermauern.«

»Kannst du denn schon sagen, woran der Mann letztendlich starb?«

»Der ist definitiv ertrunken. Die haben ihn noch lebend ins Wasser geworfen, dabei nicht mal seine Hände gefesselt. Der wird da unten am Kanalgrund bestimmt noch zwischen drei und fünf Minuten mit dem Erstickungstod gerungen haben. Es kommt immer darauf an, wie viel Sauerstoffvorrat in seinem Organismus noch vorhanden war. Bestimmt kein schöner Tod, Sven. Das erkennen wir übrigens an dem Schaumpilz, der Lungenballonierung und dem wässrigen, dreischichtigen Mageninhalt. Wir sehen ...«

Sven drehte sich weg und fingerte nach seinem Taschentuch.

»Ist ja schon gut, Karin. Hör auf mit deinen Erklärungen, sonst kannst du gleich noch meinen Mageninhalt vom Boden wischen.«

»Gut, dass du davon sprichst. Klara hat uns gebeten, doch heute Abend zum Essen zu ihr zu kommen. Sie macht was Asiatisches, so quasi zur Einstimmung auf Thailand. Hast du Lust? Du weißt doch wohl noch, wer Klara ist, oder? Immerhin haben wir uns, seit sie die Kinder-Fotos analysiert hat, kaum bei ihr sehen lassen.«

»Ist ja gut, ist ja gut ... ich bekenne mich schuldig und beuge mich der Mehrheit. Ich werde einen passenden Wein besorgen. Ich hole dich dann ab zuhause. Doch zurück zum Opfer. Ich denke, du hast schon die DNA-Bestimmung in Auftrag gegeben. Das würde unsere Erkenntnisse wohl noch untermauern, dass wir es hier mit einem Schmalspurganoven zu tun haben, der vor etwa fünfundzwanzig Jahren aus Neapel eingewandert ist. Sein Name Renato Esposito, was so viel heißt, wie der Ausgesetzte. Na ja, dass sich das eines Tages mit seinem Tod derart verbinden würde, haben sich die Eltern damals wohl nicht träumen lassen.«

Trotz der beklemmenden Umgebung konnte sich Karin ein Grinsen nicht verkneifen.

»Du hast manchmal einen beeindruckenden und gewöhnungsbedürftigen Humor. Trotzdem mag ich den. Wir sollten es aber heute nicht allzu spät werden lassen. Ich hätte mal wieder Appetit auf einen netten Nachtisch.«

»Wenn ich einen gewöhnungsbedürftigen Humor besitze, glänzt du aber durch Frivolität. Ich weiß gar nicht, wie ich damit umgehen soll. Du machst mir jetzt Angst.«

Karin schob Sven weg vom Sezier-Tisch Richtung Ausgang.

»Da hättest du vorher besser recherchieren müssen, bevor du mich angebaggert hast. Ich war schon seit langer Zeit berüchtigt wegen meiner Zügellosigkeit. Nun ist es zu spät. Setz dich bitte da vorne auf die Bank und warte artig, mein kleiner Pfadfinder. Ich muss mich reinigen, bevor wir in die Kantine gehen. Gehen wir doch ... oder?

Du kannst da heute wählen zwischen Rührei, Spinat mit Püree, Salatplatte und einem panierten Schweineschnitzel mit Bratkartoffeln. Ich denke, dass du in Anbetracht des abendlichen Nachtisches das Rührei wählen solltest.«

Sven nickte stumm und checkte seine Nachrichten auf dem Smartphone.

Ohne Sven vorher zu fragen, hatte Karin einen großen Salatteller und das angekündigte Rührei von der Theke geholt. Sie erkannte schon beim Herannahen an seinem Gesicht, dass es nicht gerade seinen Vorlieben für ein gutes Essen entsprach.

»Mecker nicht rum. Richtig gegessen wird heute Abend. Außerdem benötigst du in deinem Job reichlich Vitamine und Gehirnnahrung. Guten Appetit. Was ist das, besser gesagt, was war das für Einer, dieser Ausgesetzte? Habt ihr was über den rausgefunden?«

»Der Computer spuckte schon nach Sekunden eine lange Liste aus. Für die Drogenfahndung kein Unbekannter. Habe mal mit denen gesprochen. Die sehen das ganz pragmatisch. Einer weniger, der unsere Jugend mit dem schleichenden Gift versorgen wird. Irgendwann, sagen die, erwischt es jeden, der sich in den Augen von Kladicz schuldig gemacht hat.«

Karin stockte einen Augenblick. Ihre Gabel schwebte über einem Stück Eisbergsalat.

»Kladicz, Kladicz ... das sagt mir doch was.«

»Das war der Unterweltboss, gegen den ich vor dem Fall Pehling ermittelt habe. Das hatten wir damals zurückgestellt. Alle Zeugen, die gegen ihn hätten aussagen können, verschwanden plötzlich oder starben eines natürlichen Todes. Auch diesen Esposito hatten die Fahnder aufgegriffen. Der hat ihnen nach einem Verhör den Ort für eine Drogenübergabe verraten. Die hätten den bestimmt noch zu einer Zeugenaussage gegen den Boss bewegen können, doch da kam bekanntermaßen etwas dazwischen. Dieser Kladicz hat seine Augen und Ohren überall. Man könnte vermuten, dass seine Fühler bis in Polizeikreise reichen. Fast jeder noch so überraschende Zugriff läuft ins Leere, Zeugen verschwinden einfach so von der Bildfläche. Das ist nicht normal. Als die Kollegen diesen Container filzten, den ihnen der Esposito genannt hatte, muss in deren Nachrichtenkette was schief gelaufen sein. Dafür, dass jemand gepennt hatte, musste der kleine Scheißer sein Leben lassen. Ich möchte aber auch nicht in der Haut desjenigen stecken, der gepennt hat.«

»Es gilt also als sicher, dass Kladicz dahinter steckt?«

»Sicher, was ist schon sicher? Alles deutet darauf hin, weil auch die Szene diese Meinung vertritt. Dem Kerl gehören mittlerweile jede Menge Sexshops, in denen er sein Geld waschen kann. Die Gelder aus der Zuhälterei und Drogenhandel werden blitzschnell sauber. Es wird sogar behauptet, dass er die Finger tief im internationalen Waffenhandel drin hat. Ist aber noch unbewiesen, so wie viele andere Verbrechen. Das ist einer der gefährlichsten Ganoven in Deutschland. Stammt aus Serbien und glänzt dadurch, dass er Angst und Schrecken verbreitet.«

Karin versuchte, sich ein Bild von einem solchen Menschen zu machen. Sie konnte es sich nicht erklären, warum sie genau in diesem Augenblick Kladicz mit Pehling verglich. Wer von beiden war gefährlicher? Sie konnte nicht ahnen, wie schnell sich diese Frage beantworten würde.

- Kapitel 8 -

Sven hatte sich direkt neben seinem Kollegen aus der Drogenfahndung am Kopf des Tisches platziert. Oberkommissar Peter Krüger leitete diese Abteilung schon lange und verfügte über eine immense Erfahrung. Wer ihn nicht näher kannte, hätte ihn für einen der vielen Späthippies halten können, die vermutlich mit der Harley sommertags über die Landstraßen tuckerten. Seine vollen, aber schon leicht ergrauten Haare fielen ihm über die Schulter und rahmten ein freundliches Gesicht ein, das auch heute noch viele Frauenherzen höher schlagen ließ. Sven wusste aber, dass Krüger in einer absolut glücklichen Beziehung mit einer Italienerin lebte und drei Kinder adoptiert hatte, die er sozusagen von der Straße gerettet hatte. Er war absolut sozial eingestellt, war allerdings bekannt für seine unnachgiebige Haltung gegenüber Dealern und den im Hintergrund agierenden Drogenbossen.

Die Runde, bestehend aus den Mitarbeitern von drei Dezernaten, hatte sich zur Aufgabe gemacht, diesen Kladicz endlich zur Strecke zu bringen. Die Dritten im Bunde waren aus der Sitte abgestellt worden, da Kladicz auch den Bereich des Handels mit Prostituierten zum größten Teil beherrschte. Ihm wurde Menschenhandel aus Asien und Afrika im großen Stil nachgesagt. Diesen Transportweg wollte man unbedingt aufdecken und austrocknen. Den Frauen, die häufig in Schiffscontainern verstaut, hoffnungsvoll in Europa ankamen, wurde unsägliches Leid in deutschen Freudenhäusern zugefügt. Ihnen blieb nichts, nur das nackte Leben und wenige Euro, von denen ihnen aber noch die Mietkosten abgezogen wurden. Ihr Körper wurde zur Ware degradiert. Wer nicht gehorchte, wurde auf brutalste Weise gefügig gemacht. Dazu gehörte neben der körperlichen Züchtigung, vor allem die Verabreichung von Drogen. In verschiedenen Teams wollten die versammelten Männer und Frauen dem Treiben ein Ende bereiten. Ein Unterfangen, das bisher stets im Sande verlief. Hinter vorgehaltener Hand sprach man von einem Maulwurf in den eigenen Reihen.

Krüger, in dessen Besprechungsraum das erste Treffen abgehalten wurde, eröffnete die Runde, indem er mit seinem Kugelschreiber gegen das Wasserglas klopfte. Allmählich verstummten die Gespräche.

»Liebe Kolleginnen und Kollegen. Zumindest für mich ist das heute ein großer Tag. Nachdem wir innerhalb unserer Abteilungen getrennt versuchten, diesem Kladicz das Handwerk zu legen, haben wir nun endlich die Genehmigung erhalten, das gemeinsam zu tun. Ich begrüße dazu auch die Kollegen aus der Sitte und vom Morddezernat. Leider musste jetzt auch diese Abteilung eingebunden werden, da sich auf dem Weg, den Kladicz geht, die Leichen stapeln. Sie werden bestimmt über den aktuellen Fund im Stadthafen gehört haben, zu dem uns Sven, ich meine den Kollegen, Oberkommissar Spelzer, später noch mehr mitteilen wird.

Mir persönlich bereitet derzeit die Tatsache einige Sorgen, dass Kladicz immer vorbereitet scheint, wenn wir eine Aktion gegen ihn planen. Ich besitze genug Fantasie, um zu vermuten, dass wir jemanden in unseren Reihen haben, der diesem Verbrecher Informationen zukommen lässt. Eine sehr traurige Tatsache, aber dennoch nicht ungewöhnlich. Dieses schmutzige Geld hinterlässt gerne mal Wirkung bei Menschen, die entweder den Luxus lieben oder sich in einem finanziellen Engpass befinden. Die Gründe sind vielfältig, können sogar bis zur Erpressung und massiver Bedrohung der Familien reichen. Wir tappen bisher noch im Dunkeln. Schon aus diesem Grund habe ich den Kreis derer relativ klein gehalten, die über geplante Aktionen informiert sein werden. Diejenigen sitzen heute hier am Tisch. Sie alle hier genießen das absolute Vertrauen ihrer Dezernatsleitungen. Kommende Aktionen werden nur in diesem Kreis besprochen und sehr kurzfristig umgesetzt. Wir werden darauf zu achten haben, dass die eingesetzten Kräfte über die jeweiligen Ziele des Einsatzes erst kurz vorher informiert werden. Damit können wir weitestgehend einen Verrat ausklammern.

Sollte dennoch etwas nach außen, also zu Kladicz gelangen, wissen Sie, liebe Kollegen, was das bedeutet. Doch lassen wir uns eine Strategie besprechen, damit dieses Geschwür endlich aus unserer Stadt herausgeschnitten werden kann. Ich schlage vor, dass uns Kollege Spelzer einen kurzen Überblick bezüglich der Leiche im Stadthafen liefert.«

Nachdem das Tischklopfen ein Ende fand, ergriff Sven das Wort.

»Den eindringlichen Worten und Appellen von Peter Krüger kann ich mich nur vollumfänglich anschließen. Ich denke, es ist für uns alle unerträglich, dass jemand aus unseren Reihen dieses Schwein unterstützt und abkassiert. Dass er dabei das Leben vieler Menschen gefährdet, dürfte ihm bewusst sein. Doch er oder sie darf nicht vergessen, dass auch sein eigenes Leben an einem seidenen Faden hängt, falls er für den Boss nicht mehr von Nutzen sein könnte, oder er mal als Gefährder eingestuft wird. Dann wird derjenige dort landen, wo wir gestern einen gewissen Renato Esposito gefunden haben. Peter kennt den Typen als Kleindealer und Wasserträger der Kladicz-Unterbosse. Er hatte während eines Verhörs einen Tipp gegeben, der unserer Drogenfahndung zumindest einen kleinen Teilerfolg bescherte. Aber immerhin etwa fünfhundert Kilo Crack haben den Endverbraucher nicht erreicht.«

»Wo war denn der Container abgestellt, als der Zugriff kam? Konnten denn auch Leute verhaftete werden?«

Kommissar Ludwig Tetzlaff, stellvertretender Leiter der Drogenfahndung, hatte sich eingeschaltet. Sven betrachtete den braungebrannten, kompakt gebauten Mann, der fragend auf seinen Chef sah. Schon mehrfach fuhr seine Hand über den altmodischen Igelschnitt, der ihm das Aussehen eines amerikanischen GIs verlieh.

»Entschuldige Ludwig, das konntest du ja noch nicht wissen. Da lagst du ja noch unter der Sonne Kalabriens. Wir haben den Container mit dem Crack in einer Spedition an der Grenze Herne und Herten gefunden. Das ist jedoch nur ein Umschlagplatz und die Betreiber konnten definitiv nichts vom Inhalt der Sendung wissen. Der Container kam von Kolumbien über Hamburg und sollte Ananas enthalten. Die meisten Früchte waren auch in Ordnung. Nur im hinteren Teil der Sendung hatte man darin Beutel mit dem Crack versteckt. Eigentlich sehr simpel, aber effektiv. Lieferadresse war ein Obstgroßhändler in Oberhausen. Der hätte jedoch den Stoff gar nicht erhalten, da die Typen das auf dem Speditionshof vorher rausholen wollten. Die müssen aber Lunte gerochen haben. Wir haben also nur den Stoff, doch keinen Kladicz. Schade.«

»Gut, Jürgen, zurück zum toten Esposito. Den haben wir stückweise aus dem Hafenbecken gefischt, nachdem ihn eine Baggerschaufel in Bauchhöhe zertrennt hatte. Er wies diverse Wunden auf, die ihm wahrscheinlich durch eine Folter zugefügt wurden. Sie führten nicht zum Tod. Er ertrank jämmerlich mit Beton an den Beinen. Wenn wir ihn nicht zufällig gefunden hätten, würden sich jetzt die Wasserratten um ihn kümmern. Einer mehr in der Liste der Kladicz-Opfer. Das sollte sich der Verräter immer vor Augen führen. So enden sie alle – irgendwann. Es kann in diesem verdammten Spiel nur einen Sieger geben, und der heißt Kladicz.«

»Danke Sven. Damit das Spiel nicht so ausgeht, wie du es prophezeit hast, sind wir hier zusammengekommen. Gibt es Vorschläge aus Ihren Reihen, bevor ich die Vorgaben der Führung darstelle?«

Die Diskussion brach los, die zum Ziel hatte, dem großen Drogenboss das Handwerk zu legen.

- Kapitel 9 -

»Es ist so weit, Pehling. Wir müssen los. Tut mir leid, aber ich muss Ihre Hände und Füße fesseln.«

Polizeimeister Engelhardt ließ die Handschellen vor Pehlings Gesicht hin und her schaukeln. Sein Kollege, der die beiden auf dem Transport zur Klinik, also in den Maßregelvollzug, begleiten sollte, baute sich hinter ihm auf. Pehling streckte seine Hände vor und lächelte. Sein Gesichtsverband war entfernt worden und es saß ein völlig neuer Mensch auf dem Bettrand. Nur schmale, rote Streifen erinnerten noch daran, dass dort operiert wurde. Nichts deutete noch darauf hin, dass an dieser Stelle einst eine hässliche Narbe das Gesicht verunstaltete. Ein männlich markantes Gesicht mit beeindruckenden Augen verschwand bald für immer hinter den hohen Mauern einer Forensik.

»Kein Problem, Engelhardt, Sie tun nur Ihre Pflicht. Nur bitte nicht so fest, ich hatte in den letzten Wochen schon genug Schmerzen.«

Noch ein letzter Blick durch das Zimmer, auf die in der Ecke abgestellten Krücken. Die waren nicht mehr nötig. Das Nachziehen des verletzten Beins war kaum noch feststellbar.

Engelhardt bückte sich, um die Fußfesseln zu schließen. Einige Schwestern der Station hatten sich auf dem Gang versammelt, um dem Gefangenen nachzublicken. Nicht alle waren von Erleichterung erfüllt, denn Pehling hatte vor allem bei dem weiblichen Personal einen tiefen Eindruck hinterlassen. Niemand konnte sich über fehlende Kooperation seinerseits beschweren. Für jede von ihnen hatte er stets ein nettes Wort gefunden. Den Grusel ob seiner Taten konnte er allerdings nie vollständig beseitigen. Bevor er sich zwischen den beiden Beamten Richtung Aufzug bewegte, winkte er den Schwestern freundlich zu.

Der VW-Bus hatte die Stadtgrenze längst hinter sich gelassen und befuhr die Autobahn einunddreißig, Richtung Norden. Engelhardt beobachtete still den ihm gegenübersitzenden Pehling, der die Augen geschlossen hielt. Sein immer noch durchtrainierter Körper bewegte sich im Rhythmus der Straßenunebenheiten, schaukelte hin und her. Der Polizeimeister hatte schon oft darüber sinniert, warum dieser Mann, der so ruhig und besonnen auftrat, dererlei grausame Taten begangen haben könnte. Hätte er nicht gewusst, wozu dieser Geist fähig war, wäre sicher eine bleibende Männerfreundschaft nicht unmöglich gewesen. Selten hatte er einen so ruhigen und friedfertigen Straftäter angetroffen. Er sah auf die Uhr und dachte darüber nach, dass er schätzungsweise um achtzehn Uhr wieder zuhause sein würde. Melanie, seine ältere Tochter hatte endlich ihre Immatrikulation zum Studium nach Berlin erhalten. Das würden sie gebührend mit einem feinen Essen feiern. Patentante Claudia kam ebenfalls. Sie war eine Frohnatur und würde einmal mehr eine neue männliche Eroberung der

Familie vorstellen. Sollte sie doch. Er gönnte ihr diese Abwechslungen, nachdem ihr erster Mann sie nach Strich und Faden betrogen hatte.

Engelhardt schreckte hoch aus seinen Gedanken, als Polizeiobermeister Staufer das Fahrzeug auf einen kleinen Parkplatz lenkte. Auch Pehling öffnete für einen Augenblick die Augen, um danach den Kopf sofort wieder auf die Brust sinken zu lassen. Staufer rief durch das Trenngitter.

»Muss mal eben pissen. Halt die Augen auf, bis ich wieder da bin. Mir fliegt gleich die Blase weg.«

Engelhardt winkte nur kurz ab und konzentrierte sich wieder auf das vermeintlich gute Essen. Es sollte eine Überraschung werden, von der nur seine Frau Erika wusste. Er hatte einen Tisch in einem feinen Restaurant bestellt. Teuer, aber nach Aussage seines Nachbarn sehr gut.

Er hatte keine Abwehrmöglichkeit, als sich der Glöffel in seinen Hals bohrte. Die Gabelseite drang tief ein und durchtrennte die Halsschlagader. Ströme von Blut pulsierten rhythmisch aus der Wunde. Engelhardt versuchte, zu schreien, auf sich aufmerksam zu machen. Während er die Hand auf die offene Wunde presste, fuhr der Glöffel ein weiteres Mal in seinen Kehlkopf. Ein Gurgeln begleitete den Fall auf den Wagenboden. Seine Augen starrten ungläubig in das Gesicht des Killers, das völlig teilnahmslos wirkte. Das Letzte, was der Polizeibeamte in seinem Leben noch wahrnahm, waren die suchenden Hände in den Taschen. Sie fanden schließlich die Schlüssel für die Hand- und Fußfesseln.

Staufer wischte sich die noch nassen Hände an der Uniformjacke ab und näherte sich pfeifend dem Transporter.

Schon oft hatte er verflucht, dass die Papierhandtücher auf öffentlichen Toiletten vergriffen waren. Er schwang sich hinter das Steuer. Sein Blick richtete sich nach hinten. Darin lag der Grund, dass er viel zu spät bemerkte, dass die Fahrertür aufgerissen wurde und ihm ein Fausthieb die Besinnung raubte. Er bekam schon nicht mehr mit, dass sich etwas Spitzes tief in seinen Hals bohrte. Pehling, der in der Zwischenzeit die Kleidung mit Engelhardt getauscht hatte, schob den zuckenden Körper des Beamten auf den Beifahrersitz, damit das herausquellende Blut nicht den Fahrersitz beschmutzen konnte. In aller Seelenruhe nahm Pehling die Zündschlüssel an sich und startete den Wagen. Niemand nahm bewusst Notiz davon, dass ein Polizeiwagen wieder auf die Autobahn einbog, diese aber an der nächsten Auffahrt wieder verließ.

»Wagen vierunddreißig, bitte melden. Wie ist Ihre Position? Hallo, Wagen vierunddreißig, melden Sie sich bitte!«

Der großgewachsene Polizist, der den Feldweg zum nächsten Bauernhof entlangschritt, konnte dieser Aufforderung schon nicht mehr nachkommen. Er hatte sich inzwischen mehrere Kilometer vom Wagen entfernt. Immer wieder zog er sich die Uniformärmel herunter, die ihm nur bis weit oberhalb der Handgelenke reichten. Ein bellender Hund kündigte der Bäuerin an, dass sich ein Fremder, ein Polizist ihrem Hof näherte.

Es wird doch wohl nichts mit Karl auf dem Feld passiert sein? Der fährt immer so wild.

Ängstlich trat sie vor die Tür.

- Kapitel 10 -

»Wie ist denn sowas möglich? Der wurde doch von zwei erfahrenen Polizisten bewacht. Habt ihr den Wagen schon geortet?«

Sven lief wie ein angeschossener Eber durch das Büro. Frau Krassnitz drehte sich neugierig auf ihrem Drehstuhl Richtung Spelzer. Ihr Gefühl sagte ihr, dass etwas besonders Schlimmes passiert sein musste, wenn sich ihr Chef derart echauffierte. Hoffentlich war nichts mit der Frau Doktor. Sie knetete ihre Hände und kam langsam näher. Sven sah sie kommen und stellte das Telefon auf Lautsprecher.

»Die Kollegen sind unterwegs. Die Fahrzeuge haben alle einen Peilsender, damit wir die Position bei Transporten immer orten können. Die drei haben einmal an einem Parkplatz kurz angehalten. Da wird wohl einer pinkeln gewesen sein. Danach sind die aber weitergefahren, ohne einen Zwischenfall gemeldet zu haben. Kurz vorher kam auch die normale Meldung vom Fahrer, dass alles in Ordnung wäre. Jetzt antwortet keiner mehr und die Karre steht irgendwo in der Nähe von Ochtrup. Verdammt, hoffentlich ist da nichts schiefgelaufen.«

»Schickt da sofort einen Suchtrupp hin. Der ist den Kollegen bestimmt entwischt. Oh Gott. Der geht nicht einfach so weg. Nicht dieser Pehling. Der hat die Kollegen beseitigt, da wette ich drauf. Also, Rettungswagen und Suchtrupps sofort abkommandieren. Sind das Landeskriminalamt und die Kollegen in Ochtrup schon informiert? Wenn nicht, sofort mobilisieren. Ich setze mich ins Auto und düse los. Sofort benachrichtigen, wenn ihr die exakte Position habt. Dann muss das Gebiet sofort weiträumig abgesperrt werden. Wenn der ein Auto ergattert hat, ist der schon über alle Berge. Die holländische Grenze ist ja nicht weit. Bis gleich, ich fahr los.«

Die Hände bebten, die Sven auf die Tischplatte gepresst hielt. Besorgt beobachtete ihn Krassnitz.

»Was ... was ist los, Chef? Sagen Sie nicht, dass dieser Pehling ...«

»Doch Krassnitz. Der ist wahrscheinlich geflitzt. Jetzt geht das ganze Theater wieder von vorne los. Verdammte Scheiße. Wie kann man aber auch so dämlich wie diese Beamte sein. Ich dachte wirklich, dass ich nun zur Ruhe komme. Ich muss Karin informieren.«

»Ich rufe an und stell rüber. Beruhigen Sie sich doch bitte. Noch steht ja nichts fest. Kann doch auch eine defekte Funkanlage sein.«

»Träumen Sie weiter. Das Schwein hat wieder zugeschlagen, da bin ich mir sicher. Mein Bauch ... Krassnitz. Wo bleibt Frau Hollmann?«

»Ja, ja, eine alte Frau ist schließlich kein D-Zug. Kleinen Moment noch.«

»Karin. Es ist was passiert. Rege dich bitte nicht auf.«

»Jetzt beruhige du dich erstmal wieder. Du hörst dich ja schlimm an. Hast du etwa mein Auto kaputtgefahren? Wenn du ...«

»Nein, dein Wagen steht doch im Klink-Parkhaus. Es ist dieser Pehling.«

Kein Laut vom anderen Ende der Leitung. Nur leises Atmen. Karin fand in diesem Augenblick keine passenden Worte. Ihr Sprachzentrum verweigerte den Dienst.

»Sage nicht, der ist ...«

»Doch, Karin. Der ist den beiden Beamten, die ihn in die Forensik nach Rheine überführen sollten, einfach entwischt. Die absolute Bestätigung steht noch aus, aber nachdem die sich nicht mehr über Funk melden, besteht für mich kein Zweifel daran. Warte mal einen Augenblick, bleib dran ... das Handy klingelt.«

»Spelzer, was gibt´s?«

»Die Kollegen sind jetzt vor Ort. Den Wagen haben sie gefunden. Aber auch die beiden Leichen. Ganz übel zugerichtet. Keine Spur von Pehling. Die haben nur mitgeteilt, dass er vermutlich in der Uniform des einen Kollegen getürmt ist. Die Gegend wird jetzt im Umkreis von zwanzig Kilometern gesperrt. Was sollen wir sonst noch tun?«

»Anruf bei den Sendern. Die sollen sofort eine Beschreibung des Killers bekommen und die Bevölkerung im Umkreis warnen. Ein Foto an die Zeitungen für die Morgenausgabe. Ich mach mich jetzt auf den Weg. Danke.«

Sven drückte das Gespräch weg und starrte aus dem Fenster. Erst Karins Rufen holte ihn wieder in die Gegenwart zurück.

»Ich habe mitgehört. Das ist ja schrecklich. Wieso willst gerade du dahin? Lass das die Sondereinheiten machen. Du kannst den doch nicht alleine suchen gehen. Ich will nicht, dass du dich wieder in Gefahr begibst. Das LKA ist zuständig. Du hast schon viel zu viel mit diesem Tier erlebt. Du kommst sofort zu mir und ...«

»Karin, lass es gut sein. Gib auf. Das ist jetzt wieder mein Fall. Keiner kennt den Mann so gut wie wir. Ich weiß, wie er denkt, was er eventuell als Nächstes tun könnte.«

»Genau deshalb solltest du dich von ihm fernhalten. Was er tun könnte, wird nicht gut für dich sein. Wir sind schon genug geschädigt. Du stehst das nicht nochmal durch, Liebling. Komm zu mir. Bitte. Deine Sturheit wird dich noch um den Verstand bringen. Die werden ihn schnell wieder einfangen ... und hoffentlich sofort erschießen.«

Den Nachsatz hatte sie leise angefügt. Sven tat, als hätte er es nicht gehört.

»Ich verspreche dir, dass ich vorsichtig sein werde. Aber einer muss den Einsatz dort leiten. Die eingesetzten Beamten müssen wissen, wozu der Gesuchte fähig ist. Ich halte mich im Hintergrund und koordiniere nur. Du wirst sehen, heute Abend beim Essen lachen wir darüber und das Schwein sitzt in seiner Gummizelle.«

»Ich möchte dir so gerne glauben. Doch ich weiß nicht so recht, wie ich es dir sagen soll. Aber diesmal habe ich ein schlechtes Gefühl im Magen. Du versprichst mir, dass du mich zwischendurch immer mal anrufst. Und was das Essen angeht, das werde ich auf einen anderen Tag legen lassen. Katja wird es verstehen. Sei bitte vorsichtig, ich habe Angst um dich.«

- Kapitel 11 -

Der Ort Ochtrup glich einem Hexenkessel. Die Kommando-
zentrale hatte sich im Feuerwehrhaus der Gemeinde einge-
richtet. Die Einsatzfahrzeuge der Suchtrupps vermischten
sich auf den Parkflächen mit den Autos der vielen Outletcen-
ter-Besucher. Polizisten versuchten die Fragen der Neugie-
rigen ausreichend zu beantworten, vermieden jedoch, Panik
zu verbreiten. Sven und Kommissar Hörster beugten sich
über die Straßenkarte, auf der die eingerichteten Kontroll-
punkte eingezeichnet waren. Mit kleinen Bausteinen
markierten sie die Bewegungen der Suchtrupps, die sich
sternförmig ausbreiteten. Immer wieder kamen Zustands-
meldungen der Truppführer herein, um die Zentrale auf den
neuesten Stand zu bringen.

Sofort nach Eintreffen der Meldung hatte sich Kriminalrat
Fugger mit dem LKA in Verbindung gesetzt und erreichen
können, dass erst einmal Spelzer die Erstmaßnahmen vor Ort
einleitete und überwachte. Das LKA wollte einen eigenen
Mann für die Fahndung schnellstmöglich abstellen.

»Haben die holländischen Kollegen sich schon gemeldet?
Es wäre gut, wenn die ihre Grenzen beobachten würden.

Wenn ich an Pehlings Stelle wäre, würde ich versuchen, ins Ausland zu flüchten. Viele wissen um die Probleme, wenn es um Koordination mit den Behörden untereinander geht. Aber die grüne Grenze bietet immer noch genug Möglichkeiten an. Welchen Fluchtweg würden Sie wählen, Hörster, wenn Sie an seiner Stelle wären?«

»Wie wir wissen, hat er sich der Polizeiuniform bemächtigt. Die wird er sich, zu Beginn zumindest, zunutze gemacht haben. Er dürfte damit Vertrauen bei der Bevölkerung erlangt haben. Da wir aber wissen, dass er damit geflohen ist, muss er sich schnellstmöglich ein neues Outfit besorgen. Das würde ich an seiner Stelle nicht unbedingt in einer Ortschaft suchen, sondern irgendwo in der Umgebung. In diesem Landstrich hat er die volle Auswahl. Bauernhöfe ohne Ende – bis nach Holland. Mein Vorschlag wäre, sämtliche Höfe in der Umgebung abzuklappern, um die Menschen zu warnen. Vielleicht hat er ja schon neue Klamotten und ein Fahrzeug gefunden. Dann können wir die Fahndung gezielter steuern.«

»Das deckt sich mit meinen Überlegungen, Hörster. Wir gehen jetzt die einzelnen Trupps durch und instruieren sie dahingehend. Sämtliche Höfe sollen durchkämmt werden. Sobald einer durchsucht wurde, Meldung an uns und Eintrag in die Karte. Das Netz muss dichter werden. Los, fangen wir damit an.«

Sven griff nach dem Telefon, zögerte jedoch. Er bekam die gemurmelten Worte seines Stellvertreters im Fortgehen noch mit.

»Hätte ich dem Dreckskerl doch bloß sofort in die Birne geschossen. Scheiße, Scheiße.«

Sven konnte dieses Denken gut nachvollziehen, denn der Tod zweier Kameraden zerrte schwer an den Nerven der Beamten. Es hatte zwei von ihnen getroffen. Diese Tatsache wurde nicht nur durch die Medien aufgegriffen. Nein, es lief wie ein Lauffeuer durch jede Polizeidienststelle des Landes. Jede Streife, jeder einzelne Beamte im Streifendienst hatte Pehlings Bild vor Augen. Er war Staatsfeind Nummer eins.

»Wo ist Oberkommissar Spelzer?«

Der Beamte der örtlichen Polizeibehörde rief die Frage in den Raum und wedelte mit dem Telefonhörer. Sofort eilte Sven in dessen Richtung, nahm ihm den Hörer aus der Hand.

»Spelzer, was gibt´s?«

»Polizeihauptmeister Ramses. Schlechte Nachrichten, Herr Oberkommissar. Wir befinden uns gerade im Bereich des Planquadrates C31, also südlich von Langenhorst, dicht bei der Kreuzung B54 und der K73. In der Nähe haben wir einen Bauernhof kontrolliert und zwei Leichen gefunden. Selbst der Hund musste sterben. Gruselig. Ich warte mit meinem Wagen an der Kreuzung auf Sie.«

»Bin schon auf dem Weg, Ramses. Danke.«

Es war augenblicklich still geworden im Raum. Jeder der Beamten sah fragend auf Sven, der ihnen einen kurzen Überblick über die neue Situation verschaffte. In jedem Gesicht war die Betroffenheit feststellbar.

»Hörster, Sie bleiben hier und koordinieren weiter die Einsätze. Wir wissen zumindest, wo sich Pehling hinbewegt hat. Ich informiere Sie, wenn ich klarere Ergebnisse habe. Es ist ja noch unklar, ob er jetzt ein Fahrzeug besitzt. Weitermachen, Leute!«

Ramses fuhr vor ihm her und bog schließlich in einen schmalen, von Feldern gesäumten Feldweg ein. Der Geruch von frischer Gülle drang durch die Lüftung in Svens Wagen. Der Trecker mit dem passenden Gülle-Anhänger parkte vor der Riesenscheune. Auf dem Hof musste Sven einem Tierkadaver ausweichen. Betroffen sah er auf den kräftig gebauten Hundemischling, dem der todbringende Spaten noch immer im Körper steckte. Was sich Pehling in den Weg stellte, wurde gnadenlos hingerichtet.

Etliche Polizisten durchsuchten mit vorgehaltener Waffe sorgfältig das weitläufige Gehöft mit seinen vielen Nebengebäuden. Vor dem Hauseingang hatte sich ein Beamter postiert, der die Neuankömmlinge mit verkniffener Miene grüßte.

»War niemand am Tatort. Habe keinen reingelassen, Herr Oberkommissar.«

Sven war nicht wohl dabei, als er in die Dämmerung des Flurs trat. Einige Türen führten in Küche, Hauswirtschaftsraum und ins Wohnzimmer. Der Geruch von Kohl schlug ihm entgegen. Im offenen Türbogen zum Wohnraum blieb er wie angewurzelt stehen. Sein Puls raste, als er die Szene betrachtete, die ihm ein Wahnsinniger hinterlassen hatte. Schon früher prahlte Pehling immer damit, dass er mit seinen Taten Kunstwerke schaffen würde. Nachdem er sich damals aus der anfangs termingesteuerten Mordserie in einen Mordrausch hineingesteigert hatte, zeigte er am heutigen Tag, dass er sich immer noch die Zeit nahm, ein Todesarrangement zu schaffen.

Das Schwein hatte das ältere Paar gefesselt, besser gesagt, aneinandergefesselt, und ihnen die Köpfe mit einer Sense abgetrennt. Das Mordwerkzeug lag nur wenige Meter entfernt auf dem Esstisch. Doch damit nicht genug. Makabererweise hatte er die abgetrennten Köpfe wieder aufgesetzt, allerdings vertauscht. Unter dem Kopf des Mannes befand sich nun der blutbesudelte Körper seiner vermutlichen Ehefrau. Das gleiche nebenan. Sven drehte sich der Magen um. Er musste sich abwenden. Welche Kreatur war zu solchen abartigen, menschenverachtenden Taten fähig? Eine Lawine des Hasses baute sich wellenartig in Sven auf. Die Fäuste schmerzten bereits, so fest hatte er sie zusammengeballt.

»Das war doch kein Mensch, oder?«

Die Stimme Ramses befreite Sven wieder aus seiner Starre. Er wusste nicht, was er dem Mann antworten sollte, der eine solche Szene bestimmt zum ersten Mal in seinem Leben sah. Das Gesicht Pehlings baute sich genau in diesem Augenblick vor seinem geistigen Auge auf. Ramses blickte irritiert auf den Oberkommissar, als dieser im Anschluss an einen lauten Fluch, die Worte in den Raum schrie.

»Ich kriege dich, du verdammtes Schwein. Du wirst dafür bezahlen!«

Bei der Durchsicht sämtlicher Stallungen entdeckten die Männer, tief in einem Ofenschacht versteckt, die verkohlten Überbleibsel einer Polizeiuniform, die nicht restlos verbrannt war. Für die Fahnder stand fest, dass Pehling sich im Kleiderschrank des Bauern bedient haben musste. Allerdings gab es keinerlei Hinweise darauf, mit welchem Outfit er jetzt unterwegs war. Bei der Befragung der Nachbarn wurde man wenigstens in einem wichtigen Punkt fündig.

Das ermordete Ehepaar besaß einen älteren Mercedes 123, Baujahr 1984, der jetzt nirgendwo auffindbar war. Sven veranlasste sofort eine Alarmfahndung für das gesamte Bundesgebiet.

Dem silbergrauen Passat mit Düsseldorfer Kennzeichen, der auf dem Hof einbog, folgten zwei VW-Busse, denen mehrere Personen entstiegen. Unschwer war an den weißen Überziehern zu erkennen, dass es sich dabei um die Spurensicherung des Landeskriminalamtes handelte. Durch das Fenster des Wohnhauses beobachtete Sven, dass sich die Fahrerin des Passats kurz mit dem Team besprach, bevor sie sich dem Haus zuwendete. Nur selten hatte Sven bisher Fälle bearbeitet, bei denen das LKA eingeschaltet worden war. Hier bekam er es zudem zum ersten Mal mit einer weiblichen Kollegin zu tun.

Nur einen Moment blieb die Beamtin vor dem Treppenaufgang stehen, um sich zu orientieren. Sie sprach einen Polizisten an, zeigte ihm den Dienstausweis und marschierte schnurstracks auf den Hauseingang zu. Ihr dunkelbraunes Haar hatte die großgewachsene, schlanke Kollegin zu einem Pferdeschwanz zusammengebunden. Sven musste zugeben, dass die enggeschnittene, braune Lederjacke hervorragend zur grauen Jeans passte. Die leicht erhöhten Absätze der Stiefeletten sorgten dafür, dass sie Svens Körpergröße beinahe erreichte. Er lehnte sich gegen die Fensterbank und beobachtete, wie sich die Kollegin im Raum umsah und gezielt auf ihn zusteuerte.

»Sie müssen Oberkommissar Spelzer sein. Habe ich recht? Mein Name ist Marianne Kirchner, Kriminalkommissarin vom LKA. Der Fall fällt in unseren Zuständigkeitsbereich und ist uns übertragen worden, Herr Kollege. Danke für die Einleitung der ersten Maßnahmen. Was genau haben wir bisher? Die Spusi wird sich hier auf dem Hof umsehen.«

Sven konnte es sich nicht erklären, was ihn an der Kollegin von Anfang an störte. Wahrscheinlich war es aber auch nur die Vorstellung, dass sich jetzt eine Abteilung weiter um den Fall kümmern sollte, die bisher keinen Bezug zum Täter, zu seinen schrecklichen Taten hatte. Für ihn war es ein Fall, der ihn persönlich betraf. Keiner kannte diesen Pehling so gut wie er. Doch wollte er ein Kompetenzgerangel auf jeden Fall vermeiden.

Marianne Kirchner hörte ihm aufmerksam zu, als er ihr die eingeleiteten Maßnahmen aufzählte. Mit gezielten Zwischenfragen erhielt sie ein klares Bild vom Geschehen.

»Ich habe davon gehört, dass Sie sich in der Hand des Täters befunden haben und nur in letzter Minute gerettet werden konnten. Ist das so korrekt? Sie sollten eigentlich gar nicht an den weiteren Ermittlungen beteiligt werden. Sie sind viel zu sehr persönlich betroffen.«

»Sind Sie hierher abkommandiert worden, um eine Psychoanalyse der Vorermittler vorzunehmen, oder war es die Absicht ihrer vorgesetzten Stelle, den Flüchtigen wieder dingfest zu machen? Im ersten Teil liegen Sie kräftig daneben, denn ich kann schon sehr gut differenzieren zwischen persönlicher Betroffenheit und dienstlichen Belangen. Machen Sie sich bitte keinen Kopf um meine Psyche. Dafür habe ich einen geschulten Therapeuten.«

»Hört, hört. Bin ich dem lieben Kollegen zu nahe getreten? Stehe ich gerade auf Ihrem Schlips? Das war wirklich nicht meine Absicht. Aber verstehen Sie mich auch etwas. Ich soll hier mit jemandem zusammenarbeiten, der verständlicherweise eine extreme Aversion gegen den Gesuchten hat und bei dem ich die Gefahr sehe, dass er sich davon in seinen Entscheidungen beeinflussen lassen könnte. Ich will hoffen, dass ich mich diesbezüglich irre. Ich muss den Gesuchten wie jeden anderen Täter einstufen. Das lässt subjektive Gefühle nicht zu.«

Sven konnte nicht glauben, in welche Richtung sich dieses Erstgespräch entwickelte. Ihm fiel es eh schwer, das Einschreiten übergeordneter Instanzen zu akzeptieren. Jetzt kam noch hinzu, dass er es mit einer Schlauschwätzerin zu tun bekam, die schon auf Grund ihres Alters über keine große Erfahrung verfügen konnte. Verzweifelt versuchte er, aus dieser unfruchtbaren Diskussion wieder zur sachlichen Ebene zurückzukehren.

»Liebe Kollegin Kirchner. Ich möchte keine Diskussion über meine Qualifikation, oder sogar der ihrigen lostreten. Sagen Sie mir einfach, wie ich Ihnen noch helfen kann, diesen Flüchtigen wieder einzufangen. Sollten Sie keine weiteren Fragen haben, würde ich mich dann gerne wieder den einfachen Aufgaben eines Oberkommissars der Essener Mordkommission zuwenden.«

»Gott nochmal, seid ihr alle empfindlich, wenn wir uns vom LKA einschalten müssen. Kein Mensch zweifelt daran, dass ihr eure Hausaufgaben richtig macht. Ich habe mich nicht um diesen Fall gerissen. Der wurde mir zugeteilt. Damit das zwischen uns klar ist. Im Augenblick will ich mir nur ein Bild von der Lage machen. Sollte ich noch Fragen an Sie haben, melde ich mich. Jetzt können Sie sich gerne wieder an Ihre Arbeit machen. Das hier erledige ich allein. Ich danke Ihnen für Ihre hilfreiche Kooperation.«

Kirchner drehte sich auf dem Absatz um und ließ Sven in einer dezenten Wolke eines herben Armani-Duftes zurück. Er zog die Schultern hoch und machte sich auf den Weg zum Wagen. Mehr durch Zufall nahm er das Klopfen am Seitenfenster seines bereits gestarteten Wagens wahr.

»Könnte ich noch die Mobilnummer von Ihnen haben ... ich meine, falls ich noch Fragen an Sie habe?«

So dicht neben ihm musste Sven anerkennend feststellen, dass dieses Gesicht etwas besaß, das trotz der zur Schau gestellten Kälte, anziehend auf Männer wirkte. Nachdenklich fuhr er auf die Autobahn auf und schob lächelnd das Bild Karins vor das der Kirchner.

- Kapitel 12 -

Milan Kladicz wusste genau, wie die Frauen reagierten, wenn sie das erste Mal nach ihrem tagelangen Transport im Schiffscontainer wieder das Tageslicht erblickten. Er ließ sie mit einem Lieferwagen in das alte Fabrikgebäude transportieren, das er am Rande von Essen-Katernberg speziell für diese Zwecke angemietet hatte. Dort konnten sie duschen und wurden mit einem besonderen Essen versorgt. Besonders war es deshalb, weil ihm eine gewisse Menge Drogen beigemischt war, die die neue Ware erst einmal ruhig stellen sollte. Die Möglichkeit, sich in den kleinen Wohnzellen ausschlafen zu können, nahmen die Mädchen gerne an. Am nächsten Morgen wollte man sich weiter um sie kümmern. Schon bei der Ankunft des Wagens überschlug der große Mann, der ganz in schwarzem Leder gekleidet im Hintergrund stand, den Wert der menschlichen Fuhre. Seine Helfer hatten genug Erfahrung, um die Mädchen sofort nach Qualität vorzusortieren. Nicht jede dieser Drecksweiber ließ sich in einem Bordell vergolden. Die eine oder andere konnte er aber an Leute verkaufen, die Mädels für die harten Sachen gebrauchen konnten. Er hatte reichlich Kontakte zu

Händlern, die in Rumänien ständig Nachschub für ihre Puffs brauchten, in denen Snuff-Filme gedreht wurden. Dass dabei bis zum Tode gefoltert wurde, bereitete Kladicz keinerlei Kopfzerbrechen. Irgendwann würden wir alle einmal sterben. Die Mädchen wären in ihrer Heimat sowieso irgendwann verhungert. Was soll´s also?

Ängstlich sahen sich die Mädchen in der bedrückend wirkenden Umgebung um und flüsterten leise miteinander. Die Meisten kauerten still auf ihren Stühlen und genossen die erste halbwegs richtige Mahlzeit nach Tagen. Das dazu gereichte Wasser hatte zwar einen leicht bitteren Beigeschmack, löschte aber den gröbsten Durst. Zwei von ihnen, deren Körper schon erkennbare Spuren des entbehrungsreichen Transportes aufwiesen, hatten sich etwas abgesondert und blickten teilnahmslos auf die herumlungernden Männer. Kladicz war das nicht entgangen.

»Fredi, schnapp dir die beiden Pissnelken da in der Ecke und sperr sie ins Rumänenzimmer. Vielleicht zahlen die Zigeuner was dafür. Das ist Ausschussware, da geht kein Freier freiwillig dran. Wir müssen mit dem Lieferanten sprechen, dafür bleche ich keinen müden Euro. Schaff mir die Drecksschlampen aus den Augen.«

Fredi folgte der Aufforderung seines Bosses, ohne jeden Skrupel. Als sich die kräftigen Hände in die Haare der Frauen krallten und sie hochzerrten, entfuhren ihnen die ersten Schreckensschreie. Das Interesse der anderen Frauen hielt sich in Grenzen. Die untergemischten Beruhigungsmittel zeigten schon erste Wirkung. Mit stumpfen Blicken verfolgten sie, wie der Hüne ihre Leidensgenossinnen an den Haaren gefasst über den Boden schliff. Niemand würde sie jemals vermissen. Darauf hatte man schon in den Heimatländern geachtet.

»Komm mal her, Fredi. Habt ihr die Listen für den Weitertransport? Da müsst ihr noch eine Kleinigkeit ändern. Für Bochum brauche ich eine dralle Braut. Da ist eine geflitzt. Bis wir die wieder eingefangen haben, muss Ersatz hin. Siehst du die Tussi da neben der schlanken Schwarzen? Die kommt nicht nach Oberhausen, sondern pack sie zu den Bochumer Weibern. Robert muss sich eben mit einer weniger begnügen. Nächste Woche kommt wieder ein Container aus Tanger. So, jetzt haben die genug gefressen, bring das Weibsvolk in die Transporter. Pennen können die dann nach dem Einreiten. Denk dran, dass die vernünftig abgeduscht werden!«

Fredi verzog das grobe Gesicht zu einem breiten Grinsen. Ihm bereitete es diebische Freude, die Schlampen in der ehemaligen Waschkaue mit dem Schlauch abzuspritzen. Das Schreien der Weiber machte ihn richtig geil. Eine von denen würde später noch ihren Arsch hinhalten müssen.

Alle fünfzehn Frauen versuchten ihre Blößen mit den Händen zu bedecken und sich vor dem harten Wasserstrahl zu schützen. Es schmerzte höllisch, wenn sie getroffen wurden.

»Manni, halt ordentlich drauf! Und vergiss nicht, auch hinter den Ohren zu waschen.«

Das Gegröle der zusehenden Männer übertönte das Kreischen der gepeinigten Frauen. Einige warfen sich weinend auf den Boden, wurden jedoch von der immensen Kraft des Wassers über die glatten Fliesen in die Ecken geschoben.

Das Spiel gefiel den Männern. Sie schlossen Wetten darauf ab, welche Schlampe am längsten stehenbleiben konnte. Sie würde als Belohnung vom Unterboss Fredi in die Mangel genommen. Er war bekannt für seinen übergroßen und ausdauernden Freudenspender. Der Lärm war ohrenbetäubend, als die Vorletzte hinschlug und eine dralle Brünette als Letzte in die Runde blickte. Das Wasser wurde abgestellt und die Wetteinsätze verteilt.

Fredi leckte sich genießerisch über die wulstigen Lippen, als er auf die Frau zuschlenderte. Er liebte es, mit kräftigen, ausdauernden Weibern zu vögeln. Letztendlich war es ihm völlig egal, aus welchem Land sie stammten. Er trieb es mit jeder Hautfarbe, vorausgesetzt, sie hielt seine etwas außergewöhnlichen Vorlieben eine halbe Stunde aus. Er legte seine Hände unter die beachtlichen Brüste und hob sie mit einem anerkennenden Pfeifen an. Die Hand, die ihn ohrfeigen wollte, fing er geschickt mit der Linken ab, während seine rechte Hand die Festigkeit des Hinterns prüfte. Nur einen kurzen Augenblick wirkte er irritiert, als er die Spucke seiner Gespielin in seinem Gesicht spürte. Sie krümmte sich mit einem wilden Aufschrei zusammen, als sich Fredis Faust tief in ihren Bauch drückte. Wieder schwoll das Gejohle der umstehenden Männer zu einem höllischen Inferno an. Wild riss Fredi den Kopf der Brünetten an den Haaren hoch. Sein vor Wut verzerrtes Gesicht erschien nur Zentimeter vor ihrem.

»Das mag ich. Du musst dich wehren, ja, du musst mich hassen. Ich werde dir zeigen, was wahre Liebe ist. Dein verfickter Körper wird sich danach sehnen, mehr von mir zu bekommen. Du bist genau richtig für Fredi.«

Kaum war der Riesenkerl mit seinem Opfer in den Tiefen des ehemaligen Fabrikgebäudes verschwunden, begann das Selektieren der anderen Mädchen. Sie erhielten einfache Einheitskleidung, bis sie in den Bordellen mit neuen Textilien ausgestattet wurden. Keine von ihnen konnte sich auch nur annähernd vorstellen, welches Martyrium dort auf sie wartete.

- Kapitel 13 -

Doktor Haller öffnete persönlich die Tür, als Sven die Treppe zur Praxis hinaufeilte. Die Besprechung im Präsidium hatte doch länger gedauert, als er sich das zuvor ausgemalt hatte. Kriminalrat Fugger meinte, dass sie besser in zwei Sokos arbeiten sollten. Sven sollte sich ganz auf diesen Kladicz konzentrieren können, damit ihm endlich die Handschellen angelegt werden konnten. Es wurde heiß über diese Variante diskutiert, was dazu führte, dass die Leitung der örtlichen Soko Pehling nun Kommissar Hörster übernahm. Er war allerdings nur zur Unterstützung der LKA-Beamtin abgestellt. Trotzdem sollte Sven als wichtiger Informant und Berater passiv daran teilnehmen. Ein Kompromiss, mit dem er schließlich leben konnte.

»Hatte schon gedacht, dass Sie unseren Termin vergessen haben. Schön, dass Sie doch noch kommen.«

Sven ließ die Begrüßung bis auf ein knappes Moin unkommentiert. Seine Gedanken kreisten immer noch um den Tatort, den er gestern vorgefunden hatte. Er konnte sich einfach nicht davon losreißen.

»Erzählen Sie, was ist Schlimmes passiert?«

»Wieso glauben Sie, dass etwas passiert sein sollte?«

»Herr Spelzer, ich bitte Sie. Wir sitzen uns jetzt schon so lange gegenüber, und Sie glauben, dass ich die Veränderungen an Ihnen nicht erkennen kann? Lassen Sie es einfach raus.«

Sven sah durch das große Fenster in den Himmel, der heute von trüben Wolken verhangen war. Wo sollte er anfangen? Schließlich schilderte er dem aufmerksam zuhörenden Haller sämtliche Vorkommnisse des Vortages. Nicht ein einziges Mal wurde er unterbrochen. Sven vermied es, zu erwähnen, wie ihn die LKA-Beamtin beeindruckt hatte. Als er endete, stand Haller auf.

»Sie wieder nur mit Zucker, ohne Milch?«

Ohne Svens Antwort abzuwarten, verschwand Haller in der kleinen Küche. Während Sven versuchte, seine Gedanken zu ordnen, war nur das Blubbern der Kaffeemaschine zu hören. Haller erschien, immer noch schweigend, mit zwei Tassen in der Hand.

»Möchten Sie ihn töten?«

»Wen töten?«

»Diesen Pehling. Schließlich hat er Ihnen genug Grund geliefert. Da haben wir die Folter an Ihnen selbst, an Frau Hollmann und jetzt diese widerwärtigen Massaker an den unschuldigen Menschen. Brauchen wir mehr Gründe, um Rache zu nehmen? Also, was ist nun? Möchten Sie ihn gerne umbringen?«

Sven lehnte sich in seinem Sessel zurück und stierte auf die winzig kleine Schaumkrone, die sich immer noch auf der Oberfläche seines Kaffees drehte. Plötzlich löste er sich davon und sah Haller gerade in die Augen.

»Ja ... ja, ich möchte ihn wirklich töten. Dieser Hund hat doch nichts Anderes verdient. Wenn ein Mensch einem anderen sowas antut, hat er doch das Recht auf Leben verwirkt, oder nicht? Wir müssen alle die Gesetze der Gemeinschaft befolgen, sonst entsteht doch pure Anarchie. Unsere Gesellschaft kann nur dann bestehen, wenn eine Ordnung beibehalten wird. Solche kranken Geister dürfen nicht unschuldige Menschen einfach so meucheln. Sie haben damit ihr Recht auf Leben endgültig verwirkt.«

Haller nahm einen Schluck und stellte die Tasse ruhig auf dem Tisch ab. Seine Augen ruhten weiter stumm auf Sven. Der hatte sich in Rage geredet und suchte weiter nach Gründen für seine radikale Ansicht.

»Wissen Sie, Doktor Haller, ich habe fast täglich mit Menschen zu tun, die sich abseits der Gesetze bewegen, ja, sogar Leben auslöschen. Das können Tötungsdelikte im Affekt, oder bei Raubüberfällen sein. Dabei sind auch Selbsttötungen. Das hat es immer schon gegeben, da kein Mensch perfekt ist. Wir haben alle unsere Fehler. Das Töten werde ich niemals gutheißen, dass wir uns da nicht falsch verstehen. Aber es macht für mich einen Unterschied, warum es jemand getan hat, und auch wie oft. Dann ist für uns auch entscheidend, ob es mit Vorsatz geschah. Dieses Schwein tötet mit Plan, tötet auf besonders perfide Art. Er verspürt eine perverse Freude an dem, was er da tut. Das ist es, was ihn von einem normalen Mörder unterscheidet.«

Regungslos war Haller diesem emotionalen Vortrag gefolgt. Nichts in seiner Miene drückte aus, wie er darüber dachte. Sven erschrak, als der Doktor scheinbar das Thema wechselte.

»Was haben Sie damals gedacht, als dieser betrunkene Autofahrer Ihren Neffen vor Ihrer Haustür überfuhr? Sie wollten doch an diesem Tag mit ihm zum Zoo fahren, wenn ich mich richtig erinnere. Ich weiß, dass Sie sich mitschuldig an dem Tod des fünfjährigen Jungen fühlten. Aber was haben Sie damals dem Autofahrer gegenüber empfunden? Haben Sie ihm nicht auch den Tod gewünscht? War er ebenso schuldig wie dieser Pehling?«

»Ja, dem habe ich sogar einen langsamen, schmerzhaften Tod gewünscht. Die Pest sollte ihn dahinraffen.«

Hallers Blick ruhte regungslos auf seinem Gegenüber, hoffend, dass der den Unterschied von allein bemerkte, auf den er ihn hinweisen wollte. Sven war in eine Starre verfallen, in seinem Inneren arbeitete es.

»Doktor ... das ... das ist etwas völlig anderes. Das war mein Neffe, mein Blut. Dieses versoffene Schwein hat meinen Neffen getötet ... einfach so.«

Immer noch schwieg Haller und beobachtete seinen Patienten aufmerksam.

»Herr Spelzer, nicht dass wir uns falsch verstehen. Ich kann ohne weiteres nachvollziehen, was Sie zum Zeitpunkt des Unfalls dachten, was Sie einfach empfinden mussten. Doch sind Sie sich auch dessen bewusst geworden, dass Ihr Ruf nach dem Tod als Vergeltung dann besonders stark wird, wenn Sie persönlich involviert sind? Es kann doch nicht sein, dass wir jedem Menschen, der unabsichtlich oder sogar mit Vorsatz tötete, sein Recht auf Weiterleben absprechen. Wir haben in unserer Gesellschaft richterliche Instanzen gegründet, die über das Strafmaß für Verbrecher ein Urteil fällen sollen. Die haben einen besonderen Abstand zur

Tat, und das ist gut so. Aber wir Laien sollten uns nicht das Recht anmaßen, über Leben und Tod zu entscheiden. In dem Augenblick machen wir uns gottgleich. Und schlimmer noch. Wir stellen uns auf die gleiche Stufe wie der Täter. Er hat nämlich genau das Gleiche für sich beansprucht.

Bitte lösen Sie sich von diesen Rachegedanken, damit Sie keine falschen Entscheidungen treffen, sollte dieser Pehling einmal vor Ihrer Waffe auftauchen. Sie würden möglicherweise an dieser Selbstjustiz für den Rest Ihres Lebens leiden. Mal ganz abgesehen davon, dass es gegen das Gesetz verstoßen würde. Denken Sie darüber nach. Dieser Pehling ist es nicht wert, dass Sie Ihr eigenes Leben zerstören. Hassen Sie ihn leidenschaftlich, das hilft schon, aber akzeptieren Sie endlich, dass Sie nicht sein Richter sein dürfen.«

»Mein Leben ist doch jetzt schon zerstört.«

»Wie meinen Sie das? Ich sehe einen Mann vor mir, der sich Ziele gesetzt hat. Eines davon ist die Verfolgung dieses Mörders. Sie wollen ihn unbedingt zur Strecke bringen. Gut so. Und nicht nur ihn. Sie haben sich zur Aufgabe gemacht, das Gesetz zu verteidigen, sich für die Menschen einzusetzen, die Schutz benötigen. Verdammt, ist das nicht genug für Sie? Erinnere ich mich richtig? War da nicht auch eine gewisse Karin Hollmann, bei der sich nur bei Nennung des Namens, Ihr Blick verklärt? Verdammt, nehmen Sie diese Dinge an, bewerten Sie die als Geschenke, die Ihnen das Leben auch für die Zukunft liefert. Das Glück besitzt nicht jeder. Was Ihre wiederkehrenden Träume betrifft, kann ich Ihnen fast versichern, das bekommen wir gemeinsam in den Griff. Aus der Erfahrung heraus werden Ihre Träume zwar nicht für immer verschwinden, aber sie werden seltener.«

Wieder verfolgten Svens Augen den Streit zweier Krähen in der Luft. Er ließ den Appell des Seelenklempners sacken. Seine Gedanken kreisten schon wieder um Kladicz, dessen Aktivitäten sie endgültig einschränken wollten.

»So, Herr Spelzer, unsere Zeit ist für heute um. Da wartet ein weiterer Patient auf mich. Bestellen Sie der lieben Kollegin Hollmann einen netten Gruß von mir. Ich hoffe, dass ich sie einmal kennenlernen darf.«

- Kapitel 14 -

Melanie Kartum zog anerkennend eine Augenbraue hoch, als sie den großgewachsenen, blonden Mann aus dem Mercedes steigen sah, der typmäßig absolut nicht zu ihm passte. In diesen älteren Modellen entdeckte sie in der Regel nur die väterlichen, biederen Männer. Auch die Kleidung fand sie altbacken. Der Mann selbst entsprach schon den Vorstellungen, was sie als attraktiv erachtete. Sie hatte einen Moment den Lederlappen gestoppt, mit dem sie das Küchenfenster trockengewischt hatte. Wann kam auch schon jemand zu ihr? Seit Fred sie mit dem kleinen Raffael allein zurückgelassen hatte, war es um sie herum sehr ruhig geworden. Alle Freunde verurteilten, dass er sie wegen der jüngeren Schlampe verließ, doch nur wenige von ihnen standen ihr danach wirklich zur Seite. Auf Stephanie konnte sie sich noch als Einzige verlassen. Ihre Freundin wusste, was es bedeutete, wenn man plötzlich allein dastand.

Neugierig verfolgte sie den Besucher mit ihren Blicken, wunderte sich dennoch, als es bei ihr klingelte. Was konnte dieser Typ wohl von ihr wollen? Sie wischte die feuchten Hände an ihrer Schürze ab und eilte zur Wohnungstür. Er war noch größer, noch stattlicher, als sie es beim ersten Blick vermutet hatte. Er überragte sie um fast einen Kopf, als er endlich vor ihr stand. Diese Augen. Zwei wasserblaue Augen, mit der Farbe eines arktischen Eisberges blickten ihr freundlich entgegen. Das Lächeln nahm ihr jede Skepsis, die sie normalerweise gegenüber Fremden hegte. Sie wirkte völlig entspannt, als sie die Tür weiter öffnete.

»Kann ich etwas für Sie tun? Suchen Sie jemanden?«

Melanie schmolz förmlich dahin, als ihr eine ungemein sanfte Stimme antwortete.

»Es tut mir sehr leid, wenn ich Sie bei Ihrer Arbeit aufhalten sollte, aber ich suche wirklich etwas. Kurz vor der Stadtgrenze sagte mir meine Anzeige im Auto, dass ich dringend das Kühlwasser auffüllen müsste. Der Motor kann sonst Schaden nehmen. Wären Sie so nett und ...?«

»Sagten Sie Stadtgrenze? Sie haben dieses Nest hier tatsächlich als Stadt bezeichnet? Wow. Sie sind fremd in dieser Gegend, oder?«

»Das bin ich in der Tat. Komme eigentlich aus dem Hunsrück und bin mit dem Wagen eines Bekannten unterwegs. Dem werde ich nachher die Meinung geigen. Der hätte mich ruhig vorher warnen können, dass die Karre Wasser verliert.«

Melanie lachte und bat den großen Mann herein. Pehling erfasste mit einem Blick, dass er einen Singlehaushalt vorfand. An der Garderobe kein Kleidungsstück, das einem Mann zugeordnet werden konnte. Nicht unbedingt, was er suchte. Dennoch nahm er die freundliche Einladung der jungen Frau an, die jetzt eilig ihr Kopftuch abnahm, das sie sich um die Haare gewickelt hatte. Sie schüttelte ihre Frisur aus und fuhr mit den Händen hindurch. Die Verlegenheit konnte sie nicht verbergen.

»Gott, wie muss ich aussehen? Habe heute keinen Besuch erwartet. Bin mitten in der Hausarbeit.«

»Das ist doch überhaupt kein Problem. Sie müssen sich hinter den Pseudoschönheiten nicht verstecken. Ich halte Sie auch wirklich nicht auf? Geben Sie mir einfach einen Eimer Wasser und ich verschwinde wieder im Handumdrehen.«

Fast ein wenig zu schnell kam die Erwiderung von ihr.

»Jetzt wollen Sie mich aber hochnehmen, oder. Ich muss doch schrecklich aussehen.«

Aufgeregt fuhr sie sich ein weiteres Mal mit einer Hand durch die Haare und versuchte, ihre Frisur zu richten.

»Sie halten mich wirklich nicht auf. Ich wollte sowieso eine kleine Pause einschieben. Darf ich Ihnen auch einen Kaffee zubereiten, Herr ...? Wie heißen Sie eigentlich? Mein Name ist Melanie, Melanie Kartum.«

Pehling hatte sich zwischenzeitlich in die Diele geschoben, sein Blick erkundete jedes Detail in der Wohnung. Langsam folgte er Melanie in die Küche, wo immer noch der Fensterflügel weit aufstand, an dem sie zuvor gearbeitet hatte.

»Ich habe Sie doch gestört. Jetzt trocknet das Wasser auf den Scheiben ein. Ich gehe doch besser wieder. Übrigens, ich heiße Ralf Krieger. Sagen Sie einfach Ralf zu mir, das tun alle.«

»Setzen Sie sich ... Ralf. Ich mache Kaffee und Sie erhalten noch einige Kekse dazu. Das Fenster hat jetzt so lange warten müssen, dem kommt es auf ein paar Minuten nicht an.«

Beide lachten. Pehling nahm an dem kleinen Küchentisch Platz, von dem aus er die Straße im Blick behalten konnte. Er musste damit rechnen, dass bereits nach dem Wagen gefahndet wurde. Er hatte zwar mittlerweile die Nummernschilder mit denen eines anderen Fahrzeugs getauscht, doch war es immerhin möglich, dass man jeden Mercedes dieser Typreihe unter die Lupe nahm und die Kennzeichen abglich. Aufmerksam beobachtete er die Gastgeberin, die sich bemühte, den angekündigten Kaffee zuzubereiten. Als sie nach den Tassen im Oberschrank suchte, glitt ihr Rock höher und Elmar Pehling konnte Melanies geradegewachsenen Beine bewundern.

Erleichtert stellte er fest, dass auch der Rest von ihr in keinem Punkt dem Aussehen seiner verstorbenen, verhassten Stiefschwester ähnelte. Dieses Wesen strahlte etwas Besonderes aus, das er an den meisten Frauen, denen er bisher begegnet war, so vermisste. Sie wirkte absolut natürlich und hatte eine überzeugend ehrliche Art, sich darzustellen. Es würde ihm zum ersten Mal Überwindung kosten, sie als Zeugin aus dem Weg zu räumen. Sie sollte jedoch einen gnädigen, schnellen Tod erfahren.

»Hoffentlich schockieren wir Ihren Mann nicht, wenn der gleich von der Arbeit nach Hause kommt. Es könnte ein seltsames Bild abgeben, wenn er einen Fremden hier in Ihrer Küche antrifft. Das möchte ich nicht.«

»Da machen Sie sich keine Gedanken. Der hat diese Sorgen jetzt bei seiner neuen Frau. Hier kann jeder gefahrlos sitzen. Ich tue niemandem was. Es ist auch mal ganz schön, andere Gesichter zu sehen, als die der Nachbarn. In diesem Nest wird schon der Einzug eines neuen Amselpärchens als

Sensation gefeiert. Sie sind bestimmt jetzt schon das Dorfgespräch Nummer eins. Als Sie die Dorfgrenze überfuhren, ist die stille Post gestartet worden. Sie würden es nicht glauben, wie viele Augenpaare derzeit dieses Haus beobachten. Man wird nur kurze Zeit darüber rätseln, in wessen Wohnung Sie eingekehrt sein könnten. Was soll's. Sollen die sich das Maul zerreißen. Mich stört das schon lange nicht mehr. Eines Tages werde ich hier verschwinden, diesem elenden Kaff den Stinkefinger zeigen. Aber das wird Sie sicher nicht interessieren. Erzählen Sie was von sich. Ich höre ja sonst hier in der Pampa nichts Neues.«

Pehling bedauerte diese Frau, die stark unter ihrer Einsamkeit litt. Er wusste nur zu gut, worüber sie sprach. Auch ihn hatten sie lange genug ausgegrenzt. Damit war jetzt endgültig Schluss. Das sollte ihnen heimgezahlt werden, diesen elenden Spießbürgern. Sie würden die Macht des Satans zu spüren bekommen. Alle, die sich ihm in den Weg stellten, sollten die Süße des Todes erfahren. Alle sprachen nur von Gott, der Güte seines Sohnes. Alles Fassade. Der einzig Anbetungswürdige hier auf Erden war der Herrscher der Finsternis. Er siegte immer. Keiner konnte ihm entgehen, mögen sie sich noch so an diesem allmächtigen Gott festhalten. Am Ende lachte er sie alle aus.

»Worüber denken Sie nach, Ralf? Sie sehen danach aus, als würden Sie sich über etwas Sorgen machen. Aber es geht mich auch nichts an, entschuldigen Sie bitte. Warum essen Sie keinen Keks? Habe ich selbst gebacken.«

Pehling schreckte hoch. Tatsächlich hatte er sich in seine Gedankenwelt zurückgezogen und abwesend gewirkt. Melanies Hand lag auf seiner und schüttelte sie. Sie erinnerte ihn daran, weshalb er überhaupt hier angeklingelt hatte. Er brauchte unbedingt neue Klamotten und nach Möglichkeit ein anderes Auto. Dass diese junge Frau abgeschieden und ohne Partner wohnte, war auf der einen Seite günstig. Keiner würde sie über einen längeren Zeitraum vermissen. Aber die Hoffnung schwand, dass er bei ihr neue Kleidung finden würde. Er musste die Sache nun zu Ende bringen, seine Flucht fortsetzen. Seine Häscher würden alles daran setzen, seiner habhaft zu werden. Schließlich hatte er zwei von ihnen getötet. Besser gesagt, er hatte sie erlöst.

»Darf ich Ihre Toilette benutzen, bevor ich mich wieder aufmache. Könnten Sie mir bitte das Wasser bereitstellen? Sie wissen ja ... der Kühler.«

»Sie wollen schon weiter? Oh, wie schade. Ich habe mich sehr darüber gefreut, wieder mal jemanden zum Quatschen bei mir gehabt zu haben. Gehen Sie nur bis zur letzten Tür, hinten links. Ich sorge für das Kühlwasser.«

Pehling ging den kurzen Flur entlang und verschwand im Bad. Er stützte die Hände auf die Kanten des Handwaschbeckens und betrachtete nachdenklich das Gesicht, das ihm immer noch fremd erschien. Zu sehr hatte er sich an diese schreckliche Narbe gewöhnt, die nun nur noch zu ahnen war. Die Ärzte hatten wirklich sehr gute Arbeit geleistet. Sein Blick wurde angezogen von der großen Schere, die seine Gastgeberin auf einem Beistelltisch abgelegt hatte. Daneben ein Stück Stoff, das die Motive einer Bärenhorde trug. Vom Wannenrand aus lachte ihn eine Plastikente an. Die Schere verschwand hinter dem Hosengürtel. Noch einmal traf sein Blick sein Abbild im Spiegelschrank, bevor er entschlossen die Toilettenspülung drückte und auf den Flur trat.

Seine Hand ruhte auf dem kalten Griff der Schere. Melanie hantierte in der Küche, was ihm die Klappergeräusche bestätigten. Da war aber ein neues Geräusch, das ihn stoppen ließ. Ein leises Summen schärfte seine Sinne. Es war nicht die Stimme dieser Frau. Da war er sich sicher. Vorsichtig näherte er sich der Küchentür und blieb wie angewachsen stehen.

»Ist er das, Mama? Boah, ist der riesig.«

Der Blick des Kleinen richtete sich wieder auf Pehling.

»Komm doch rein, ich bin Raffael.«

Der kleine Lockenkopf streckte dem Fremden keck die Hand entgegen. Pehling versuchte, die neue Situation zu erfassen. Er sah ungläubig von einem zum anderen. Stolz lächelnd beobachtete Melanie die Szene. Sie wusste, dass Raffael nie Probleme mit Fremden hatte und war gespannt, wie ihr Gast mit der neuen Situation umging. Erst als Pehling auf den Tisch zuging, fiel ihr auf, dass er leicht das Bein nachzog, schwieg jedoch dazu.

»Guten Tag Raffael. Ich bin Ralf. Deine Mama war so nett, mir bei einer kleinen Panne zu helfen. Du hast eine tolle Mama.«

»Da hast du aber Glück gehabt. Meine Mama kann alles wieder ganz machen. Ich bin erst fünf. Aber wenn ich größer bin, kann ich das auch. Ich werde bestimmt so groß wie du. Bleibst du jetzt ganz bei uns und wirst mein neuer Papa?«

»Raffael! Was soll das? Wieso fragst du das? Das ist sehr unhöflich.«

»Lassen Sie nur. Das ist überhaupt nicht schlimm. Kinder sprechen nur das aus, was sie im Augenblick denken. Hör zu, mein Kleiner. Ich bin davon überzeugt, dass du die beste

Mama der ganzen Welt hast, aber ich kann nicht dein Papa werden.«

»Warum denn nicht? Hast du eine eigene Familie mit ganz viel Kindern?«

»Nein, mein Freund, ich habe keine Kinder. Ich bin allein. Aber ich muss weiterreisen. Es wäre sicher schön, einen Sohn zu haben, der so aufgeweckt und nett ist wie du. Aber es geht im Leben leider nicht immer so, wie man es sich wünscht. Irgendwann wirst du einen tollen Papa bekommen. Das dauert nicht mehr lange, ihr zwei habt es verdient, glücklich zu sein. Hab Geduld, mein Kleiner. Bist du so nett, und hilfst mir draußen am Auto? Ich muss noch Wasser nachfüllen.«

»Au ja. Mama, darf ich?«

Pehling hatte wieder den Blick auf die Straße gerichtet. Er wollte Melanie nicht ansehen.

»Warum weinst du Mama? Hast du dir wehgetan?«

»Nein, mein Schatz. Mit mir ist alles in Ordnung. Geh nur raus und hilf dem Mann. Ich muss noch die Fenster zu Ende putzen. Aber ich begleite euch raus.«

Melanie beobachtete das ungleiche Paar, wie sie unter der Motorhaube werkelten. Das hätte der leibliche Vater niemals getan. Im Inneren verglich sie Fred mit diesem Fremden. Wieder spürte sie das Wasser in den Augen. Raffael streckte seinem neuen Freund die kleine Faust durch das offene Seitenfenster entgegen, die dieser lächelnd berührte. Er vermied es allerdings, noch ein letztes Mal zum Fenster hochzublicken, in dem die Umrisse einer traurigen Frau zu sehen waren. Nur der Arm, mit dem er winkte, war das Letzte, was sie von ihm zu sehen bekam. Raffael rannte zur

Haustür zurück. Als er durch die Wohnungstür lief, wedelte er aufgeregt mit der Lokalzeitung.

»Mama, Mama, guck mal hier. Ist das nicht Ralf?«

Der kleine Kerl legte die große Schere auf den Garderobenschrank, die er auf der Fußmatte gefunden hatte.

- Kapitel 15 -

Die MS Concordia, die unter der Flagge Panamas fuhr, lag bereits fertig zum Löschen der über einhundertzwanzig Container im RRT-Rhein-Ruhr-Terminal. Die Duisburger Kollegen der Drogenfahndung waren mit über zwanzig Mann als Verstärkung angerückt. Die Menschen in Duisburg-Neuenkamp waren den Anblick von Polizeifahrzeugen gewöhnt. Immer mal wieder wurden Schiffe, die im Parallelhafen anlegten, von Zoll und Drogenfahndung gefilzt. Heute sah man schon etwas genauer hin, da die Polizeiwagen in einem langen Konvoi anrückten.

Die Scheinwerfer der riesigen Containerstapler durchschnitten das Dunkel des Piers. Nur wenige Menschen bevölkerten den Platz vor dem Schiff, da die Löscharbeiten weitestgehend automatisch abliefen. Die Sondereinheiten der Polizei hatten das gesamte Gelände umstellt. Hundegebell übertönte die Arbeitsgeräusche und wenigen Befehle der Schiffsmannschaften. Die Laune der Einsatzkräfte war nicht die beste, da der einsetzende Regen die Uniformen unangenehm durchnässte. Oberkommissar Peter Krüger, Leiter dieser Razzia, sprach mit leiser Stimme ins Funkgerät.

»Sind alle Gruppen auf ihrem Platz? Erbitte kurze Bestätigung an mich.«

Nach und nach bestätigten die Gruppenführer. Krüger nahm noch ein letztes Mal Blickkontakt mit Sven auf, der neben ihm auf den Einsatz wartete. Er nickte stumm und hob den Daumen.

»Es kann losgehen. Gruppe eins bis vier das Heck besetzen. Fünf bis sieben zum Bug. Wir übernehmen die Brücke. Alle Anderen verteilen sich bei den bereits entladenen Containern. Lasst die Hunde dran arbeiten. Hörster, Sie stoppen sofort mit Ihren Männern im Verladezentrum die Arbeiten. Los gehts, Leute.«

Dunkle Schatten bewegten sich auf das Fallreep zu, stiegen eilig die Stufen hinauf, um das Schiff schnellstmöglich zu besetzen. Es durfte keine Gelegenheit geben, verbotene Fracht oder Beweismittel zu beseitigen. Krüger und Sven Spelzer stießen die Tür zur Kommandobrücke auf und sahen in die überraschten Gesichter einiger Mannschaftsmitglieder.

»Wer hat hier das Sagen und wer von Ihnen versteht mich? Mein Name ist Oberkommissar Krüger vom Drogendezernat und das ist mein Kollege Oberkommissar Spelzer von der Mordkommission Essen. Wir haben hier einen Durchsuchungsbeschluss. Bitte sorgen Sie dafür, dass meine Leute Zugang zu allen Räumen auf diesem Schiff haben. Keine Telefonate mehr, niemand verlässt ohne meine ausdrückliche Genehmigung das Schiff. Haben Sie mich verstanden?«

Ein stattlicher Mann, der exakt das Klischee des Seebären erfüllte, das jeder im Kopf hatte, schob sich aus einer Dreiergruppe nach vorne. Er trug zwar keine Kapitänsuniform, ließ jedoch keinen Zweifel daran, dass er hier die Autoritätsperson darstellte. Die gestrickte Schippermütze bedeckte einen wilden, grauen Haarschopf. Die listigen Schweinsaugen hatte er zu Schlitzen zusammengekniffen, sie blitzten zornig. Irgendwo in der Mitte des beeindruckenden Vollbartes entstand ein Knurren, aus dem man mit viel guten Willen eine Antwort erkennen konnte.

»Ich bin der Kapitän. Mein Name ist Knut Wanders. Was soll das Ganze? Können Sie sich auch nur annähernd vorstellen, was ihre bescheuerte Aktion anrichtet? Jede Stunde hier im Hafen kostet der Reederei ein Vermögen. Wir müssen zügig entladen, damit wir neue Fracht aufnehmen können. Was glauben Sie eigentlich, was Sie hier finden werden? In meinem ganzen Leben habe ich auf meinen Schiffen auch nicht ein Gramm Drogen transportiert. Damit werde ich auch jetzt im Alter nicht anfangen. Also beeilen Sie sich gefälligst.«

»Wie lange das dauern wird, kann ich Ihnen jetzt noch nicht sagen. Das hängt ein wenig davon ab, ob wir problemlos in alle Lagerräume kommen. Bitte informieren Sie über Durchsage Ihre Mannschaft, dass wir auch einen Blick in die Unterkünfte werfen wollen. Ich würde es sehr begrüßen, wenn Sie uns keine Steine in den Weg legen. Dann sind wir auch schneller wieder von Bord. Ich danke Ihnen, meine Herren. Ein Kollege wird hier bei Ihnen bleiben, während wir uns umsehen. Wie ich bereits sagte, keine Telefonate!«

Das Hundegebell war mittlerweile in jedem Winkel des Schiffes zu hören, von denen es unendlich viele gab. Jeder Container, jede Kammer und jeder Lagerraum wurde inspiziert. Allmählich kamen Krüger Zweifel daran, dass der Hinweis des Informanten auf eine umfangreiche Drogenlieferung den Tatsachen entsprach. Zu oft hatten sich solche Anrufe als Fake herausgestellt. Rivalisierende Händlergruppen wollten den Gegner verunsichern, oder im schlimmsten Fall von eigenen Transporten ablenken. Dazu wurden häufig genau die Leute benutzt, von denen man wusste, dass sie mit den Behörden zusammenarbeiteten. Ein sehr gefährliches Spiel, bei dem die Verräter oft früher oder später liquidiert wurden.

»Chef, wir haben da wohl was. Die Hunde schlagen an. Wir sind genau gegenüber vom Vorschiff auf dem Pier.«

»Ich komm sofort runter. Wenn die Tiere Drogen bemerkt haben, öffnen Sie.«

Krüger und Spelzer beeilten sich, den Weg über viele Treppen zurück zum Hafengelände zu bewältigen. Die beiden Türen eines Containers standen weit offen. Die Hunde liefen aufgeregt durch die schmalen Gänge und blieben an fast allen Kisten schwanzwedelnd stehen.

»Aufmachen! Die Tiere haben was aufgespürt. Gott sei Dank, dann war die Aktion nicht für die Katz. Der Staatsanwalt hätte uns sonst den Arsch aufgerissen. Was soll denn in den Kisten sein? Was steht auf den Lieferpapieren?«

Sven warf einen Blick auf die Liste und grinste. Er würde sich vorsichtshalber ein paar Meter zurückziehen, wenn die Kontrolle vorgenommen wurde.

»Dann viel Spaß dabei. Hier steht was von Stockfisch für den Großmarkt in Essen. Ein gutes Versteck für Drogen. Da neutralisiert sich der Geruch besser. Aber da kann man mal wieder sehen. Die Nase unserer Hunde können die Dreckskerle nicht überlisten. Dann mal los, meine Herren, das ist nicht meine Baustelle.«

Mit einem leichten Grinsen beobachtete er die Polizeibeamten, wie sie die einzelnen Kartons öffneten und die Planen beiseiteschoben. Der Fischgeruch verbreitete sich schnell auf dem Vorplatz. Ein Beutel nach dem anderen zogen die Fahnder zwischen den getrockneten Fischlappen hervor. Krüger ließ sich einen davon anreichen. Mit einem Messer stach er in den Beutel und setzte eine Prise des weißen Pulvers auf die Zungenspitze.

»Kokain. Reiner, noch relativ unverschnittener Stoff. Das Zeug ist ein Vermögen wert, Leute. Dann hat sich unser Einsatz ja wohl voll gelohnt. Gute Arbeit. Da spendiere ich heute einen drauf. Sucht weiter, das wird der Fang des Jahres.«

Mittlerweile hatten die Männer eine Palette neben dem Container halb befüllt, als Krügers Telefon ein weiteres Mal nach ihm verlangte.

»Chef, wir brauchen Sie hier auf dem Schiff. Das glauben Sie nicht, was wir gefunden haben. Beeilen Sie sich. Wir sind im Steuerbordbereich, ziemlich weit vorne.«

»Was gibt es denn ...? Verdammt, aufgelegt. Kommen Sie Sven, wieder die Leiter rauf. Unser Fitnessprogramm ist für diese Woche noch nicht abgeschlossen.«

Die Männer hetzten ein weiteres Mal das Fallreep hoch und arbeiteten sich an der rechten Seite an der Schiffsreling nach vorne. Die Scheinwerfer wiesen ihnen den Weg zu einem Container, um den sich eine beängstigende Ruhe breitmachte, obwohl viele Menschen dort versammelt waren. Das Bauchgefühl, das immer wieder Schlimmes ankündigte, meldete sich in Sven. Er bereitete sich innerlich auf eine unangenehme Begegnung vor. Er sollte auch diesmal nicht enttäuscht werden.

Die Menschen, die vor dem geöffneten Container standen und ungläubig hineinstarrten, hielten Taschentücher vor Mund und Nase. Schon einige Meter vor Erreichen der Versammlung, schlug den beiden Kommissaren der Verwesungsgeruch entgegen. Sven begann zu ahnen, was sie vorfinden würden. Deshalb schockierte ihn auch nicht der Anblick der vielen Leichen, die sich teilweise stapelten. Frauen und junge Mädchen saßen und lagen mit weit aufgerissenen Augen und Mündern überall herum. Das Grauen, das sie während ihrer Erstickungszeit haben erleben müssen, zeichnete sich in ihren Gesichtern deutlich ab. Einige Frauen ließen erkennen, dass sie verzweifelt versucht haben mussten, die Tür zu öffnen. Ihre Knöchel an den Händen waren wund, ihre Fingernägel herausgerissen. Doch das Schrecklichste an dieser Szene waren die friedlichen Gesichter der kleinen Mädchen, die sich in die Arme der erwachsenen Frauen gekuschelt hatten. Kaum einer der Umstehenden konnte die Tränen zurückhalten.

Selbst die sonst harten Männer der Besatzung wendeten den Blick ab und sahen mit feuchten Augen über die Reling auf die hohen Kräne, die sich wie bedrohliche Spinnenfinger in den Abendhimmel streckten. Niemand ließ diese grausame Szenerie unberührt.

»Oh Gott, wer macht sowas nur? Das ist doch unmenschlich und abstoßend. Das sind Wahnsinnige, denen das Leben von Menschen völlig bedeutungslos ist. Die kann man nur noch erschießen. Verdammt, ist das ein Scheißjob.«

Einer der umstehenden Matrosen sprach aus, was jeder in diesem Augenblick dachte. Kapitän Wanders beobachtete das Geschehen aus dem Hintergrund, er wirkte total erschüttert.

»Das darf doch nicht ... Welche Schweine haben mir diese Fracht aufs Schiff geschafft? Noch nie habe ich sowas gesehen. Herr Oberkommissar, davon wusste ich nichts. Niemals hätte ich ...«

»Herr Wanders, beruhigen Sie sich bitte. Niemand hat Ihnen unterstellt, dass Sie von diesem Container wussten. Informieren Sie bitte Ihre Reederei, dass dieses Schiff bis auf Weiteres den Hafen nicht verlassen wird. Tut mir sehr leid. Aber wir müssen Ihr Schiff solange beschlagnahmen, bis wir den Inhalt aller Container geprüft haben. Die Spurensicherung wird jetzt hier tätig. Deshalb möchte ich darum bitten, dass sich alle vom Tatort entfernen, die nicht dienstlich mit den Ermittlungen zu tun haben. Sie begleiten uns bitte wieder auf die Kommandobrücke. Ich möchte, dass Sie uns unverzüglich sämtliche Transportpapiere aushändigen.«

Sven telefonierte mit den entsprechenden Abteilungen und orderte gleichzeitig große Mengen an Leichensäcken.

- Kapitel 16 -

»Wie viele habt ihr gefunden? Das ist doch nicht wahr. Das ist ja eine Katastrophe biblischen Ausmaßes. Und der Kapitän will nichts davon gewusst haben?«

Karin schlug die Hände vor das Gesicht. Alle Mitglieder der Soko saßen am Tisch und sahen teilweise bedrückt in ihr Getränk. Der Schock über diesen unfassbaren Fund saß ihnen tief in den Knochen.

»Bisher können wir ihm keine Schuld oder eine Beteiligung nachweisen. Ein Schiffsführer kann nicht in jeden Frachtcontainer reinsehen, zumal die ja in den meisten Fällen versiegelt sind. Der kann nur glauben, was in seinen Frachtpapieren steht. Das wäre anders, wenn wir in den Unterkünften Drogen gefunden hätten. Für seine Mannschaft ist er verantwortlich. Aber da haben wir lediglich ein paar Gramm Marihuana gefunden. Das ist normal bei den Seebären auf so langen Fahrten.

Die fünfundzwanzig Leichen müssen nun untersucht und deren Identität festgestellt werden. Papiere haben wir nicht gefunden, was ich aber auch nicht erwartet habe. Die werden den Mädchen vor dem Transport abgenommen, damit sie nicht flitzen gehen können. Die Papiere bekommen sie frühestens zurück, wenn sie genug angeschafft haben. Das Soll erfüllen die aber erst, wenn sie alt und verbraucht sind. Dann können die höchstens noch auf dem Straßenstrich ein paar Euro verdienen. Sonst bekommen die kein Geld, weil sie ja illegal eingereist sind. Das sind ganz arme Frauen und letztendlich immer die Verlierer. Ihnen wird versprochen, dass sie in das Land gebracht werden, wo Milch und Honig fließt. Was sie bekommen, ist die Hölle.«

Sven ballte die Fäuste und sah rüber zu seinem Partner. Krüger nahm den Faden auf und fuhr fort.

»Das Kokain kam wahrscheinlich direkt aus Kolumbien und wurde in Sierra Leone mindestens einmal verschnitten. Dreißig Container nahm das Schiff in Freetown an Bord. Dazu gehörten auch die Fischcontainer und der mit den Frauen und Mädchen.

Bisher haben wir insgesamt einhundertneunzig Kilo Koks und zwanzig Kilo Crack gefunden. Da fehlen aber noch etliche Behälter. Es könnte sich noch erhöhen. Wir haben denen mit der Razzia einen immensen Verlust verpasst. Ich darf gar nicht daran denken, wie viel an uns vorbeigeschmuggelt wird. Nun ja, zumindest fehlen denen jetzt ein paar Milliönchen auf dem Konto.

Was die Menschen betrifft, die wir aufgefunden haben, ist die Freude weniger groß. Laut Papiere kam dieser Container bereits in Salvador, also in Brasilien an Bord. Die haben zwar einige Luftlöcher gelassen und den Mädchen Wasser und Proviant reingestellt, aber da hatte jemand wenig Ahnung davon, wie lange eine Überfahrt dauern kann, zumal ein Zwischenstopp in Sierra Leone eingerechnet werden musste. Die sind nicht nur erstickt. Sie sind auch verdurstet. Verdammt, die müssen unglaublich gelitten haben.

Die Frachtpapiere geben uns lediglich Auskunft darüber, dass der Behälter mit den Mädchen von einer Marinho Ltd. mit Sitz in Feira De Santana nach Karlsruhe gehen sollte. Als Inhalt waren Korbsessel für einen Möbelgroßhandel, die Asskumer GmbH angegeben. Wir ermitteln diesbezüglich noch. Die Fische waren für einen Essener Großhändler avisiert, der bisher noch nie auffällig wurde und einen guten Namen in der Branche hat. Wir sehen uns gerade die Besitzverhältnisse an. Vielleicht gibt es einen Hinweis auf unseren gemeinsamen Freund Kladicz. Ich vermute aber, dass dieses Schwein sich auch hier keine Blöße gibt und seine Mittelsmänner eingesetzt hat. Kollege Spelzer hat die Aufgabe übernommen, den Laden am Großmarkt unter die Lupe zu nehmen.

Liebe Kollegin Hollmann, ich denke, dass Sie uns in den nächsten Tagen einen Bericht Ihrer Untersuchungen vorlegen können. Ich danke Euch für den Augenblick. Die Pressekonferenz steht an. Kommen Sie, Sven?«

Karin Hollmann hielt ihr Rotweinglas gegen den rötlichen Ball der untergehenden Sonne und freute sich über das verzerrte Bild, das ihr präsentiert wurde. Sie nahm im Hintergrund das Geräusch einer sich schließenden Tür wahr. Schon am Schritt erkannte sie, wer die Wohnung betreten hatte, obwohl Sven darum bemüht war, sich ihr leise zu nähern. Schon das Rascheln des Papiers verriet ihr, dass Sven heute wieder einmal den Blumenboten mimte. Sie liebte diese Art an ihm, immer mal wieder, auch wenn es keinen Anlass dazu gab, eine kleine Aufmerksamkeit zu präsentieren. Sie reagierte völlig überrascht, als er ihr den wunderschönen Strauß mit herrlichen Tulpen vor das Gesicht hielt. In ihrem Nacken spürte sie den zärtlichen Kuss. Ein Feierabend, der noch viele weitere Überraschungen versprach. Ein Lächeln überzog ihr Gesicht, als sie sich an seinen Arm lehnte.

»Das ist so lieb von dir. Setz dich hin, ich hole eine Vase. Der Wein hat eine gute Temperatur, gieß dir ein Glas ein. Ich habe übrigens eine Lasagne im Ofen, ein Rezept von Katja.«

Als Karin zurückkam, saß Sven bereits mit weit von sich gestreckten Beinen auf dem Stuhl und nippte an seinem Wein. Er verfolgte scheinbar den Sonnenuntergang, obwohl Karin den Eindruck hatte, dass seine Gedanken sehr weit weg waren. Mittlerweile kannte sie ihn sehr genau. Er konnte nicht einfach den Job abends an den Nagel hängen und den Schalter auf Freizeit umlegen. Ihn verfolgten die Ereignisse des abgelaufenen Tages noch lange.

»Erzähl! Was quält dich? Ich schätze, dass es die toten Frauen sind, aber das ist nicht alles. Ich kenne dich, da ist noch etwas.«

Sven schrak hoch und streckte ihr das Glas entgegen, um anzustoßen. Sie tat ihm den Gefallen, wartete aber mit dem Trinken, sah ihn abwartend an.

»Da ist sonst nichts. Lass uns über was anderes reden, Schatz.«

Karin ließ sich von dieser Phrase nicht beeindrucken, sah ihn weiter an. So einfach ließ sie ihn nicht vom Haken. Irgendwas belastete ihn. Sven ergab sich in sein Schicksal und blickte wieder in den glutroten Ball der Sonne.

»Ich mache mir doch etwas Sorgen wegen Pehling.«

»Höre ich da richtig? Du sorgst dich um Pehling?«

»Quatsch. Der soll in die Hölle fahren. Ich habe heute die Kollegin vom LKA kennengelernt, diese Kirchner. Sie nimmt die Aktion auf die leichte Schulter. Mal eben eine Ringfahndung, ein paar Hunde auf die Spur, Hubschrauber in den Himmel schicken und der Gesuchte läuft ihr in die Arme. So stellt sie sich die Suche wohl vor. Ich habe ein ganz mieses Gefühl dabei. Der hat schon vier Leichen am Wegesrand abgelegt. Ich fürchte, da wird noch ein ganzer Berg draus.

Die kennt diesen Mann nicht gut genug. Das ist nicht einer von denen, die du nach kurzer Zeit in irgendeiner Wohnung eines Verwandten ohne Gegenwehr festnehmen kannst. Pehling ist eine andere Nummer. Der arbeitet völlig allein und immer anders, als wir es aus bekannten Verhaltensmustern kennen. Du weißt ja ... mein Bauch.«

Karin hatte genau das vermutet. Die Bestie Pehling ließ Sven nie wieder los. Das Monster verfolgte ihn nicht nur in seinen Träumen, jetzt auch wieder im Tagesgeschehen. Wie sollte er jemals dieses Trauma loswerden? Wahrscheinlich erst, wenn der Mann tot vor seinen Füßen liegen würde. Immer wieder hatte sie versucht, sich die Situation vor Augen zu führen, als dieses Schwein ihn auf der Folterbank unter Drogen setzte und das Skalpell ansetzte. Niemals würde sie auch nur annähernd diese unvorstellbare Angst nachempfinden können, die Sven damals im Folterkeller gespürt haben musste. Ohne dass sie es verhindern konnte, überzog sie wieder dieser Schauer, der sich in einer Gänsehaut darstellte.

»Liebling, was ist los? Wir sollten tatsächlich über etwas anderes reden. Ich habe es befürchtet. Karin, erzähl mir von angenehmen Dingen. Was trägst du heute drunter?«

»Sven, du kannst mich nicht täuschen. Du schleppst wieder etwas mit dir herum, das wie eine Klette an dir hängt. Erzähl mir von dieser Frau. Ist sie wenigstens hübsch?«

»Wie kommst du gerade darauf? Es ist doch völlig irrelevant, ob sie hübsch ist. Wichtiger ist, ob sie fähig ist, den Mann zu fassen. Bisher habe ich keine Ahnung, ob sie schon jemals einen solchen Fall bearbeiten musste. Ein bisschen Erfahrung sollte sie bei der Verfolgung eines Massenmörders mitbringen. Aber sie macht einen auf taffes Mädchen. So in der Art, deine Hilfe brauche ich nicht. Ich bin schon groß. Die weiß überhaupt nicht, wozu der Kerl fähig ist. Die beiden Toten auf dem Bauernhof sind doch nur ein kleines Appetithäppchen im Vergleich zu dem, was er unter Kunst versteht. Der wird nicht aufhören, bis man ihn liquidiert hat. Du wirst sehen.«

Wieder und wieder prophezeite Sven ein schlimmes Szenario, das bei ihr allmählich Beklemmungen erzeugte. Sicher, sie hatte den Mörder auch in der Zeit ihrer Gefangenschaft erleben müssen. Aber er hatte ihr, aus welchem Grund auch immer, nie ein Leid zugefügt. Ganz im Gegenteil. Sie hatte das Gefühl gewonnen, dass er in ihr etwas sah, was sie sich bis heute nicht erklären konnte. Sie konnte in der Zeit im Keller des so angsteinflößenden Hauses eine Persönlichkeit in ihm ansprechen, die tief versteckt schlummerte. Und dennoch wusste auch sie um die Unberechenbarkeit dieses Monsters. Das Böse hatte in der Regel komplett Besitz von ihm genommen. Ein kleiner Funke genügte.

- Kapitel 17 -

Die Luft vibrierte. Kladicz stand mit dem Rücken zu ihnen am Fenster und blickte in den weitläufigen Garten. Hinter ihm hatte sich eine Gruppe Männer versammelt, die kleinlaut und ängstlich auf die beiden Bodyguards schielten, die scheinbar teilnahmslos ihre Positionen neben der Tür eingenommen hatten.

»Wie viel?«

»Chef, wir konnten nicht wissen ...«

»Ich fragte wie viel? Und ich will wissen, wie die Bullen davon erfahren konnten ... auf der Stelle.«

Jeder sah seinen Nebenmann an, erwartete von ihm, dass er sich dem Zorn des Bosses aussetzte. Die Blicke senkten sie auf den Boden. Schweigen.

»Dukan und Ivko, ward ihr zwei nicht damit beauftragt, die Mädchen gesund und in einem Stück hierher zu befördern? Habe ich euch beiden nicht viel Geld an die Hand gegeben, um die Ware einzukaufen? Wo ist mein Geld? Wo ist die Ware? Ich höre.«

Noch immer sah Kladicz über die parkähnliche Fläche seines Gartens, die Hände auf dem Rücken verschränkt.

Dukan hielt die Luft an, als er Fredis harte Hand in seinem Nacken spürte, die ihn nach vorne stieß.

»Hast du nicht gehört, der Boss hat dir eine Frage gestellt? Kotz dich gefälligst aus, sonst ...«

»Fredi, lass ihn in Ruhe antworten. Er wird eine plausible Erklärung dafür liefern, dass mir fünfundzwanzig Mädchen verreckt sind. Er wird mir erklären können, warum ich fast hundertachtzigtausend Euro in den Gully geworfen habe. Er wird mir auch Namen nennen, wer für den Schaden zahlt und wer der Verräter ist. Gib ihm Zeit. Sollte er keine Antworten haben, werde ich annehmen, dass er selbst es war, der den Coup verbockt hat. Allerdings werde ich dann sehr böse.«

Endlich drehte sich Milan Kladicz um. Die Männer sahen in gletscherkalte Augen. Beängstigend langsam kam er auf Dukan zu, dem der Hemdkragen drohte, die Luft abzuschnüren. Fredis Hand hinderte ihn daran, zurückzuweichen. Zwei Schritte vor ihm blieb Kladicz stehen. Obwohl die Augen blitzten, überzog ein gemeines Lächeln das Gesicht des Serben. Seine Hände waren wie im Gebet zusammengelegt, als er vor den Männern auf- und ab schritt. Dabei schien er die Fliesen zu zählen. Jedes seiner Worte durchschnitt die knisternde Stille wie ein Messer.

»Wer hat den Bullen gesteckt, dass die Lieferung in Duisburg ankommt? Ich gebe dir jetzt noch zehn Sekunden Zeit. Ich will wissen, wer für den Schaden aufkommt.«

Das Zittern durchlief Dukan in Wellen. Hilfesuchend starrte er auf seinen Kumpel Ivko, der aber seinem Blick auswich. Seine Hände versuchten scheinbar nervös, in den Hosentaschen eine Antwort zu finden. Jede Faser seines

Körpers war angespannt. Absolut gefühllos zählte Milan Kladicz die Sekunden herunter.

»Sechs ... fünf ... vier ... drei ...«

»Boss, ich weiß es nicht. Sie waren einfach da, als wir ...«

»Zwei ... eins ... aus!«

Kaum einer konnte die fließende Bewegung verfolgen, mit der Kladicz die Waffe aus dem Gürtel zauberte. Fredi verzog keine Miene, als der Schuss aufpeitschte und Teile von Dukans Gehirn über sein Jackett verteilte. Seine Faust verhinderte, dass der Mann leblos auf dem Boden aufschlug. Ivko riss beide Hände schützend vor sein Gesicht, da er den nächsten Schuss erwartete, der auch ihn dahinraffen würde. Erleichtert beobachtete er, wie der Boss die Waffe wieder mit einer schnellen Bewegung verschwinden ließ. Fredi zog den schlaffen Körper des Opfers hinter sich her, verschwand damit im Nebenraum. Kladicz wischte mit dem Taschentuch einen Blutspritzer von der Hand. Sein Blick war hypnotisierend auf Ivko gerichtet.

»Nun, hast du mir nichts zu sagen, mein Freund? Ich möchte meine Fragen nicht tausend Mal stellen müssen. Also? Wer zahlt die Zeche?«

»Boss, keiner von uns hat ein Sterbenswort an die Bullen verraten. Dafür lege ich meine Hand ins Feuer. Die Männer haben wir alle persönlich ausgesucht, die halten dicht. Ich werde ...«

»Halt, mein Freund ... du hast da etwas gesagt, was mir gut gefällt. Lassen wir es einfach darauf ankommen. Kommt mit in den Garten, an die frische Luft. Fredi, bist du so nett und bringst die Absinth-Flasche mit. Ab und zu hat dieser Kerl gute Ideen.«

Die anwesenden Männer sahen sich ratlos an, folgten aber ihrem Boss auf die Terrasse. Feierlich nahm er die grüne Flasche aus Fredis Hand, drehte den Verschluss ab und hielt die Nase genießerisch über den Flaschenhals.

»Göttlich, dieses Getränk. Wusstet Ihr, dass man dieses Gesöff auch *La fée verte, die grüne Fee* nennt? Es wurde ursprünglich im achtzehnten Jahrhundert im heutigen Schweizer Kanton Neuenburg als Heilelixier hergestellt. Man sagt ihm allerdings auch nach, dass es abhängig macht und gesundheitliche Schäden hervorruft. Da ist was dran, wie ich euch nun beweisen werde.«

Mit einer schnellen Bewegung schüttete er den Schnaps über Ivkos Kopf. Die Flüssigkeit verteilte sich in Sekundenschnelle über den ganzen Körper. Woher Kladicz plötzlich das Feuerzeug herzauberte, konnte später niemand mehr sagen. Die Schreie des in Flammen stehenden Ivkos ließen jeden zusammenfahren und zurückschnellen. Wild schlug der um sich, versuchte, das Feuer zu löschen. Ein bestialischer Gestank von verbrannter Haut und Menschenhaar verteilte sich auf der Terrasse. Das Kreischen wurde leiser, als sich der Körper, nur noch zuckend auf den Fliesen drehte, schließlich ganz erstarb. Mitleidlos blickte Kladicz auf den noch dampfenden Ivko, der sein Leben für den Verrat eines Anderen gegeben hatte.

»Lasst uns reingehen. Hier stinkt es gewaltig. Ich will endlich von euch wissen, wer für diese Scheiße verantwortlich ist.«

- Kapitel 18 -

Das Bügeleisen stieß noch einen kräftigen Dampfstoß aus, als Melanie es aufstellte, um nach dem Kochtopf zu sehen, in dem sie einen leckeren Eintopf zubereitete. Es war absolut ungewöhnlich, dass ein Junge in Raffaels Alter sich für Bohnensuppe begeisterte. Seine Freunde waren bereits auf Fast Food eingeschworen. Ihr Blick fiel durch das Küchenfenster auf den silbernen Passat mit Düsseldorfer Kennzeichen. Die großgewachsene Frau, die ausstieg und sich suchend umsah, erregte Melanies Aufmerksamkeit. Es war nicht nur ihr attraktives Äußeres, auch nicht die sportlich elegante Kleidung, sondern etwas anderes, das sie sich aber nicht erklären konnte. Noch ein letztes Mal sah die Frau auf einen Zettel, um sich dann endgültig dem Haus zuzuwenden, in dem Melanie im Parterre wohnte. Trotzdem erschrak sie, als bei ihr die Klingel anschlug.

Die Frau, die nun vor ihrer Tür stand, war noch größer, als sie von Melanie zuvor eingeschätzt wurde. Die braune Lederjacke betonte ihre schmale Taille, ließ aber auch im Ansatz ein Pistolenholster erkennen. Melanie betrachtete den Dienstausweis, der ihr entgegengestreckt wurde. Er identifizierte diese Frau als Kommissarin des Landeskriminalamtes Düsseldorf.

»Wie Sie sehen, bin ich vom LKA Düsseldorf. Darf ich Ihnen ein paar Fragen stellen, Frau Kartum? Sie sind doch Frau Kartum, oder?«

»Das ist richtig. Wie kann ich Ihnen helfen? Was habe ich mit der Polizei zu tun?«

»Könnten wir das vielleicht drinnen besprechen? Hier auf dem Flur, wissen Sie ... die Nachbarn.«

»Natürlich, kommen Sie rein. Ich wollte mir gerade einen Kaffee machen, bevor mein Sohn vom Kindergarten kommt. Darf ich Ihnen ...?«

»Oh, gerne, Frau Kartum. Der Kaffee im Hotel heute Morgen war eine Zumutung.«

Während Melanie sich um die Kaffeemaschine kümmerte, betrachtete die Beamtin ein Wandfoto, das ein lachendes Paar am Strand zeigte. Davor steckte ein Bild eines kleinen Jungen.

»Ihr Mann und Ihr Sohn?«

»Ja, das stimmt. Allerdings wohnt mein Mann nicht mehr hier. Wir leben getrennt, nachdem ... Nun, ja, er hat was Jüngeres gefunden. Aber das da drunter ist mein Sohn Raffael. Der müsste jeden Augenblick kommen. Doch Sie sind bestimmt nicht gekommen, um meine Familie kennenzulernen. Was kann ich für Sie tun?«

Marianne Kirchner griff wortlos in die Seitentasche und legte Melanie wortlos ein Foto von Pehling auf den Tisch. Aufmerksam verfolgte sie ihre Reaktion. Ihr entging nicht das kurzzeitige Zucken in den Mundwinkeln, das Flattern der Augenlider. Melanie nahm das Foto hoch und betrachtete es interessiert. Danach legte sie es wieder zurück und kümmerte sich um den Kaffee.

»Ein hübscher Mann. Muss mir dieses Foto etwas sagen?«

»Sehen Sie bitte nochmal genau hin, es ist sehr wichtig. Kennen Sie den Mann? Haben Sie ihn schon einmal irgendwo gesehen?«

Ein weiteres Mal nahm Melanie das Foto in ihre Hände und sah darauf. Sie schüttelte zögernd den Kopf.

»Nein, Frau Kirchner, müsste ich den kennen? Wer ist das?«

Kirchner ließ das Bild auf der Tischplatte liegen und rührte in dem Kaffee, den ihr Melanie in der Zwischenzeit eingeschenkt hatte. Ihre Augen waren starr auf die Gastgeberin gerichtet. Deren Unruhe war für die erfahrene Kriminalbeamtin nicht unbemerkt geblieben.

»Wir suchen diesen Mann. Es handelt sich um einen gewissen Elmar Pehling, einen Serienmörder, der auf dem Transport in die Forensik nach Rheine entkommen konnte. Ein äußerst gefährlicher und gewaltbereiter Mann. Selbst in der Verhandlung konnte nicht zweifelsfrei geklärt werden, für wie viele Morde er letztendlich verantwortlich war. Seit seiner Flucht sind schon wieder mindestens vier Tote zu beklagen. Bitte, Frau Kartum, sehen Sie sich das Bild noch einmal an. Es ist sehr wichtig, dass wir den Mann einfangen, bevor er weitere Taten begehen kann.«

»Und warum kommen Sie damit ausgerechnet zu mir? Fragen Sie hier jeden im Ort, oder nur mich?«

Wieder ließ sich Marianne Kirchner mit der Antwort Zeit. Sie spürte, dass diese Frau etwas wusste, aber es aus unerfindlichen Gründen zurückhielt. Das Klingeln an der

Tür unterbrach die Unterhaltung und verschaffte Melanie Zeit, sich Antworten auf diese bohrenden Fragen einfallen zu lassen. Raffael stürmte in die Diele, warf seine Kindergartentasche in die Garderobenecke. Wie ein Wirbelwind fegte er in die Küche und zog einen kleinen Hocker heran, der neben dem Herd stand. Seine kleine Hand hob den Deckel vom Topf.

»Jaaah ... Bohnensuppe, es gibt Bohnensuppe. Mama, ich hab Hunger.«

Erst jetzt, wo er sich umsah, entdeckte er die Besucherin.

»Wer bist du denn? Dich kenn ich noch nicht. Mama, wer ist das?«

»Das ist Frau Kirchner von der Polizei. Die wollte mich nur was fragen. Nichts Schlimmes. Du gehst dir jetzt erst einmal die Finger waschen, bevor es was zu essen gibt. Du kannst aber vorher noch in deinem Zimmer spielen. Sobald wir fertig sind, rufe ich dich. Ok?«

Während er vom Hocker sprang und sich wieder der Küchentür zuwendete, fiel sein Blick auf das Foto, das immer noch auf dem Tisch lag. Es war nur ein kurzer Augenblick, bis er es in den kleinen Händen hielt. Seine Stimme überschlug sich.

»Guck mal Mama, das ist doch Ralf. Hat der uns doch ein Bild hiergelassen? Kann ich das haben? Der ist doch mein Freund.«

Ein Lächeln überzog Mariannes Gesicht, als sie den kleinen Racker an den Arm fasste und neben sich zog. Sie strich ihm über die Haare.

»Kennst du diesen Ralf schon lange? Wann hast du ihn denn gesehen?«

Melanie stürzte nach vorne und ergriff Raffael an dem anderen Arm, um ihn vom Tisch wegzuziehen. Irritiert sah er von einer zur anderen.

»Lassen Sie meinen Sohn in Ruhe. Der weiß gar nichts. Sie haben kein Recht, ihn zu verhören. Raffael, geh jetzt sofort in dein Zimmer!«

»Aber Mama ...«

»Sofort, habe ich gesagt!«

Melanie zog ihren Sohn mit aller Gewalt aus der Küche und verschloss die Kinderzimmertür hinter ihm. Neben der Küchenbank hatte sich mit der Zeit ein ansehnlicher Haufen von Illustrierten und Zeitungen angesammelt. Die Wochenanzeiger-Ausgabe des vergangenen Tages war der Beamtin nicht entgangen. Sie lugte mit ihrem Titel etwas hervor. Als sie Melanies Schritte in der Diele vernahm, drückte Kirchner die Zeitung wieder in den Stapel.

»Was erlauben Sie sich in meinem Haus? Mein Sohn weiß nichts. Seine blühende Fantasie hat ihn mal wieder Dinge ausplaudern lassen, die völlig aus der Luft gegriffen sind. Dieser ... wie hieß er noch? Also, dieses Foto ähnelt einem früheren Arbeitskollegen meines Exmannes. Ich kann Ihnen nicht einmal sagen, wie er hieß. Könnte sein, dass sein Vorname Ralf war. Da hat Raffael ein besseres Gedächtnis als ich. Wäre es dann alles von Ihrer Seite? Oder haben Sie noch mehr Fragen?«

Marianne Kirchner blieb ruhig, ließ sich nicht anmerken, dass es in ihr kochte. Sie konnte einfach nicht verstehen, warum sich jemand ohne zwingenden Grund auf die Seite eines Massenmörders stellte. Sie erhob sich und drehte sich auf dem Weg zur Tür nochmal um.

»Frau Kartum. Ich kann Sie jetzt nicht zu einer Aussage zwingen. Doch bitte bedenken Sie. Dieser Elmar Pehling, wie er in Wahrheit heißt, wird auf seinem Weg in die vermeintliche Freiheit immer wieder morden. Für ihn bedeutet das einzelne Menschenleben nichts, Sie sind ihm völlig egal. Hätte er das Gefühl gehabt, dass Sie für ihn eine Gefahr darstellen, hätte er Sie und Ihren Sohn ohne Skrupel getötet. Sehen Sie es als absoluten Glücksfall an, dass er Sie und den Kleinen verschont hat.

Wir wissen, dass er sich hier in Ihrem Haus aufgehalten hat. Warum er das tat, finden wir auch noch heraus. Sie wissen es besser als ich, dass in einem derart kleinen Ort nichts ungesehen bleibt. Nachbarn von Ihnen hatten nichts Besseres zu tun, als uns darüber zu informieren, dass dieser Killer sich zumindest kurzzeitig in Ihren Räumen aufhielt. Also erzählen Sie mir nicht, dass Sie den Kerl nicht kennen. Vielleicht überlegt er sich das mit dem Morden noch, falls er Bedenken hat, ob Sie dichthalten.

Falls Sie darauf hoffen, ihn für sich gewinnen zu können, überlegen Sie einmal logisch. Es kann doch keine gemeinsame Zukunft mit einem gesuchten Mörder geben. Dieses Gesicht kennt jeder Polizist in unserem Lande. Alle werden ihn jagen wie ein wildes Tier, denn er hat zwei meiner Kollegen brutal getötet. Es gibt keine Zukunft für Sie Beide.

Ich lasse Ihnen meine Karte hier, falls Sie es sich doch noch überlegen. Seien Sie vorsichtig. Passen Sie auf sich und Ihren Sohn auf. Sie tragen auch für ihn die Verantwortung. Bevor ich es vergesse. Sie sind auch für jeden verantwortlich, den Pehling auf seinem weiteren Weg noch töten wird. Für jeden Einzelnen.«

Noch lange sah Melanie nachdenklich auf die Stelle, an der vor wenigen Minuten noch der Passat der Polizistin parkte. Sie öffnete die Tür zum Kinderzimmer und erstarrte.

- Kapitel 19 -

Die mächtige Hand des Fleischberges an der Eingangstür des Nachtclubs hielt Sven Spelzer und Peter Krüger zurück. Erst die Dienstausweise konnten erreichen, dass er zur Seite trat und einen Flügel der Eingangstür öffnete. Ihnen schlug der typische Geruch eines Sexclubs entgegen, der sich aus einer undefinierbaren Mischung aus Alkohol, Tabak und billigem Parfum zusammensetzte. Um diese Zeit am frühen Abend herrschte nur wenig Betrieb. Die Angestellten waren noch damit beschäftigt, die sauberen Gläser einzuräumen und die Getränke aufzufüllen. Als sich ihre Augen endlich an das diffuse Licht gewöhnt hatten, erkannten sie zwei dickbäuchige Männer an der Theke, denen der Geruch eines gut verdienenden Außendienstlers anhaftete. Der schmierige Charme dieser Berufsgruppe war beiden Beamten zuwider. Sie schoben ihr leichtverdientes Geld lieber den billigen Nutten hinter die Strumpfbänder, statt es ihren Familien zuzuführen. Nur selten dürfte es noch vorkommen, dass die wartenden Ehefrauen den Lügen glaubten, die Ihnen ihre Männer stets servierten, um die Übernachtungen in der Ferne zu rechtfertigen. Viele von ihnen suchten sich dann auch lieber Ersatz für die Vergnügen, die ihnen die eigenen Ehemänner vorenthielten.

Mit geschäftsmäßigem Lächeln ließen die drei anwesenden Mädchen zu, dass man ihnen einen Sekt ausgab, während die Hand der Spender auf ihrem Hintern ruhte. Von Sven und Krüger nahmen sie keinerlei Notiz. Sie hatten einen geschulten Blick für Bullen. Die Beiden, die gerade den Raum betraten, gehörten nicht zu den korrupten Scheißern, die ab und zu kostenfrei die Dienste der Damen in Anspruch nahmen.

Der Keeper, der mit flinken Fingern das Trockentuch über die Gläser führte, sah kaum auf, als Krüger ihn ansprach.

»Ist Ihr Boss im Hause? Wir hätten ein paar Fragen.«

»Ist nicht da. Hat auswärts einen Termin.«

Eilig stellte er das Sektglas ins Regal, als er beobachtete, wie Sven trotz seiner Bemerkung, den roten Samtvorhang beiseiteschob, der die hinteren Räume abschirmte.

»He, Sie können nicht einfach ...!«

»Ich kann, mein Freund. Herr Kladicz wird sich über unseren Besuch freuen. Also halt schön die Füße still und putz weiter deine Gläser.«

Vier Männer saßen an einem runden Tisch, der außer mit Gläsern, auch mit Papieren übersät war. Sie stockten in ihrer aufgeregt geführten Diskussion. Kladicz gab ein unauffälliges Zeichen, woraufhin einer die Papiere zusammenschob und in einen Umschlag steckte, den er sich unter den Arm klemmte.

»Das ist aber eine Überraschung, meine Herren. Sie hätten vorher anrufen sollen, dann hätte ich für uns etwas Feines an Essen bestellt. Was führt die Polizei in mein Etablissement?«

Wie auf Kommando erhoben sich die drei Männer und verließen den Raum durch eine Stahltür, die in die hinteren Räume führte. Gleichzeitig schob sich ein Stiernacken hinein, der neben der Tür Aufstellung nahm. Sven wusste bereits, dass er es mit Fredi, dem engsten Vertrauten des Serben zu tun hatte, dem sie bisher die vermuteten und geschätzten zwanzig Morde nicht nachweisen konnte. Eine Kampfmaschine der Extraklasse.

»Setzen Sie sich doch. Darf ich Ihnen etwas anbieten?«

»Nein danke. Wir möchten Sie lediglich um ein paar Auskünfte bitten.«

»Immer zu Diensten, meine Herren. Es würde mir Freude bereiten, wenn ich dem Gesetz zu seinem Recht verhelfen könnte. Nur zu, fragen Sie.«

Sven musste seinen Zorn gegenüber diesem schmierigen Dreckskerl unterdrücken. Er zückte seinen Notizblock und sah Kladicz in die kalten Augen.

»Sagen Ihnen die Namen Dukan Jankovic und Ivko Filipovic etwas?«

Kladicz zeigte nicht die geringste Regung, als er antwortete.

»Natürlich, sagen die mir was. Die standen bis vor wenigen Wochen noch auf meiner Lohnliste. Ich kenne jeden meiner Leute. Denn ich erwarte absolute Loyalität von ihnen. Was ist mit denen?«

Sven und Krüger tauschten einen Blick, ohne zu antworten. Weiter sahen sie Kladicz erwartungsvoll an.

»Die beiden Hunde haben mir alles vor die Füße geworfen, sind zur Konkurrenz gegangen. Man muss sich sowas einmal vorstellen. Du gibst diesem Gesindel eine feste

Arbeit, nachdem sie ohne einen Cent und ohne Hemd am Arsch aus der Heimat in dieses schöne Deutschland kamen. Du sorgst dafür, dass sie ihren Familien Geld in die Heimat schicken können. Und was tun sie? Sie beißen in die Hand, die sie ernährt. Als es ihnen richtig gut ging, da wechseln sie das Lager. Fragt mich nicht, wohin sie gegangen sind - ich weiß es nicht, will es auch nicht wissen. Aber ich sage Ihnen, zurück, nein zurück zu mir dürfen Sie nicht kommen. Ich verfluche sie und ihre Familien bis in die tiefste Hölle. Warum fragen Sie?«

»Wir haben sie gefunden.«

»Dann bestellen Sie den Hunden, dass sie sich hier nicht mehr sehen lassen sollen. Alle meine Leute sind sauer auf die. Das tut man einfach nicht. Ist es nicht so, Fredi?«

Der Koloss deutete ein Nicken an.

»Sie sind tot.«

»Sie sind was? Tot? Sehen Sie, das haben die jetzt davon. Wären sie bei mir geblieben, hätten sie unter meinem Schutz gestanden. Weiß man schon, was da passiert ist und wer dafür verantwortlich ist?«

Krüger konnte sehr gut erkennen, wie sich Svens Hände unter dem Tisch zu Fäuste ballten. Auch ihm wurde übel bei so viel Scheinheiligkeit.

»Wir ermitteln noch in der Sache. Ivko konnten wir auf Grund seiner Brandverletzungen nur dadurch identifizieren, weil er ja stets mit Dukan zusammenhing. Deshalb waren die Beiden auf der Müllkippe schnell erkannt. Sie können sich also nicht erklären, wie die zu Tode kamen. Fredi, wo waren Sie eigentlich vorgestern Abend zwischen achtzehn und zweiundzwanzig Uhr?«

Bevor Fredi auch nur eine Lippe bewegen konnte, antwortete Kladicz für ihn.

»Er war bei mir. Bei mir zuhause. Wir hatten Besuch von Freunden. Möchten Sie die Namen der Freunde? Fredi, hol doch bitte die Gästeliste.«

»Nein, nein, die brauchen wir nicht. Ihr Wort reicht uns völlig aus. Ich hätte da aber noch eine zweite Frage. Sagen Ihnen die Firmennamen Marinho Ltd. mit Hauptsitz in Feira De Santana aus Karlsruhe und der Möbelgroßhandel, die Asskumer GmbH etwas?«

Kladicz kräuselte die Stirn, dachte angestrengt nach.

»Nein, also da muss ich passen. Sollte ich die kennen? Warum fragen Sie mich das? Ich verstehe die Zusammenhänge nicht.«

»Es hätte ja sein können, dass Sie eine geschäftliche Beziehung dazu haben. Angestellte dieser Firmen, meinen sich daran erinnern zu können, Sie schon einmal dort gesehen zu haben. Die werden sich wohl geirrt haben.«

»Meine Herren. Alles ist möglich. Ich treibe mich oft in der Welt rum. Schließlich muss ich ja geeignete Lieferanten für meine vielen Restaurants und Bars finden. Sie glauben gar nicht, wie schwierig es ist, gute Fischlieferanten zu finden.«

»Fisch? Ich kann mich nicht daran erinnern, etwas davon erwähnt zu haben, dass es dabei um einen Fischgroßhandel geht.«

Die beiden Kripoleute bemerkten zum ersten Mal eine Spur von Unsicherheit im Gesicht des Gangsters.

»Marinho, Marinho ... irgendwas klingelt da bei mir. Es könnte sein, dass ich vor Jahren, als ich das Geschäft hier aufbaute, mal mit denen was abgewickelt habe. Müsste ich in alten Papieren nachsehen. Geben Sie mir Zeit dafür. Ich melde mich dann. Haben die denn irgendwas mit dem Tod meiner ehemaligen Mitarbeiter zu tun?«

»Für den Augenblick, Herr Kladicz wäre es das. Dürfen wir nochmal wiederkommen, wenn wir Fragen haben? Und nicht vergessen ... Marinho Ltd. aus Kolumbien. Wir wären Ihnen sehr dankbar dafür.«

Noch beim Rausgehen hörten die beiden Beamten hinter sich das typische Piepsen beim Anwählen einer Telefonnummer. Draußen im Wagen griff Sven in die Seitentasche seines Sakkos und zog seinen Flachmann heraus. Ihm war es im Augenblick völlig egal, was der Kollege darüber dachte. Er wusste nur eines, dass Krüger darüber schweigen würde.

- Kapitel 20 -

Den verbeulten Fiesta, den er zwischenzeitlich gegen den Mercedes getauscht hatte, konnte er in einer Seitenstraße abstellen. Dort würde er so schnell von keiner Streife entdeckt. Ständig auf Sicherheit bedacht, drückte sich Pehling an den Hauswänden entlang, bis er endlich die Backsteinmauer erreichte, die zur Rückwand von Melanies Haus gehörte. Aufmerksam beobachtete er die Fenster des Vierfamilienhauses. Niemand war zu sehen. Lediglich das Fenster im Parterre war einen Spalt geöffnet. Vorsichtig näherte er sich und riskierte einen Blick in das Zimmer. Schon das leise Summen des Kindes sagte ihm, dass er hier richtig war. Durch den groben Stoff der Gardine erkannte er Raffaels Lockenkopf. Der Kleine übte mit einem winzigen Tanklastzug das Rückwärtseinparken zwischen einigen Bauklötzen.

Wie gerne hätte auch er in diesem Alter so unbeschwert spielen mögen. Immer wieder musste er die Quälereien der Mutter und die vom Suff gesteuerten Schläge des Vaters ertragen. Seine Hand wischte nachdenklich über die Stelle, an der noch vor Monaten eine hässliche Narbe sein Gesicht verunstaltet hatte. Sofort stieg er auf, der tiefverwurzelte Hass auf seine Eltern, die ihm einen wichtigen Teil seines Lebens einfach genommen hatten. Sie hatten ihm schlichtweg die Kindheit gestohlen. Pehlings Augen wurden für einen kurzen Augenblick hart. Schon kurz darauf glitt wieder ein offenes Lächeln über sein Gesicht. Es gab Momente in seinem Leben, da hatte er sich gewünscht, ein Vater sein zu können, der seinem Kind das geben durfte, was er selbst niemals bekommen hatte. Liebe war ihm fremd, weil er sie nie erfahren durfte. Jetzt plötzlich war da etwas, was er sich nicht erklären konnte. Er spürte Zuneigung zu einem Menschen.

Von vorne vernahm er das Zuschlagen einer Tür. Den Augenblick nutzte er, um am Fensterglas zu kratzen. Der Kopf des Kleinen schoss hoch, entdeckte den großen Freund, der ihn am Auto helfen ließ.

»Ralf ... Ralf ... warte, ich mach das Fenster auf. Da wird sich Mama aber freuen. Warte, ich hol sie.«

»Nein, nein, mein Kleiner. Mach nur das Fenster auf. Es soll doch eine Überraschung sein. Ich komm durchs Fenster. Fang mal auf. Ich habe dir was mitgebracht.«

Völlig sprachlos stand das Kind am offenen Fenster, durch das sein neuer Freund kletterte und wartete hibbelig auf das angekündigte Geschenk. Das kleine Paket war schwerer, als es aussah. Irgendwas klapperte da drin.

»Darf ich ...?«

»Natürlich, darfst du. Mach es auf. Hoffentlich gefällt es dir auch.«

Ungeduldig riss Raffael das Papier in Fetzen runter und starrte auf den nichtssagenden Karton.

»Mach weiter, los!«

»Was ist da drin, Ralf? Sag es mir jetzt schon. Bitte.«

»Guck nach, ich schweige wie ein Grab.«

Zitternd vor Aufregung hob er den Deckel ab und krallte die Händchen in den Lockenkopf. Fassungslos wechselte sein Blick zwischen dem ferngesteuerten Polizeiauto und dem Mann, der ihm einen stillen Wunsch erfüllt hatte. Bevor er sein Geschenk mit den Händen berührte, umarmten seine dünnen Ärmchen den Hals des großen Freundes.

Beide schraken hoch, als sie den erstickten Schrei Melanies hörten, die unverhofft in der Kinderzimmertür erschienen war. Sie schlug beide Hände vor den Mund. Die Stimme versagte, obwohl sie schreien wollte.

»Mama, Mama, sieh mal, was mir Ralf geschenkt hat. Ist das nicht toll? Darf ich das behalten? Bitte, bitte.«

Melanie war es unschwer anzumerken, dass sie nicht wusste, wozu sie sich entscheiden sollte. Die Angst um ihr Kind lähmte sie in ihrem Tun. Sie suchte nach einer Antwort, wollte vielleicht auch schreien ... nichts geschah. Die Stimme blieb weg. Ihre Hände sanken hilflos herunter und suchten nach Halt an einer Stuhllehne. Pehling war aufgesprungen, um sie zu stützen. Sofort hob sie die Hände wieder und streckte sie ihm mit angstgeweiteten Augen abwehrend entgegen. Pehling machte einen Schritt zurück und beobachtete traurig das weitere Geschehen.

Melanie zeigte immer wieder auf das Paket, danach auf Pehling. Sie versuchte zu sprechen, versuchte, ihrem Kind anzudeuten, dass es das Geschenk wieder zurückgeben sollte. Raffael verstand nicht, was die Mutter ihm sagen wollte. Tränen füllten mittlerweile seine Augen, als er verzweifelt seine Mama ansah, die scheinbar schlimme Schmerzen hatte.

»Mama, was ist mit dir? Ralf, bitte helf ihr doch. Ich verstehe das nicht. Hat dir jemand wehgetan?«

Melanie ließ sich mit einem tiefen Seufzen auf den Stuhl fallen. Endlich löste sich ihr Krampf und sie weinte so herzerweichend, dass Raffael die Arme um sie schlang und ebenfalls losheulte. Mit einer Hand griff er nach Pehling, der sich still und enttäuscht entfernen wollte.

»Bleib doch hier, Ralf. Die Mama braucht doch jetzt Hilfe. Du darfst nicht einfach wieder gehen. Wir wollen doch zusammen spielen.«

Melanie hatte sich zwar eine Scheibe Brot auf den Teller gelegt, diese mit Tomaten belegt, aber keinen Bissen angerührt. Stumm starrte sie auf ihren Teller, als könnte er ihr Antworten liefern auf viele brennende Fragen. Raffael redete ohne Unterlass auf seinen neuen Freund ein, der das lächelnd mit großer Geduld über sich ergehen ließ. Das Gesicht des Kleinen war feuerrot. Pehling schob ihm immer mal wieder, wenn der Fratz eine kleine Pause einlegte, ein Stück Brot in den Mund. Eine beeindruckende Familienidylle, wenn da nicht ...

Als Melanie den Kleinen ins Bett gebracht und ihm den Gute-Nacht-Kuss gegeben hatte, hielt er noch einen Augenblick deren Hand fest.

»Mama? Darf Ralf mir noch eine Geschichte vorlesen? Nur ganz kurz, versprochen.«

»Schatz, Ralf muss gehen, er wartet schon an der Tür. Ihr habt euch doch schon verabschiedet.«

»Ja, Mama, aber nicht so richtig. Bitte, nur noch fünf Minuten.«

Sie konnte dem Blick des Kleinen nicht widerstehen. Als sie sich umdrehte, stand Pehling schon in der Tür. Auch sein Blick war bittend. Schließlich verließ sie stumm den Raum und ihre Hand wies auf den Jungen. Ihre Augen flehten um etwas, was sie nicht aussprechen konnte. Pehling setzte sich auf die Bettkante und nahm das Buch vom Nachttisch, was die Reise der kleinen Ente Kiga nach Grönland erzählte. Bis in die Küche hörte Melanie die samtene Stimme des Mannes, den die halbe Welt wegen seiner unmenschlichen Taten suchte. Wieder schluchzte sie in die Hände, die sie vor das Gesicht gelegt hatte.

»Es tut mir so leid. Ich wollte dem Kleinen nur eine Freude bereiten. Ich wusste nicht, dass Sie es wissen. Bitte geben Sie mir einen kleinen Vorsprung, bevor Sie die Polizei anrufen. Ich werde Ihnen nichts tun und bin Ihnen auch nicht böse, wenn Sie ...«

»Setzen Sie sich. Wie soll ich Sie überhaupt nennen? Sage ich nun Ralf, wie es ja schon bei Raffael zur Gewohnheit geworden ist, oder sage ich Elmar Pehling? Ich bin am Ende. Meine Gedanken sind völlig durcheinander. Ist das denn alles wirklich wahr, was erzählt wird? Warum tun Sie das alles nur. Sie sind doch ein guter Mensch. Ich kann nicht glauben, dass der Mann, der jetzt vor mir steht, ein Massenmörder sein soll. Sagen Sie mir einfach, dass es eine tragische Verwechslung ist, dass sich alle irren. Sie müssen sich sofort der Polizei stellen und das regeln. Man wird Sie sonst weiter jagen und möglicherweise sogar erschießen.«

Melanie spürte plötzlich die große Hand auf ihrer Schulter, die sich dann wieder löste. Als er die Küche verließ, vernahm Pehling die leise gesprochenen Worte.

»Bleib hier, bleib bei uns ... Elmar. Geh bitte nicht weg. Wir werden einen Ausweg suchen und ihn auch finden.«

- Kapitel 21 -

Der schwarze Chrysler wartete schon einige Minuten auf
dem obersten Parkdeck des Einkaufszentrums am Limbecker
Platz, als der Mercedes in eine Parkbox einfuhr. Wie von
Geisterhand öffnete sich die hintere Tür des Chryslers. Der
Fahrer des angekommenen Wagens stieg dort ein und die
Tür schloss sich wieder. Niemand nahm Notiz von den drei
Männern, die hinter abgedunkelten Scheiben ein konspira-
tives Treffen abhielten. Die Menschen waren viel zu sehr mit
sich und ihrem anstehenden Shoppingerlebnis beschäftigt.

»Es wird Zeit, dass du dich wieder an deine Aufgaben
erinnerst. Deine Eskapaden haben mich ein Vermögen
gekostet. Ich werde zukünftig nicht mehr pauschal bezahlen,
damit du informiert bist. Du wirst nur noch Kohle bekommen, wenn deine Tipps lohnend für mich sind. Die letzte
Zahlung an dich hat mir nichts gebracht, absolut nichts.
Ganz im Gegenteil. Durch dich habe ich viele Tausend Euro
verloren. Der Schaden ist so groß, dass ich mir überlegen
muss, ob du für mich überhaupt noch von Wert bist.«

»Was soll das heißen? Willst du mich abschieben? Wer
soll dir dann die Tipps auf kommende Einsätze geben?«

»Hör mir zu, du Furz. Glaubst du wirklich, dass du für mich nicht ersetzbar bist? Machst du es nicht, finde ich schon morgen zehn andere, die gerne leicht verdiente Kohle einstreichen. Da sehe ich überhaupt kein Problem. Geld regiert diese Welt, das solltest gerade du wissen. Jeder von euch Pissern ist korrupt, damit das klar ist, alles eine Frage der Summen.«

»Hör zu Kladicz. Bisher konntest du doch wohl mit meiner Arbeit zufrieden sein, oder? Denk daran, dass ich viel weiß über deine Organisation.«

Die eintretende Stille war beängstigend. Fredi, der hinter dem Steuer saß, beobachtete seinen Boss im Rückspiegel, dessen Gesicht plötzlich eine unangenehme Härte zeigte. Das überhebliche Lächeln des dritten Mannes wirkte zwar etwas unsicher, er bemühte sich jedoch darum, es selbstbewusst aussehen zu lassen.

»Könnte es sein, dass du gerade versucht hast, mich zu erpressen? Du wirst mir wohl gleich versichern, dass du eine Liste mit Daten, Namen, Firmenadressen und anderen Informationen bei deinem bepissten Anwalt als Sicherheit hinterlegt hast. Ist das nicht so?«

»Du hast da was in den falschen Hals gekriegt. Ich will dich weder erpressen, noch will ich aussteigen. Ich wollte dir nur sagen, dass ich auch zukünftig für dich von Nutzen sein kann. Die Scheiße der letzten Tage geht nicht auf meine Kappe. Da sitzen plötzlich Leute am Hebel, die eine Soko gegen dich gebildet haben. Die spucken dir in die Suppe. Aber das regel ich schon.«

»Ich weiß, wer da die Fäden zieht. Darüber musst du mich nicht aufklären. Aber mal zurück zu deiner bescheuerten

Bemerkung. Was glaubst du über mich zu wissen? Was kannst du schon in der Hand haben? Nichts hast du, was mir schaden könnte. Bisher konnte keiner mir an die Karre pissen. Und das wird auch so bleiben, mein lieber Freund. Schreibe dir das hinter deine hässlichen Ohren.

Und jetzt mal Tacheles. Ich will alles über diese beiden Scheißer wissen, die diese Soko führen. Ich will wissen, wo sie wohnen, mit wem sie vögeln und warum. Du findest heraus, wo sie essen gehen und mit wem. Du sagst mir, was ihr Lieblingsgericht ist und wann sie es wieder ausscheißen. Haben wir uns verstanden? Ich brauche jedes Detail, jede kleinste Schwachstelle. Ihr Drecksbullen glaubt doch wohl nicht, dass ihr mich fertig machen könnt, oder? Meine Macht reicht bis in die höchsten Stellen. Viele über dir leben von meinem Geld. Wenn ihr euren Weibern einen Diamanten kauft, habe ich den bezahlt. Gibt es noch Fragen?«

Fredi drückte auf einen Knopf und die Tür öffnete sich wieder.

»Ich will die Informationen in spätestens drei Tagen in Fredis Händen wissen. Keinen Tag später. Und wehe dir, wenn eine solche Scheiße wie in Duisburg noch ein weiteres Mal passiert. Dann wirst du erfahren, dass du nur ein schäbiges Staubkorn auf dieser Welt bist. Ich mag keine Versager. Und jetzt, mach dich gefälligst an die Arbeit und verdiene dir dein Geld.«

Der mächtige schwarze Geländewagen rauschte mit einem satten Brummen davon und ließ einen nachdenklichen Polizisten zurück.

- Kapitel 22 -

Es war zum Verzweifeln. Nicht eine Spur wies auf den Verbleib von Pehling hin. Er blieb wie vom Erdboden verschluckt. Jeder hatte vermutet, dass er auf seiner Flucht eine blutige Spur hinterlassen, dass ihn jemand irgendwo beim Einkaufen, beim Tanken erkennen würde. Nichts. Sie liefen bei jeder Aktion ins Leere. Marianne Kirchner wusste mittlerweile nicht mehr, was sie ihrer Dienststelle noch als Ausrede vorsetzen sollte. Kein Mensch konnte so lange unerkannt durch Deutschland reisen, der intensiv von sämtlichen Polizeibehörden gesucht wurde. Frust baute sich auf, den sie hin und wieder bei den Kollegen abließ.

Immer wieder dachte sie über ihren Besuch bei dieser Melanie Kartum nach, die sie in Bezug auf Pehling ganz bewusst angelogen hatte. Warum tat sie sowas? Kein normaldenkender Mensch, der zudem auch noch ein Kind hatte, würde ein solches Tier decken. Es bestand für ihr Verständnis nur ein einziger, plausibler Grund für die Verschwiegenheit. Er hatte sie bedroht. Wahrscheinlich hatte er damit gedroht, ihrem Kind etwas anzutun. Ansonsten ergab nichts einen Sinn. Doch wäre es für Pehling wesentlich einfacher gewesen, auch diese Zeugin zu liquidieren, es sei denn ... nein, das konnte nicht sein. Dazu war ein solches Wesen nicht fähig, das die Lust am Morden für die Welt als Kunst zelebrierte. Solche Menschen waren zu tiefgehenden Gefühlen nicht fähig. Sie verwarf den Gedanken und dachte über Alternativen nach.

Die LKA-Beamtin sah noch einige Einsatzpläne und Berichte durch. Nachdenklich betrachtete sie die Fotos des Gesuchten, die an der Magnetwand hingen. Sie zeigten ihr ein Gesicht, das zumindest in der aktuellen Form einen Mann abbildeten, der eine gewisse Sinnlichkeit ausstrahlte. Gegenüber dem alten Foto mit der hässlichen Narbe konnte man hier sogar von einem attraktiven Äußeren sprechen. Marianne Kirchner erschrak, als sich ihr gegenüber ein Feuerwehrmann aus der hiesigen Wache niederließ. Auch sein Blick ruhte auf dem Foto Pehlings.

»Flotter Typ, oder. Das Gesicht könnte aus einer Parfum-Werbung stammen. Dem sollte man solche Schweinereien gar nicht zutrauen, oder wie sehen Sie das?«

Als hätte sie ihre Mutter in der Pubertätszeit beim Masturbieren erwischt, verfärbte sich ihr Gesicht augenblicklich, was dem Feuerwehrmann nicht entging. Er ging darüber hinweg und stellte einen zweiten Kaffeebecher vor die Kommissarin, den er mitgebracht hatte. Freundlich lächelnd prostete er ihr zu.

»Das würden Sie anders beurteilen, wenn Sie die Opfer gesehen hätten, die er hinterlassen hat. Hinter dieser, wie Sie behaupten, attraktiven Maske, verbirgt sich der leibhaftige Teufel, der uns durch ihn heimsucht. Solche Massaker veranstaltet kein normales, menschliches Wesen. Sein Verstand arbeitet völlig anders als unserer. Die Mediziner sprechen bei solchen Tätern von multiplen Persönlichkeiten, die sich in Bruchteilen von Sekunden komplett verändern können. Sie schlüpfen dann in die verschiedensten Persönlichkeiten, stellen sie glaubhaft dar. Ich habe schon erlebt, dass sich sogar ihre Stimme verändert, sie in anderen, fremden Sprachen reden lässt, die sie nie gelernt haben. Wir zwei können uns niemals vorstellen, wozu der menschliche Geist oft fähig ist.«

»Glauben Sie denn, dass wir diese Typen heilen können, wenn wir sie wegsperren und versuchen, zu therapieren? Man hört doch immer wieder davon, dass man Kinderschänder als ungefährlich einschätzt, sie freilässt und später die Rückfälle erleben muss. Ich finde, die dürften niemals wieder auf die Menschheit losgelassen werden. Wegsperren und den Schlüssel wegwerfen.«

Nachdenklich betrachtete die Beamtin den Mann, der sich zur Aufgabe gemacht hatte, sein eigenes Leben tagtäglich einzusetzen, um anderen zu helfen. Sie konnte ihn vielleicht sogar verstehen. Eine Antwort blieb sie ihm allerdings schuldig, da sie oft die gleichen Gedanken hatte. Sie wagte keine Einschätzung, wie sie sich verhalten würde, stünde sie mit gezogener Waffe vor diesem Monster. Der Feuerwehrmann nippte noch einmal an seinem Kaffee und gesellte sich wieder zu seinen Kameraden, die im Nebenraum Karten spielten und auf den nächsten Einsatz warteten.

Aus für sie unerklärlichen Gründen kreisten ihre Gedanken immer wieder um das Gespräch mit der Mutter, die ihr bewusst die Wahrheit unterschlug. Warum, in Gottes Namen, tat sie das? War dieser Wahnsinnige vielleicht sogar in der Wohnung, während sie die Frau verhörte? Konnte es sein, dass sie nur wenige Meter von diesem Monster trennten, während ...? Der Gedanke daran produzierte einen eisigen Schauer, der in Wellen über ihren Körper lief. Spontan griff sie nach ihrer Lederweste, die hinter ihr über der Stuhllehne hing. Mit durchdrehenden Reifen verließ der silberne Passat den Hof der Feuerwache.

»War es sehr unbequem auf der Couch? Ich habe uns Frühstück gemacht. Setz dich schon in die Küche, ich muss Raffael wecken. Der klüngelt morgens immer rum, bevor er in den Kindergarten geht.«

Pehling saß bereits angezogen vor dem Wohnzimmerfenster und starrte auf die Straße. Seine Gedanken kreisten um die nähere Zukunft. *War es ein Fehler, diese Familie in seine Schwierigkeiten hineinzuziehen? Sollte er jetzt einfach aufstehen und fortfahren, sich hier nie wieder sehen lassen? Würde er sein anderes, sein böses ICH noch lange zurückdrängen können?* Die ganze Nacht schon grübelte er über dieses Problem, kam aber zu keinem Ergebnis. Er wusste genau, in welche Gefahr er diese wunderbare Frau mit ihrem Sohn brachte. Allerdings wollte er den Augenblick bis zur letzten Sekunde auskosten, in dem er sowas wie Glück empfinden durfte.

Wie gerne wäre er mit diesen Menschen jetzt geflohen, weit weg, wo man von ihm und seinen Taten nichts wusste. Nein, das war einfach nicht möglich. Sie suchten ihn überall. Nur allein hatte er eine geringe Chance, den Häschern zu entfliehen. Ein Seufzer begleitete ihn, als er aufstand und Richtung Küche ging. Er hörte das Jauchzen des kleinen

Raffael, der mit seiner Mutter im Bett herumtollte. Nein, eine eigene Familie war für ihn undenkbar.

Seine Sinne hatten sich in den letzten Tagen enorm geschärft. Er witterte Gefahr schon im Ansatz. Durch den weißen Vorhang, den Melanie vorsichtshalber zugezogen hatte, entdeckte er deshalb den Passat, der gestern Abend noch nicht an der Straße parkte. Es handelte sich um keinen Hausbewohner, das erkannte er an dem Düsseldorfer Kennzeichen. Schemenhaft erkannte er den Schatten einer Person, die hinter dem Steuer lauerte und deren Blick auf dieses Haus gerichtet war. Er suchte die nähere Umgebung ab, konnte aber kein weiteres verdächtiges Fahrzeug entdecken. Wieder glitt sein Blick zum Passat. Die Position des Fahrers hatte sich nicht verändert. Sein Radar signalisierte ihm höchste Gefahr.

Pehling zuckte zusammen, als er die Hände spürte, die sich in seinem Hemd festkrallten. Ein kleiner Lockenkopf drückte sich, zu ihm hochlächelnd, an seine Hüfte. Raffael hatte sich mit seiner Mutter an ihn herangeschlichen. Nun kreischte der Kleine los und tanzte um seinen großen Freund herum. Melanie zog ihn beiseite und beobachtete Elmar. Sie spürte, dass etwas mit ihm nicht stimmte, er besorgt durch das Fenster starrte. Sie folgte seinem Blick und bemerkte nun ebenfalls das fremde Auto. Ihre Hand lag beruhigend auf dem Mund des kleinen Raffael.

»Das ist diese Kommissarin von gestern. Ich erkenne das am Nummernschild. Was will die wieder hier? Warum beobachtet die unser Haus? Elmar, was bedeutet das?«

»Mama, warum sagst du zu Ralf immer Elmar? Ist das ein Spiel? Soll ich auch Elmar zu ihm sagen?«

Jetzt war es Pehling, der dem Kleinen fest in die Augen sah. Er ging in die Knie und strich ihm über das Haar.

»Hättest du denn Lust auf ein Spiel, bevor du in den Kindergarten gehst?«

»Au ja. Mama, machst du auch mit. Das wird bestimmt lustig.«

Elmar erhob sich wieder und sah nun Melanie an.

»Hast du ein Auto?«

»Nein, das hat Fred damals mitgenommen. Er wollte nicht, dass ich ...«

»Aber du hast einen Führerschein, oder?«

»Ja natürlich. Aber warum fragst du?«

»Wir machen jetzt wirklich ein Spiel. Ich muss euch außer Gefahr bringen und unauffällig verschwinden. Ich habe einen grauen Fiesta in einer Seitenstraße, direkt schräg hinter eurem Haus, abgestellt, damit er von der Hauptstraße aus nicht gesehen werden kann. Wir machen Folgendes. Ich werde so verschwinden, wie ich gekommen bin, nämlich durch das Fenster. Dann werde ich mich hinten im Auto verstecken. Ihr zwei werdet ganz normal durch den Hauseingang rausgehen und in den Wagen einsteigen. Raffael, du musst aber so tun, als würdest du mich gar nicht sehen. Hast du das verstanden? Ich bin gar nicht da. Die Mama wird dann einfach die Straße entlangfahren, so, als ob sie zum Einkaufen fährt. Ich habe gesehen, dass etwa achthundert Meter von hier entfernt ein Waldstück hinter einer langen Kurve beginnt. Da wirst du dann langsam fahren, damit ich aussteigen und mich im Wald verstecken kann. Danach kannst du wieder Gas geben und in die nächste Ortschaft fahren. Wenn man dich anhält, sagst du einfach, dass du mit

Raffael was besorgen wolltest und niemanden gesehen hast. Habt ihr zwei das alles verstanden?«

Melanie nickte völlig entgeistert und Raffael sprang mit hochrotem Gesicht durch die Küche.

»Das wird ein Spaß. Und wir kommen dich dann später im Wald suchen. Du musst dich aber auch gut verstecken, sonst finde ich dich ja sofort. Ich bin gut im Fangen.«

»Toll, dann ist ja alles klar. Ich gehe dann mal los.«

Während der kleine Raffael zur Garderobe lief und den Anorak überzog, strich Elmar Pehling seiner Gastgeberin über die Wange und hauchte ihr einen Kuss auf den Handrücken.

»Es wird schon alles gutgehen, du wirst sehen.«

Sekunden später schlich er über den Rasen zum Auto und öffnete die hintere Tür. Niemand sah im dabei zu. Das kleine Städtchen schlief noch. Den Zündschlüssel steckte er in das Zündschloss und wartete geduckt hinter dem Fahrersitz.

Marianne Kirchner hatte die müden Augen bereits halb geschlossen, als sie die Bewegung an der Haustür bemerkte. Raffael stürmte auf den Gehweg, gefolgt von seiner Mutter. Kirchner war hellwach. Die Beiden nahmen nicht, wie erwartet, den direkten Weg zum Kindergarten, sondern bogen in eine Nebenstraße hinter dem Haus ein. Gespannt wartete Kirchner auf das weitere Geschehen. Nichts tat sich, bis sie den grauen Fiesta auf die Hauptstraße einbiegen sah, hinter dessen Steuer sie Melanie Kartum erkannte. Das konnte einfach nicht sein. Sie hatte recherchiert, dass auf den Namen dieser Frau kein Fahrzeug zugelassen war. Schließlich wollte Kirchner sichergehen, dass sie den nicht dem Mörder zur weiteren Flucht zur Verfügung stellte.

Aufmerksam verfolgte sie das Auto, das nur wenige Meter entfernt an ihr vorüberfuhr. Am Steuer Melanie, auf dem Rücksitz tobte Raffael herum. Beide fuhren die breite Landstraße entlang, Richtung Ortsausfahrt. Der Kindergarten befand sich genau entgegengesetzt. Bei Kirchner klingelte laut eine Alarmglocke.

»Kommissar Kirchner hier. Zwei Dinge bitte sofort erledigen. Erstens brauche ich den Besitzer des Fahrzeuges mit folgendem Kennzeichen.«

Der Beamte in der Leitstelle schrieb mit.

»Zweitens sofort Sperren errichten auf den umliegenden Straßen. Einen grauen Fiesta mit dem eben genannten Kennzeichen bitte sofort anhalten und kontrollieren. Aber äußerste Vorsicht. Neben einer Frau und einem Kind könnte sich der gesuchte Mörder Elmar Pehling darin befinden. Benutzen Sie die Waffen nur im absoluten Notfall. Die Gesundheit der mitfahrenden Personen hat oberste Priorität. Ich werde dem Wagen jetzt in großem Abstand folgen.«

Kirchner hatte den Fiesta bereits aus den Augen verloren, als sie den Passat startete und auf die Landstraße einbog. Nach wenigen hundert Metern erkannte sie das Fahrzeug wieder weit hinter einem langgezogenen Waldstück. Sie beschleunigte.

Am Horizont erkannte sie die ersten Blaulichter, die sich von Norden der Unterführung zur A31 näherten. Von allen Seiten kamen nun mehrere Fahrzeuge auf den Punkt zu, den der Fiesta in Kürze passieren musste. Etwa zweihundert Meter, bevor Melanie die Autobahnunterführung erreichte, zog ein Polizeifahrzeug aus einem Seitenweg heraus und versperrte damit die Straße über die gesamte Breite. Ein

Beamter sprang heraus und kniete mit gezückter Waffe neben dem Wagen. Er zielte auf den sich nähernden Fiesta.

»Mama, pass auf ... da ist ein ...«

Melanie Kartum blieb nur noch die Zeit, das Steuer herumzureißen. Mit aufgerissenen Augen, den Schrei ihres Kindes in den Ohren, sah sie die Betonwand der Unterführung auf sich zurasen. Den Aufprall nahm sie schon nicht mehr wahr. Auch nicht, dass Raffael erst gegen ihren Nacken, und anschließend durch die Frontscheibe gegen die Wand schlug. Das Auto vibrierte noch einen Augenblick, als es auspendelte. Der plötzliche Knall, als der Tank Feuer fing und explodierte, schleuderte sogar den Beamten gegen das Einsatzfahrzeug. Immer noch den Arm schützend vor den Kopf gepresst, stierte er ungläubig in das Flammenmeer.

Marianne Kirchners Wagen schleuderte, so fest hatte sie auf die Bremse getreten. Wie entfesselt schlug sie mit den Fäusten auf das Lenkrad und schrie ihren Zorn laut heraus. Wie in Trance öffnete sie erst nach Minuten die Tür, stand fassungslos neben dem Auto und beobachtete die vielen Einsatzkräfte, die noch versuchten, mit Handfeuerlöschern, das Flammeninferno zu beherrschen. Aus der Ferne hörte sie die Sirenen der sich nähernden Feuerwehrfahrzeuge.

Was sie nicht erkennen konnte, war der große Mann, der hunderte Meter entfernt zwischen den dichtstehenden Bäumen stand und alles beobachtete. Seine Augen glichen Eisgletschern. Sein Geist hatte den Wechsel bereits vorgenommen.

- Kapitel 23 -

Sven stand wie unter Schock neben dem Schreibtisch, als sich die Tür öffnete und Karin in Begleitung von Frau Krassnitz eintrat. Beide Frauen wechselten einen Blick, wussten sofort, dass wieder etwas Schreckliches passiert sein musste. Karin legte die Hand auf Svens Arm, während sich Krassnitz still in die Küche verzog, um schnell einen Kaffee zu holen.

»Setz dich, Schatz. Bitte setz dich. Du siehst ja aus, als wäre dir der Teufel erschienen. Erzähl.«

»Weit weg bist du nicht von der Wahrheit. Zumindest hatte der Teufel seine Hand im Spiel. Mich hat gerade der Vorgesetzte von dieser Kommissarin Kirchner, du weißt, diese Frau vom LKA ...«

»Ich weiß, wen du meinst. Aber da hast du doch nichts mehr mit zu tun. Was ist mit ihr?«

Frau Krassnitz näherte sich mit drei Tassen Kaffee, die sie auf einem Tablett neben dem Teller mit Keksen balancierte. Vorsichtig setzte sie alles ab, vergaß aber, die Tassen zu verteilen. Ihr Blick war auf die Lippen ihres Chefs gerichtet, der mit stockender Stimme berichtete, was in Ochtrup passiert war.

»... die Kirchner ist jetzt zur weiteren Beobachtung ins Krankenhaus gebracht worden. Für die Frau und das Kind kam jede Hilfe zu spät. Hört das denn nie auf, Karin?«

»Ich weiß ja, dass dieser Unfall schrecklich ist, doch jetzt darfst du nicht den Fehler machen, den Tod der beiden Menschen dem Pehling in die Schuhe zu schieben. Der war doch nicht in dem Auto.«

Krassnitz schrak hoch, als Sven aufsprang und um den Schreibtisch lief.

»Das wäre gar nicht erst passiert, wenn dieses Monster nicht ausgebrochen wäre. Kannst du das nicht begreifen? Es wäre einfach nicht passiert!!!«

Die letzten Worte schrie er ihr ins Gesicht. Karin ließ sich davon nicht beeindrucken.

»Nichts ist bisher bewiesen. Es war nur ein bloßer Verdacht von Kirchner, dass diese Frau den Killer kannte. Natürlich ist er für vieles schuldig, aber das hier war ein Versagen der Polizei. Das war unprofessionell. Das musst du doch zugeben. Sie sollten Rücksicht darauf nehmen, dass ein Kind und eine unschuldige Frau im Wagen saßen. Das war absolute Scheiße, die diese Dorfpolizisten verursacht haben. Sieh das endlich ein.«

Jetzt war es Karin, die ihre Stimme erhob und ihren Zeigefinger immer wieder gegen die Brust von Sven stieß.

»Ich misch mich ja nicht gerne ein, Chef, aber da hat Doktor Hollmann recht.«

»Haben Sie nichts zu tun, Krassnitz? Ich will nicht über Schuld und Unschuld dieses Dreckskerls diskutieren. Der gehört schlichtweg verbrannt. Auf den Scheiterhaufen mit dem Saukerl.«

Krassnitz verfärbte sich und beeilte sich, den Raum zu verlassen. Tränen der Enttäuschung traten ihr in die Augen, als sie in ihrem Büro verschwand.

»Was war das denn eben? Bist du jetzt ganz von Sinnen? Ist das deine Art, Probleme wegzureden, indem du die Menschen vor den Kopf stößt, die dir sehr nahe stehen und dir helfen wollen? Da hast du dir aber ein kräftig stinkendes Ei ins eigene Nest gelegt. Ich würde dir empfehlen, dass ....«

»Ja, ja, ich mach das schon wieder gut bei Frau Krassnitz. Aber ich darf doch wohl auch mal aus der Haut fahren, oder?«

»Nein, mein Lieber, darfst du nicht. Du bist ihr Chef und sie sieht zu dir auf. Kauf dir einen Boxsack und reagiere dich nicht an deinen Mitarbeitern ab. Sie hat es nicht verdient, so behandelt zu werden.«

»Ist es jetzt gut? Ich brauch ja bald die nächste Therapie, wenn du so weiter machst. Ich muss nach Ochtrup, Liebes. Fährst du mit?«

Karins strenger Blick wurde sanfter. Schließlich stieß sie ihre Faust gegen Svens Arm und lachte.

»Selbstverständlich fahre ich mit, aber nur unter einer Bedingung.«

Mehr musste sie nicht erklären. Sven machte sich auf den Weg ins Nachbarbüro.

Marianne Kirchner bemerkte die Besucher erst, als sie neben dem Bett standen und ihre Hand berührten. Sie richtete den Blick vom Fenster auf Sven und Karin, ohne denen das Gefühl zu geben, dass sie von ihr tatsächlich wahrgenommen wurden. Ihre Augen sahen durch die Besucher hindurch. Sven versuchte trotzdem, sich verständlich zu machen.

»Wir wollten nur nach Ihnen sehen. Darf ich Ihnen Frau Doktor Hollmann vorstellen. Ich weiß nicht, ob Sie sich an den Namen erinnern? Das ist die Dame, die sich bei diesem Pehling in Gefangenschaft befand. Sie ließ sich nicht davon abhalten, mit mir nach Ihnen zu sehen. Fühlen Sie sich in der Lage, uns von diesem tragischen Unfall zu berichten?«

Sven glaubte, in Kirchners Augen eine Reaktion festgestellt zu haben. Sie griff zumindest nach seiner Hand und drückte sie erstaunlich fest.

»Unfall? Das war kein Unfall. Ich habe das Kind getötet. Ich trage die Schuld an dem Tod von zwei unschuldigen Menschen.«

Die Tränen lösten sich aus den weit geöffneten Augen, liefen ihr über die Wangen. Karin griff nach einer Serviette und tupfte das Gesicht trocken. Mit dem Handrücken strich sie der Verzweifelten Frau über das Gesicht.

»Wir verstehen, dass Sie sich verantwortlich dafür fühlen. Es ging mir wahrscheinlich ähnlich. Doch woher sollten Sie wissen, was passiert. Damit konnte man doch nicht rechnen. Erzählen Sie bitte, wie Sie es gesehen haben. Nur das ist im Augenblick wichtig. Lassen Sie es endlich raus. Sie werden sehen, dass es Ihnen dann schon viel besser gehen wird. Niemand macht Ihnen einen Vorwurf.«

Wieder irrte Kirchners Blick durch den Raum, wechselte zwischen Sven und dieser Frau, die so viel Mitgefühl zeigte. Sie suchte nach Worten, wusste nicht, wo sie beginnen sollte. Immer wieder tauchten diese Flammen vor ihren Augen auf. Sie glaubte, die verzweifelten Schreie der Sterbenden zu hören. Kirchner presste beide Hände auf die Ohren und atmete schneller. Da war dieser Wechsel zwischen rotierenden, blauen Lichtern und dem Flammeninferno, der ihr den klaren Blick auf das Geschehen verwehrte. Sie spürte, wie sich eine Hand auf ihre feuchte Stirn legte, leise Worte an sie gerichtet wurden.

»Alles wird gut, beruhigen Sie sich. Lassen Sie sich Zeit. Wir kommen an einem anderen Tag wieder, Frau Kirchner.«

Verzweifelt griff sie nach der Hand, hielt sie fest umklammert.

»Die vielen Flammen. Das Kind auf dem Rücksitz, es war so ... so lebendig ... es lachte doch noch so vergnügt. Ich hätte wissen müssen, dass der Junge mit der Mutter allein im Auto saß. Ich habe trotzdem die Kollegen benachrichtigt. Ich war besessen von der Vorstellung, dass dieser Pehling mit im Wagen saß. Niemals werde ich diese Bilder vergessen können. Haben Sie schon mal jemanden getötet, Frau Doktor? Wissen Sie, wie man sich danach fühlt?«

»Nein, Frau Kirchner, das habe ich nicht. Aber ich weiß genau, wie sich der Tod anfühlt, weiß, wie er riecht. Er lacht mir jeden Tag ins Gesicht. Ich bin Rechtsmedizinerin. Ich kann Ihnen versichern, dass der Tod sehr launisch sein kann. Er hält sich nicht an unsere Regeln. Er schlägt brutal zu, wenn er es für richtig erachtet. Deshalb dürfen Sie sich keine Vorwürfe machen. Es war Bestimmung, dass dieses Kind stirbt. Weder Sie noch dieser Pehling tragen daran eine Schuld.«

Sven wollte etwas einwenden, Karins strenger Blick hinderte ihn daran. Er ging zum Fenster und sah über den Park. Karin würde ihn niemals davon überzeugen können, dass Pehling schuldlos am Tod dieser Menschen war. Er würde ihn dafür irgendwann zur Rechenschaft ziehen. Schon für den Tod dieses Kindes hatte er den Tod verdient. Sven konnte deutlich die Kollegin hören, die immer wieder stockend versuchte, das Erlebte in Worte zu fassen. Endlich erhielten sie ein klares Bild über die Situation. Natürlich blieb die Frage offen, ob Pehling seine Hände im Spiel hatte. Beweisen konnte man es ihm nicht. Sven würde versuchen, über die Spurensicherung herauszufinden, ob sich Pehling in dieser Wohnung aufgehalten hat. Irgendwann würde sich die Schlinge um dessen Hals zuziehen. Und genau dann wollte er zur Stelle sein.

»Darf ich die Herrschaften nun bitten, zu gehen? Wir müssen unsere Arbeit machen. Außerdem ist gleich Visite.«

Die Schwester steckte den Kopf ins Zimmer und verschwand sofort wieder. Sven und Karin verabschiedeten sich von der Kollegin und machten sich auf den Weg, um den Unfallort zu besichtigen.

Dr. Kläsener trat zur Seite, als sich die Besucher in den Aufzug drängten, um das Krankenhaus nun endgültig dem Personal zu überlassen. Er rückte die Brille zurecht, die sich dabei verschoben hatte. Im gesamten Haus hatte sich der Geruch des Abendessens ausgebreitet, das jetzt auch dem Ende zuging. Er stieg in der vierten Etage aus und lief mit in den Taschen vergrabenen Händen und offen wehendem Kittel an den Zimmern vorbei. Er suchte die Namensschilder ab, bevor er vor einer Tür stehenblieb. Er wartete nach dem zaghaften Klopfen ab, ob er ein herein hören konnte. Alles blieb still, sodass er vorsichtig die Türklinke herunterdrückte. Die Patientin, die neben dem zweiten, aber leeren Bett mit geschlossenen Augen dalag, musste dann die sein, die er besuchen wollte. Einen Augenblick betrachtete er das entspannte Gesicht, bevor er das Tuch und die Arzneiflasche aus der Tasche herauszog. Die Patientin hatte das Abendessen bereits beendet, was das abgeräumte Beistelltischchen zeigte. Die Tabletten hatte sie auch schon eingenommen. Das heruntergedimmte Licht zeigte Doktor Kläsener, dass sie in einen erholsamen Schlaf gefallen war.

Mit einem letzten Blick auf das Fläschchen überzeugte sich der Arzt davon, dass er das richtige Mittel mitgebracht hatte. Einige Tropfen träufelte er auf den kleinen Lappen und drückte diesen auf Mund und Nase der schlafenden Frau. Für einen Moment öffnete Marianne Kirchner die Augen und erkannte, wer ihr das Narkotikum verabreichte. Die Arme unternahmen noch den Versuch, die Hand des Mannes wegzuschlagen. Sekunden später raubten ihr die eingeatmeten Dämpfe die Besinnung.

Schwester Renate grüßte den gutaussehenden, charmant lächelnden Arzt mehr als freundlich, der über den langen Flur dem Aufzug zustrebte. *Warum kann der nicht in unserer Abteilung arbeiten?* Seufzend verschwand sie im Schwesternzimmer und sortierte die Medikamente für die Nacht.

»Frau Kirchner, hallo Frau Kirchner.«

Schwester Renate schüttelte die Patientin an der Schulter. Keine Atmung, keine Reaktion. Sie klappte ein Augenlid hoch und blickte in tote Augen, der Griff an die Halsschlagader überzeugte sie endgültig davon, dass Frau Kirchner verstorben war. Der rote Knopf alarmierte die Bereitschaft.

Die Ruhe der Station wurde von einer hektischen Betriebsamkeit abgelöst. Ärzte und Schwestern liefen in dem Zimmer ein und aus. Der Schrei einer Frau ließ das gesamte Personal erstarren. Schwester Renate hatte die Decke, die bisher den Körper der Verstorbenen abgedeckt hatte, zurückgeschlagen. Der Anblick des vielen Blutes verschlug selbst ihr, die an offene Wunden gewöhnt war, die Sprache. Der gesamte Unterleib der Patientin schwamm im Blut, Gedärme waren aus einem großen Bauchschnitt herausgezerrt worden. Sie krallte die Hände um den Bettpfosten, um nicht die Besinnung zu verlieren. Dann wendete sie sich dem Fenster zu und übergab sich auf die Fensterbank.

- Kapitel 24 -

Sven und Karin glaubten fest daran, entspannt einen Abend mit einem leckeren Essen und einem besonderen Nachtisch verleben zu können. Die Pasta dampfte in der Schüssel, die Gambas leuchteten dunkelrot in der Pfanne, verbreiteten den Geruch des Knoblauchs. Karin schenkte einen trockenen Roten ein und überzeugte sich mit einem kleinen Schluck davon, dass er gut zum Essen passte. In das Ausklingen des Gläserklirrens nach dem Anstoßen mischte sich das Läuten des Telefons. Sven war schon halb hochgesprungen, als sich beruhigend Karins Hand auf seine legte und ihn zurückhielt. Nach dem vierten Läuten schaltete sich der Anrufbeantworter ein. Genießerisch kauend lauschten Beide der Ansage und der Meldung.

»Einsatzzentrale, Obermeister Kolle. Herr Oberkommissar, ich soll Sie davon in Kenntnis setzen, dass es einen Zwischenfall in der Klinik in Gronau gab. Die Patientin Marianne Kirchner ...«

Längst war Sven aufgesprungen und hatte den Hörer aus der Schale gerissen. Automatisch schaltete das Gerät auf Empfang.

»Ja, ich bin zuhause. Wiederholen Sie nochmal. Was ist dort geschehen?«

»Wie ich schon sagte. Die Patientin Kirchner wurde getötet. Weiter gibt es einen ermordeten Klinikarzt, einen gewissen Doktor Kläsener. Er wurde in seinem Büro gefunden. Soll ich bestätigen, dass Sie dort erscheinen werden?«

»Können Sie, können Sie. Bin schon auf dem Weg.«

Sven griff nach der Lederweste, die ihm Karin hinhielt. Mit einem letzten, sehnsüchtigen Blick schielte Sven auf die noch dampfenden Gambas, die jetzt auf dem Tisch erkalteten.

»Ich würde sagen, dass der Tod vor etwa fünf Stunden eintrat. Die Patientin wurde betäubt und es wurde direkt anschließend ein Bauchschnitt durchgeführt, der gerade von der Vagina zum unteren Rippenbogen verläuft. Dabei wurde der Patientin zumindest der größte Teil des Corpus uteri, also der Gebärmutterkörper, herausgetrennt, wobei der Gebärmutterhals teilweise erhalten blieb. Es fehlen weiterhin die Eierstöcke. Selbst im Bereich der Vagina wurden die Schamlippen weitestgehend abgeschnitten. Die Patientin ist mit großer Wahrscheinlichkeit verblutet. Mein Gott, warum macht man sich diese Arbeit und geht dabei noch das Risiko ein, erwischt zu werden?«

Karin zog sich die Handschuhe von den Fingern und warf sie in eine Schale. Mehrere Ärzte standen um das Bett herum und diskutierten. Sven machte sich Notizen und trat zurück.

»Ich war oben in der Urologie. Der Täter hat diesen Doktor Kläsener mit einem sauberen Halsschnitt getötet und seine Kleidung gestohlen. Er hatte wohl einen gnädigen Tod.

Schwester Renate schwört darauf, dass der falsche Arzt das Namensschild von Doktor Kläsener trug und sich zur Tatzeit auf dem Flur aufhielt. Ihre sehr exakte Beschreibung passt punktgenau auf Pehling. Es muss sich also auf seine ganz spezielle Art an der Kommissarin gerächt haben. Nun besitzt er sogar eine Trophäe. Ich nehme an, dass er durch die Entfernung der Eierstöcke und des Uterus, sinnbildlich auf den Tod des Kindes hinweisen möchte.«

»Es weist also vieles darauf hin, dass er doch eine wie auch immer geartete Beziehung zu den beiden Unfallopfern hatte. Es besteht sogar die Möglichkeit, dass er sich zum Zeitpunkt des Unfalls in direkter Nähe aufhielt. Wie sonst sollte er wissen, wer womöglich die Schuld an dem Tod der beiden Opfer trägt. Pehling hält sich immer noch in der Gegend auf. Verdammt, der muss doch irgendwann mal in die Maschen der Polizeikontrollen geraten. Er ist und bleibt ein Phantom. Sven, du kannst dir gar nicht vorstellen, wie glücklich ich darüber bin, dass der nicht mehr in deinem Zuständigkeitsbereich mordet. Wir sollten uns da zukünftig heraushalten.«

Karin hatte sich mit Sven auf einer Bank niedergelassen, die man auf dem Flur abgestellt hatte. Beide starrten auf die gegenüberliegende Wand, an der Bilder hingen, die Porträts von glücklich dreinschauenden, spielenden Kindern zeigten. Karins Hand suchte die von Sven.

- Kapitel 25 -

Die dunklen Schatten bewegten sich völlig lautlos, wurden eins mit den Riesenbergen an Containern, die sich zu Tausenden auf dem Speditionshof stapelten. Das Spezialeinsatzkommando hatte solche Einsätze schon hundertfach geübt und wusste, wie man unauffällig ein Gelände besetzte. Stille Zeichen mit den Händen dirigierten die Männer an die Positionen, die zuvor besprochen worden waren. Es waren nur noch wenige Minuten bis zum Zugriff. Alle Ein- und Ausgänge waren besetzt, ohne dass die beiden Männer, die im Pförtnerhaus die Nachtwache schoben, auch nur ansatzweise etwas bemerkt hatten. Alles lief bisher nach Plan. Nach und nach kamen die Meldungen über Funk, dass die Gruppen an Ort und Stelle waren. Jetzt fehlten nur noch die beiden Fahrzeuge, die für diese Zeit angekündigt waren und die Drogen liefern sollten. Sven und Peter Krüger beobachteten ungeduldig die lange Zugangsstraße, die von der Autobahn direkt auf das Gelände führte. Der LKW-Verkehr war in den Nachtstunden völlig zum Erliegen gekommen. Wenige Meter entfernt flüsterte Ludwig Tetzlaff, Krügers Stellvertreter, mit einem Kollegen.

Den beiden Scheinwerfern, die die Schwärze der Nacht durchbrachen, folgten zwei weitere. Sie näherten sich dem Speditionsgelände, und bogen langsam in die Einfahrt ein. Im Pförtnerhaus entstand Bewegung. Die Schranke fuhr hoch, die Leute begrüßten die Fahrer und teilten ihnen die genaue Abstellposition mit. Pünktlich. Die beiden Wagen trafen fast auf die Minute genau ein. Sven nickte seinem Kollegen zu. Der Tipp des Informanten war bis hierhin zutreffend.

Jede Deckung ausnutzend, schlichen die Männer vorwärts. Das Netz wurde immer enger. Niemand konnte jetzt noch durchschlüpfen. Die Männer des Einsatzkommandos wussten genau, dass dieser Einsatz mit Risiken verbunden war, da die Drogenschmuggler in der Regel bewaffnet waren und sich zu verteidigen wussten. Geduckt verfolgte man das Herannahen eines kleineren Lastwagens, der rückwärts an einen der Lkws heranfuhr. Die Ladeklappen fuhren hydraulisch herunter. Nachdem sich die Fahrer begrüßt hatten, öffnete sich auch die Hecktüren des kleinen Fahrzeugs. Es sprangen zwei Männer heraus, die sich auf die Ladefläche des Lkws schwangen. Nach und nach wurden große Pakete umgeladen.

Krüger hob die Hand und gab leise Befehle in sein Funkgerät. Augenblicklich entstand ein scheinbar unübersichtliches Chaos, als von allen Seiten schwarzgekleidete Gestalten aus ihren Deckungen sprangen und ihre Waffen auf die sechs Männer richteten, die mit dem Umladen beschäftigt waren. Einer von ihnen ließ vor Schreck ein Paket fallen, das mit einem satten Platschen auf dem Boden aufplatzte. Fast gleichzeitig schossen die Hände der Fahrer in die Höhe, als sie von allen Seiten die Befehle hörten. Das befürchtete Szenario blieb aus.

»Polizei. Legen Sie sich auf den Boden. Die Hände in den Nacken und keine Bewegung!«

Schwere Stiefel tauchten neben den Köpfen der verängstigt daliegenden Fahrer auf. Die Läufe von Waffen waren auf die Männer gerichtet. Plötzlich kehrte Ruhe ein. Nur die Schritte der sich nähernden Kripobeamten waren zu hören.

»Alles durchsuchen. Holt die Kartons aus dem Wagen und öffnen. Wo sind die Hunde? Bringt die Hunde her und ab damit auf die Ladeflächen.«

Die beiden Einsatzfahrzeuge der Polizei bogen in die Einfahrt ein. Lautes Gebell erfüllte die Nacht. Die vierbeinigen Spürnasen konnten es gar nicht abwarten, die Ladung zu durchsuchen. Während die Männer die bereits umgeladenen Kartons aufbrachen und den Inhalt überprüften, schnüffelten die empfindlichen Nasen an der Restladung.

Ein Karton nach dem anderen offenbarte seinen Inhalt. Wieder stieg den Beamten der Geruch von Fisch in die Nasen. Diesmal handelte es sich allerdings um angenehmer riechende Seezungenfilets, die in Eis lagerten. Von allen Seiten erhielten Sven und Krüger die unterschiedlichsten Meldungen.

»Nichts. Hier auch nichts, alles sauber. Ich kann jetzt bald keinen Fisch mehr riechen. Wenn meine Alte am Freitag Fisch brät, bringe ich sie um.«

Wütend trat Krüger gegen einen Karton, sodass die Filets durch die Luft flogen.

»Scheiße, Scheiße. Die müssen wieder gewarnt worden sein. Habt ihr auch wirklich die kompletten Fahrzeuge durchsucht? Seitenwände, Reifen, Bodenbleche und so weiter? Da muss einfach was sein. Der Informant hat uns noch nie verarscht.«

»Alles sauber, Chef. Nicht ein Gramm Koks. Wir haben bei einem Fahrer ein paar Krümel Marihuana in einer Zigarette gefunden. Ansonsten kann man kaum cleaner sein. Sollen die Männer weitermachen, oder brechen wir den Einsatz ab?«

Kommissar Tetzlaff warf den Fisch angewidert zurück in den Karton und wartete auf weitere Befehle von Krüger. Ärgerlich streifte er die Latexhandschuhe von den Händen und feuerte sie hinterher. Alle Augen waren auf den leitenden Oberkommissar gerichtet. Die Hunde zerrten ungeduldig an den Leinen.

»Abrücken. Sofort abrücken. Wir nehmen die Ladelisten mit und hauen wieder ab.«

»Was sollte das Ganze gestern Abend? Könnt ihr euch vorstellen, was heute Morgen hier los war? Der Alte tobt wie ein Berserker. Nicht nur, dass der Einsatz teuer war, wir haben uns auch bis auf die Knochen blamiert. Die Anwälte der Lieferfirma werden uns auf Schadenersatz verklagen. Die ganze Ladung ist versaut, da der Fisch komplett aufgetaut war. Ihr habt wohl keine Vorstellung, was Seezunge am Markt kostet, oder? Was noch dazu kommt. Die gesamte Presse macht sich über uns lustig. Das ist ein gefundenes Fressen für die.

Kann mir mal jemand verraten, wer euch diesen bescheuerten Tipp gegeben hat? Ihr habt dem doch nicht auch noch was bezahlt für diesen Scheiß ... oder doch?«

Kriminalrat Fugger sah mit hochrotem Kopf in die Runde. Keiner der Anwesenden hob den Blick von der Tischplatte. In Sven baute sich allmählich Wut auf. Für ihn stand eines mittlerweile fest. Sie hatten einen Maulwurf in ihren Reihen. Jemand ließ sich dafür bezahlen, sämtliche Aktionen, die sich gegen Kladicz richteten, zu verraten. Auch er kannte den Informanten, der Krüger schon viele anstehenden Deals angekündigt hatte. Nur bei Kladicz schien das nicht zu funktionieren. Die Blicke der beiden Männer trafen sich. Sven wusste, dass Krüger die gleichen Gedanken hatte. Er nahm sich vor, den verdammten Verräter zu enttarnen.

Die Krisensitzung verlief erwartungsgemäß ergebnislos. Die Männer konnten nichts Anderes tun, als ihre Wunden zu lecken und darauf zu hoffen, dass sie beim nächsten Unternehmen mehr Glück hatten.

Sven zermarterte sich das Gehirn, was wann an wen weitergegeben worden war. Er ging die gesamte Befehlskette durch und kam zu dem Schluss, dass es eigentlich jeder aus dem Team hätte sein können. Sogar die Leute aus dem Einsatzkommando konnte er nicht ausschließen. Jeder hatte bis kurz vor der Aktion die Gelegenheit, den Gangsterboss zu informieren. In seine Überlegungen platzte Krüger herein. Wortlos setzte er sich vor Svens Schreibtisch und schob ihm den Kaffeebecher zu, den er vorsorglich aus dem Automaten gezogen hatte.

»Es kann jeder sein ... oder was denkst du, Sven? Ich werde wahnsinnig bei dem Gedanken, dass uns einer der Kollegen in die Pfanne haut. Ich möchte dem mit Vergnügen die Fresse polieren. Aber es wird der Tag kommen, da bekommt er die Rechnung serviert. Der fühlt sich jetzt noch sicher. Aber warte nur ab, bis er für diesen Kladicz an Wert verliert oder der glaubt, dass er für ihn gefährlich wird. Dann serviert der ihn ab wie eine lästige Fliege.«

»Ich gehe schon die ganze Zeit in Gedanken diese Aktion durch. Für mich stellt sich die Frage, an welchem Punkt der Verräter tätig wird. Wann liegt klar auf der Hand, was wir wann gegen wen und wo unternehmen. Was hältst du davon, wenn wir beide diesem Schwein eine Falle bauen? Wir müssen mal davon ausgehen, dass die Männer vom Einsatz-kommando ja lediglich den Ort des Einsatzes kurz vor dem Termin erfahren. Die können ja überhaupt nicht wissen, wen wir hochnehmen wollen. Die würde ich mal ausschließen. Ich vermute die Drecksau hier bei uns ... in unserer Soko. Und genau da möchte ich ansetzen. Ich habe folgenden Plan.«

Sven und Peter Krüger steckten die Köpfe zusammen.

- Kapitel 26 -

Obwohl ihnen die Februar-Kälte durch die Kleidung drang, hatten sich die vier Männer auf die Terrasse begeben, um dort zu rauchen. Dampfender Kaffee stand auf einem kleinen Beistelltisch, den man mit Cognac trinkbarer gestaltet hatte. Kladicz hörte aufmerksam zu, während die Sektionsleiter die Razzia der vorletzten Nacht diskutierten.

»Ich würde es zumindest versuchen, Milan. Bei irgendeiner Summe wird auch dieser Spelzer schwach. Es ist wie immer nur eine Frage des Preises. Und wenn das nicht hilft, müssen wir eben mal schauen, womit wir ihn unter Druck setzen können. Jeder hat irgendeine Schwachstelle.«

»Ich weiß, wo seine liegt. Da habe ich schon längst die Fühler ausgestreckt. Aber ich will nach Möglichkeit verhindern, dass mir der ganze Polizeiapparat auf den Pelz rückt. Schließlich handelt es sich um eine Rechtsmedizinerin. Das ist seine neue Flamme.«

»Siehst du, da haben wir es schon. Die Liebe ist immer ein Ansatzpunkt. Da wird der stärkste Mann schwach. Du musst ja nicht gleich radikal vorgehen. Niemand sagt, dass du dem Mädchen was antun sollst. Aber dieser Mistbulle sollte wissen, dass wir von ihr wissen. Schon die Möglichkeit, dass seiner Tussi was zustoßen könnte, bedeutet eventuell, dass er zurückhaltender agiert. Irgendwann schadet der uns sonst so stark, dass es wehtut. Ich habe darauf keinen Bock, unsere eingefahrenen Lieferwege wieder umzustellen, nur weil diese Razzien überhandnehmen. Ich habe schließlich Kosten.«

Zustimmendes Gemurmel zeigte Kladicz, dass diese Meinung auch von den anderen Männern vertreten wurde. Eines war für ihn klar. Den beiden Soko-Leitern durfte nichts zustoßen. Damit würde er in ein Wespennest stechen und ihn zum Staatsfeind Nummer eins stempeln. Jetzt hieß es, vorsichtig zu taktieren. Dabei spielte Geld immer eine große Rolle.

»Ich habe da schon einen Plan. Lasst uns jetzt aber an etwas Schöneres denken. Das Essen dürfte fertig sein. Mein neuer Koch macht Sarma wie kein anderer. Bei diesen Kohlrouladen werden euch sofort die Bilder unserer serbischen Heimat vor den Augen auftauchen. Ich habe auch den passenden Wein dazu. Die Geschäfte müssen warten.«

»Was kann ich für Sie tun, Spelzer? Machen Sie schnell, ich muss zu einer wichtigen Besprechung.«

»Das ist aber sehr wichtig und wird noch wichtiger, wenn Sie verstanden haben, dass es mit unserem Fall Kladicz zu tun haben könnte. Chef, ich bin über Nacht sehr vermögend geworden. Eigentlich wollte ich heute Morgen nur eine Rechnung online überweisen, als mir der aktuelle Kontostand ins Auge fiel. Normalerweise habe ich rote Zahlen in der Ansicht. Heute leuchteten mir aber etliche schwarze

Zahlen entgegen. Also, wir sprechen exakt über eine Gutschrift in Höhe von siebzigtausend Euro. Die wurden mir von einer Firma überwiesen, deren Sitz in Malta ist. Habe mal recherchieren lassen, wer dahinter steckt. Diese Choe Mun Ltd. hat ein Konto bei einer Bank mit Sitz auf den Cayman-Inseln. Diese Choe Mun Ltd. wiederum gehört zu einem Firmengeflecht, das sich über etliche Staaten in Südamerika und der Karibik erstreckt. Das Ganze verzweigt sich immer weiter und ist letztendlich nicht endgültig überprüfbar. Die Bank selber verweigert jegliche Auskunft über den Kunden.«

Plötzlich hatte Sven Kriminalrat Fuggers volle Aufmerksamkeit.

»Und Sie vermuten tatsächlich, dass dieser Kladicz seine Finger im Spiel haben könnte? Das wäre ja ... ich bin fassungslos. Sie werden das Geld doch wohl nicht ...?«

»Wo denken Sie hin, Chef? Ich habe der Bank den Auftrag gegeben, das Geld zurückzuüberweisen. Ich habe die Annahme quasi verweigert. Ich wollte Ihnen gegenüber nur versichern, dass ich keine hohen Geldsummen erwarte und auch keine krummen Geschäfte mit irgendwelchen Gaunern mache. Da ich bei uns einen Maulwurf vermute, möchte ich verhindern, dass da ein falscher Eindruck entstehen könnte.«

Fugger kam um den Schreibtisch herum und legte seine fleischige Hand auf Svens Schulter.

»Spelzer. Sie glauben doch nicht ernsthaft, dass ich jemals vermuten würde, in Ihnen den Saukerl zu suchen, der unsere Ermittlungen boykottiert. Gut, dass Sie mir davon berichtet haben. Es hätte tatsächlich zu Irritationen führen können.

Werde diese Sache gleich mit dem Präsidium besprechen. Es wäre tatsächlich mal interessant, die Kontobewegungen der involvierten Kolleginnen und Kollegen zu beobachten. Wir werden mit der Staatsanwaltschaft mal diskutieren, ob wir diesbezüglich einen Gerichtsbeschluss erwirken können. Sie wissen selbst, wie streng das wegen des Datenschutzes gehändelt wird. Aber anregen werde ich das auf jeden Fall. Es wird uns allerdings auch nicht weiterbringen, wenn nur Bargeld fließt. Hier können wir nur interne Ermittlungen einleiten, die den Lebensstil verdächtiger Personen überprüfen. Wir werden da nichts unversucht lassen. Ich will das Schwein zu fassen kriegen.«

»Vergessen Sie dabei aber nicht, auch die höheren Stellen überprüfen zu lassen.«

»Übertreiben Sie jetzt nicht etwas, Spelzer?«

Eine Antwort blieb ihm der Oberkommissar schuldig. Die Bürotür schlug hinter ihm ins Schloss.

Wieder einmal saß der Dreierclub zusammen und diskutierte heiß beim Kantinenessen. Karin und Peter Krüger waren entsetzt über die Nachricht, die Ihnen Sven servierte.

»... und du bist dir absolut sicher, dass dieser Kladicz dahintersteckt? Ich kann es immer noch nicht glauben. Die werden es immer wieder versuchen, dir ein Ei ins Nest zu legen. Das bedeutet aber auch, dass ihr diesem Schwein ganz schön einheizt.«

Karin stocherte lustlos in dem bereits angewelkten Salat herum und wartete auf eine Reaktion der beiden Ermittler.

»Sie hat recht, Sven. Unsere Ermittlungen und die Durchsuchungen machen die Szene komplett nervös. Auch alle anderen Dealer werden fluchen, dass wir jetzt überall rumschnüffeln. Das stört eindeutig ihre Aktivitäten. Die werden den Kladicz dafür hassen, wenn sie es nicht sowieso schon vorher taten. Das mit der Überweisung war der erste und bestimmt zaghafte Versuch, dich in Misskredit zu bringen, oder sie wollten dich damit kaufen.

Ich muss damit rechnen, dass sie es auch bei mir versuchen werden. Dann hätte ich nach langer Zeit endlich mal wieder ein glattes Konto. Ich bin ja jetzt zumindest gewarnt. Verdammte Scheiße ... oh, entschuldige, Karin ... aber ich mache mir allmählich Sorgen. Tatsache ist, dass wir dem Schweinehund gehörig nah auf den Pelz gerückt sind. Andererseits beginnt der damit, zurückzubeißen. Wenn ich mir betrachte, wie der bisher mit seinen Gegnern umgegangen ist, mache ich mir schon Sorgen, was passieren könnte, wenn der durchknallt.«

»Das habe ich mir auch schon gedacht. Kladicz ist kein Verlierer. Der besitzt eine Macht, die wir bisher noch nicht einschätzen können. Wenn der in eine Ecke getrieben wird, setzt der alles auf eine Karte.«

Karin sah jetzt von einem zum anderen. Sie versuchte, den tiefen Sinn hinter Svens Worten zu verstehen.

»Was meinst du damit, wenn er alles auf eine Karte setzt? Wird der euch dann gefährlich?«

Wieder beobachtete sie, dass sich die beiden Männer, die mittlerweile eine tiefe Freundschaft verband, wortlos ansahen. Schließlich opferte sich Peter Krüger.

»Sieh das einmal so, Karin. Diese Gangster versuchen zuerst, die möglichen Gegner zu kaufen. Die Phase erleben wir soeben. Es könnte aber auch sein, dass Kladicz diesen

Part bereits übersprungen hat, in dem er versucht, Sven bei den Kollegen als möglichen Verräter zu diskreditieren. Er wird merken, dass dieser Versuch gescheitert ist. Aufgeben wird der aber nicht. Der ist so schlau, dass er weiß, wenn er einen von uns umlegt, hat er nicht nur die gesamte Polizei am Hals, sondern auch die Szene. Das fällt also weg.

Jetzt heißt es für ihn, mögliche Schwachstellen bei uns auszumachen. Dazu könnten hohe Schulden, ein unbezahltes Haus, krumme Touren oder Schmiergelder infrage kommen. Die werden aber auch rausfinden, wo wir im familiären Bereich angreifbar sind. Ich für meinen Teil lebe alleine und pflege auch sonst keine Kontakte. Meine Familie ist das Präsidium. Sven dagegen ...«

»Halt, Peter, jetzt mach mal halblang.«

Karin hatte ihre Gabel bereits auf dem Teller abgelegt und die Serviette auf den Tisch geworfen.

»Du willst mir jetzt damit sagen, dass ich mal wieder dieser berühmte Schwachpunkt sein soll? Ist es so?«

Peter war es anzumerken, wie unwohl er sich in seiner Rolle fühlte. Sven kam ihm zu Hilfe.

»Beruhige dich bitte, Karin. Es ist nur eine vage Vermutung, die wir aber nicht unberücksichtigt lassen dürfen. Dieser Typ ist zu allem fähig. Peter wollte dich bestimmt nicht beunruhigen.«

»Das ist ihm aber dennoch hervorragend gelungen. Ich möchte nicht wieder ...«

»Das wirst du auch sicher nicht. Ich werde dafür sorgen, dass ...«

»Bitte spreche es nicht aus, bitte. Ich will dir nicht zu nahe treten, aber das hast du schon einmal zu mir gesagt.

Pehling hat dir gezeigt, wie angreifbar wir alle sind. Du kannst mich nicht vor jeder Gefahr schützen, auch wenn du dich noch so bemühst. Glaubst du, ich habe eine Chance, wenn ich einen Waffenschein beantrage?«

Die Männer wussten in dem Augenblick nicht, wie sie sich verhalten sollten. Das Gespräch war in eine vollkommen verkehrte Richtung gelaufen. Doch beide wussten auch, dass Karin absolut recht hatte. Die totale Sicherheit gab es auf dieser Welt nicht.

»Du kannst sicherlich einen Antrag auf Erwerb des großen Waffenscheins stellen. Aber beachte auch die damit verbundenen Risiken. So eine Waffe ist schnell benutzt, wenn es nicht angemessen ist. Stell dir mal vor, du besitzt eine scharfe Waffe und bei dir zuhause wird von einem zumeist harmlosen Junkie eingebrochen. Wie verhältst du dich dann in deiner Angst? Glaubst du nicht auch, dass die Gefahr besteht, dass du den kleinen Pisser erschießt? Von Kindern will ich jetzt gar nicht reden. Dir reicht doch der kleine Waffenschein. Du darfst damit sogenannte SRS-Waffen tragen. Dazu gehören Schreckschusspistolen, Reizstoff- und Signalwaffen. Damit kannst du dir schon einiges vom Leib halten. Allerdings darfst du auch diese Waffen nicht in der Öffentlichkeit abfeuern, außer zur Notwehr und Gefahrenabwehr. Bei Veranstaltungen sind sie grundsätzlich verboten.

Den Schein kannst du bei der Polizeibehörde in der Büscherstraße beantragen. Bis du eine geeignete Waffe besitzt, nimm Pfefferspray. Das hilft fürs Erste.«

Karin hatte aufmerksam zugehört und knetete ihre Fingerknöchel. Warum sich gerade jetzt klar die Bilder des Raumes vor ihren Augen auftaten, in dem sie tagelang von Pehling eingesperrt war, konnte sie sich nicht erklären. Sie spürte, dass sich ein Zittern in ihrem Körper ausbreitete. Ohne weiteren Gruß stand sie auf, hob für einen Augenblick zum Abschied die Hand und beeilte sich, die Kantine Richtung Ausgang zu verlassen. Sven sprang auf, um ihr zu folgen, sie eventuell zurückzuhalten. Peters Hand, die sich fest um seinen Arm krallte, hielt ihn auf.

»Lass sie jetzt, Sven. Das muss sie erst einmal allein verarbeiten. Ich werde eine Rundumbewachung für sie beantragen. Fugger wird zwar wegen der Kosten toben, doch die Argumente werden ihn überzeugen.«

- Kapitel 27 -

Alles in Karin bebte, als sie die Treppen zum Ausgang nahm. Sie fühlte sich elend, verlassen. Draußen schlug ihr der Lärm der Menschen entgegen, die sich auf den Rosenmontagsumzug vorbereiteten, der in Kürze an der Grugahalle starten würde. Jetzt mit dem Wagen nach Hause zu fahren, hielt Karin für keine gute Idee. Ihre Gedanken beschäftigten sich immer noch mit den miesen Zukunftsaussichten, als sie den Weg zur Straßenbahnhaltestelle suchte.

Die Bahn leerte sich. Die meisten Jecken in fantasievollen Kostümen verließen lärmend die Bahn und bewegten sich in Richtung Grugahalle. Für einen kurzen Moment stahl sich ein Lächeln auf Karins Gesicht. Wie sehr beneidete sie in diesem Augenblick diese Menschen, für die diese Welt völlig intakt schien. Grell geschminkt schlüpften sie für wenige Stunden in die Körper einer fiktiven Figur. Der Alkohol sorgte bei dem überwiegenden Teil dafür, dass diese Welt nur angenehme Seiten zeigte. Das hässliche Gesicht der Realität blieb ihnen verborgen. Eine Kindergruppe hatte sich im Waggon verteilt und übte, gemeinsam mit einigen Erwachsenen, ein Wanderlied ein. Ein Clown hatte vermutlich zu viel getankt und den Ausstieg verpasst. Er hing schlafend in seinem Sitz. Für ihn würde der Rosenmontag spätestens an der letzten Station beendet sein. Selig lächelte sein breiter, rotgeschminkter Mund.

Karin suchte sich für die lange Fahrt die ruhige Position aus, eine Bank vor dem Schlafenden. Immer wieder unterbrachen die Lieder der Kinder ihr Grübeln, holten sie raus aus den trüben Gedanken. Die Worte schlugen wie ein Blitzschlag in ihr Bewusstsein, obwohl sie leise gesprochen wurden.

»Ich hatte eigentlich am Auto auf dich gewartet. Du überrascht mich immer wieder, Doktor Hollmann.«

Ihr Körper versteifte sich, ohne dass sie es verhindern konnte. Die Glieder gehorchten ihr nicht mehr. Nur die Augen suchten verzweifelt den Waggon nach möglicher Hilfe ab. Die Kinder hatten klar das Kommando übernommen und liefen lärmend durch die Gänge. Wieder diese Stimme, die einen Plauderton mit einem gefährlichen Unterton angenommen hatte.

»Du solltest jetzt vernünftig bleiben und darüber nachdenken, was eventuell den Kindern zustoßen könnte, wenn du um Hilfe schreist. Ich möchte dir nicht wehtun müssen, nur mit dir plaudern. Hast du das verstanden? Unsere Unterhaltung kann völlig problemlos vonstattengehen, wenn du vernünftig bist. Ich hatte eine gewisse Sehnsucht danach, mich mit einem Menschen zu unterhalten, der mich auch nur ansatzweise versteht.

Außerdem sollst du wissen, dass ich keine Schuld daran trage, dass dieses süße Kind und seine ahnungslose Mutter tödlich verunglückten. Die alleinige Schuld trägt, ich meine trug diese karrieregeile Polizistin. Das hätte alles nicht passieren müssen.«

Karin kontrollierte wieder ihre Atmung und ihr Handeln. Der Körper war zwar weiterhin angespannt, gehorchte aber den Befehlen. Fieberhaft überlegte sie, wie sie aus dieser verfahrenen Situation herauskam. Ihr wurde klar, dass ihr dieser Mann auf offener Straße nichts antun konnte. Jedoch fehlte ihr das letzte Quäntchen Sicherheit, da sie um seinen verwirrten Geist wusste. Es blieb ihr nur, das Gespräch anzunehmen. Irgendwann würde sie auf sich aufmerksam machen können. Es wimmelte nur so von Polizei auf den Straßen.

»Und was war mit den beiden Polizisten auf dem Transport und mit dem Ehepaar auf dem Hof? War das ein Suizid? Haben Sie da Ihre blutigen Hände nicht im Spiel gehabt? Immer wieder müssen unschuldige Menschen sterben, immer da, wo Sie auftauchen. Das ist krank.«

Sie spürte das geschminkte Gesicht plötzlich eng neben sich, es schob sich über ihre Rückenlehne. Karin konnte den Atem riechen, sein Flüstern hören.

»Der Gedanke war mir unangenehm, in eine Anstalt gesperrt zu werden, die mir jegliche Bewegungsfreiheit nehmen würde. Dort mit verwirrten Menschen hinter hohen Mauern verbringen zu müssen, entsprach nicht meinen Vorstellungen von einem menschenwürdigen Leben. Dort hätte ich Mediziner vorgefunden, die mich mit einer vorgefassten Meinung über meinen Geisteszustand wie einen Irren behandelt hätten. Bei denen hätte ich nie eine Chance erhalten.«

»Eine Chance worauf? Sind Sie wirklich auf dem Trip, Sie wären völlig gesund und alle anderen beurteilen Ihren

Geisteszustand falsch? Das kann doch wohl nicht Ihr Ernst sein.«

Karin hatte sich zur Seite gedreht und sah dem Monster geradeheraus in die schwarzummalten Augen. Nur ein kurzes Zucken zeigte ihr, dass sie damit einen Nerv getroffen hatte.

»Sage mir, wer um uns herum ist wirklich normal? Was ist überhaupt für dich normal? Du hast doch studiert, du solltest es wissen. Ich sehe nur Irre. Schau zum Beispiel aus dem Fenster. Ist es wirklich normal, dass sich Menschen an bestimmten Tagen verkleiden und wie Eingeborene herumtanzen, nachdem sie sich das Gehirn mit Alkohol oder Schlimmerem zugedröhnt haben? Ist es normal, dass irgendein Machthaber eines Landes eine Minderheit brutal ausrottet, ohne dass die Weltgemeinschaft etwas dagegen unternimmt? Oder erklär mir die Logik, dass es wenigen Menschen auf dieser Erde gestattet ist, mehr zu besitzen, als fünfundneunzig Prozent der Restbevölkerung.

Wenn ich töte, ist es Mord. Tötet der Staat, ist es Krieg. Erklär mir den Unterschied.«

Verzweifelt blickte Karin an die Decke der Straßenbahn. Sie erlebte im Augenblick ein Déjà-vu. Genau diese Diskussion hatten sie schon vor vielen Jahren als Studenten geführt, wenn sie nach sechs Glas Bier über das Leben philosophierten. Nun versuchte hier ein Massenmörder, seine grausamen Taten damit zu rechtfertigen, indem er behauptet, Despoten würden viel schlimmere Dinge tun. Sie musste zugeben, dass ihr die Worte, eine plausible Argumentation fehlte.

»Was genau wollen Sie von mir? Soll ich Ihnen die Absolution für Ihre schrecklichen Taten erteilen? Wollen Sie das?

Pehling ... das kann ich nicht ... und das wissen Sie genau. Ich verurteile das, was Sie tun als unmenschliches Gemetzel, selbst wenn Sie es als Kunst darstellen möchten. Mit Leichenbergen wird man niemals ein Kunstwerk errichten können. Das haben schon etliche vor Ihnen versucht und sind gescheitert. Selbst wenn Sie der Meinung sind, dass Ihre Opfer den Tod verdient hatten, so kann es nur dem Teufel gefallen, was Sie da tun. Der Satan wird für Sie Freudenfeuer anzünden. Doch irgendwann wird er auch Sie in der Hölle erwarten. Und mit ihm all Ihre Opfer. Freuen Sie sich darauf.«

Die Clownsmaske verhinderte, dass Karin in Pehlings Gesicht eine Reaktion erkennen konnte. Nur sein plötzliches Schweigen zeigte ihr, dass er ihre Worte verarbeitete. Als sie schon glaubte, dass er diese unfruchtbare Diskussion aufgeben würde, wechselte er das Thema.

»Wie geht es meinem Lieblingskommissar? Will er mich immer noch zur Strecke bringen? Was treibt er so? Behandelt er dich gut?«

»Woher wissen Sie, dass ...?«

»Meine liebe Frau Doktor. Du glaubst gar nicht, was ich alles über dich weiß. Allerdings besitze ich den Anstand, euch eine Privatsphäre zu gönnen. Ich belausche nicht wie ein billiger Voyeur euer Liebesspiel. Irgendwie vermisse ich ihn. Hat er andere Aufgaben übernommen? Bin ich ihm nicht mehr interessant genug? Erzähl mir von ihm. Wir haben noch viel Zeit.«

Karin konnte es einmal mehr nicht erklären, warum sie ausgerechnet diesem Monster von dem Kladicz-Fall erzählte. Pehling unterbrach sie nicht dabei. Er hakte erst nach, als sie ihre Vermutung äußerte, Kladicz könnte sie als Druckmittel gegen Sven benutzen.

»Der Mann ist sehr schlau, muss ich eingestehen. Dass ihm bisher nichts nachgewiesen werden konnte, beweist das eindeutig. Also hat dein Sven wieder jemanden gefunden, der Menschenleben auslöscht. Allerdings sieht der das nicht als hohe Aufgabe an, sondern tut es nur aus Machtgier und reiner Mordlust. Das sind die wahren Monster in eurer Gesellschaft. Die verstecken sich viele Jahre hinter dem Mantel der Biedermänner. Sie töten im Hintergrund.«

Karin beobachtete mit Sorge, dass sich die Straßenbahn immer mehr füllte, nachdem sie die Essener Innenstadt nach Norden verließen. Die Türen schlossen sich und Menschen mit Einkaufstüten bepackt ließen sich in die Sitzbänke fallen. Sie wusste, dass sie bereits einige Haltestellen zu weit gefahren war und drehte sich zu ihrem Gesprächspartner um.

Durch die Scheiben der sich schließenden Tür sah sie noch den feuerroten Haarschopf eines Clowns in der Menge untertauchen.

- Kapitel 28 -

Sven wanderte wild gestikulierend durch das Büro und fluchte vor sich hin. Karin verstand seine Aufregung zwar, versuchte, ihn dennoch zu beruhigen.

»Es ist doch nichts passiert, verdammt noch einmal. Der hat mich nicht mal angefasst. Wir haben uns nur unterhalten. Dreh doch nicht gleich am Rad. Wenn er mir etwas hätte antun wollen, glaube ich kaum, dass er sich das für eine vollbesetzte Straßenbahn aufgespart hätte. Und er hat sich nur wohlwollend über dich geäußert. Der scheint dich zu mögen.«

»Darauf scheiß ich, Karin. Ich werde bestimmt nicht heute Abend ins Bett fallen und stolz davon träumen, dass ich einen perversen Massenmörder als Freund habe. Du hättest sofort die Polizei benachrichtigen sollen. Konntest du denn nicht, ohne dass er es bemerkt hätte ...«

»Nein, konnte ich nicht, Sven. Pehling hätte das bemerkt. Du unterschätzt diesen Mann. Das ist nicht irgend so ein Idiot, der wahllos mordend durch die Lande zieht. Der Satan verfolgt einen Plan. Irgendwas Krankes in ihm treibt ihn zu diesen Taten an. Ich bin fest davon überzeugt, dass der mindestens zwei Persönlichkeiten besitzt. Irgendwie scheine ich seine gute, menschliche Seite zu berühren. Das kann man ihm nicht absprechen – er besitzt eine. Außerdem verfügt der Typ über eine Klugheit, die ihn noch gefährlicher macht. Ich kann es kaum beschreiben. Auf der einen Seite bereitet er mir unsägliche Angst, auf der anderen Seite gibt es da eine Vertrautheit, die sehr ungewöhnlich ist. Ich weiß nicht, was mir mehr Furcht einjagt.«

Sven hatte seine Wanderung durch das Büro aufgegeben, stand nun direkt vor Karin.

»Das klingt ja beinahe so, als hättest du einen neuen Freund gefunden. Das beruhigt mich ja ungemein. Meine Partnerin pflegt ab sofort intensive, freundschaftliche Kontakte zu dem meistgesuchtesten Serienkiller des Landes. Vielleicht sollten wir über eine Wohngemeinschaft nachdenken. Dann kannst du ihn eventuell noch therapieren. Das glaubt uns doch kein Mensch, dass der Kerl menschliche Regungen besitzt.«

»Die besitzt er mit Sicherheit. Erspare mir im Übrigen deinen Sarkasmus. Ich habe mit keinem Wort erwähnt, dass es ihn weniger gefährlich macht. Aber dieser Mann ist nicht böse geboren worden, er ist nicht der personifizierte Satan. Du kennst seine Vergangenheit wie kaum ein anderer. Bedenke, was er erleiden musste. Die Umwelt hat ihn zu dem werden lassen, was er heute ist. Ich glaube, dass es eine zweite Person in ihm gibt, die sich dafür rächen will. Hast du mal darüber nachgedacht?«

»Nein, Frau Doktor, habe ich nicht. Ich sehe nur die vielen Toten, die links und rechts am Wegesrand liegen. Auf SEINEM Weg!«

Svens Gesicht hatte eine rötliche Farbe angenommen. Die Wut hatte ihn übermannt. Nur selten verlor er seine Beherrschung. Doch die akute Gefahr, der er Karin zur Zeit ausgesetzt sah, trübte sein Beurteilungsvermögen. Er sah ihr gerade in die Augen, übersah darin jedoch die Traurigkeit, die seine Reaktion in ihr auslöste. Sie legte sich den Mantel über die Schulter und ging ohne ein weiteres Wort zum Ausgang. Krassnitz, die in diesem Augenblick das Büro betrat, wunderte sich darüber, dass Karin sie grußlos übersah. Als sie in das Gesicht ihres Chefs sah, erkannte sie den möglichen Grund. Die Nachricht, die sie überbringen wollte, konnte auch noch zehn Minuten warten. Dann war bestimmt wieder Ruhe in dem Mann eingekehrt.

»Ab sofort wird Doktor Hollmann rund um die Uhr beobachtet. Ich möchte ständig darüber unterrichtet werden, falls etwas Verdächtiges geschieht.«

»Aber Herr Oberkommissar, das geht nicht so einfach. Wir haben noch keine offizielle Anordnung dafür. Der Kriminalrat hat noch nicht ...«

»Tun Sie's gefälligst. Das nehme ich auf meine Kappe. Es besteht akute Gefahr für die Frau. Rund um die Uhr, sagte ich.«

Krassnitz stand bereits hinter ihm, als er sich zum Gehen umdrehte. Er erschrak heftig.

»Verdammt, Krassnitz, wollen Sie mich umbringen? Klopfen Sie wenigstens vorher an. Was gibt's?«

»Klopf, klopf.«

Krassnitz stieß ihren gekrümmten Finger zweimal auf die Tischplatte. Den geöffneten Brief legte sie wortlos auf den

Schreibtisch und verschwand wieder ohne jeden weiteren Kommentar. Konsterniert blickte Sven auf den Umschlag und wieder auf den Rücken seiner entschwindenden Sekretärin. Der braune DIN A 5-Umschlag ohne Absender wog schwer in seiner Hand. Sofort erkannte er die Geldscheine, die daraus hervorquollen. Mit einer Pinzette zog er den weißen Zettel hervor, der das viele Geld einfasste.

Danke für die kleinen Gefälligkeiten in den letzten Jahren. Diese Monatszahlung fällt ein wenig üppiger aus, als üblich. Das ist für besondere Verdienste in Duisburg.

Noch einmal sah er auf den Umschlag, auf dem tatsächlich sein Name als Empfänger stand.

»Krassnitz ... kommen Sie bitte rein. Setzen Sie sich!«

Ihr Gesichtsausdruck ließ keine Rückschlüsse auf ihre Gedanken zu. Sie wirkte zwar nicht ablehnend, aber es fehlte diese persönliche Note.

»Sie glauben doch wohl nicht auch, dass ich ...?«

»Ich habe diesen Umschlag den Vorschriften entsprechend geöffnet, Herr Oberinspektor. Was ich denke, ist doch gar nicht relevant. Ich habe bisher noch keine Meldung gemacht, wenn es das ist, was Sie wissen wollen. Das überlasse ich Ihnen. Mir steht eine Beurteilung des Sachverhaltes nicht zu.«

»Jetzt kommen Sie mal wieder runter, Krassnitz. Sie glauben doch nicht ernsthaft, dass ich mich verkaufe. Das ist ein plumper Versuch, mich zu diskreditieren. Ich will Ihnen jetzt mal etwas erzählen, was bisher nur drei Personen wissen.«

Ausführlich berichtete Sven über die hohe Summe, die auf seinem Konto auftauchte und die er wieder rücküberwiesen hatte. Zusehends hellte sich die Miene von Krassnitz auf. Die Erleichterung war ihr anzusehen.

»Soll ich den Umschlag der Spusi geben? Der Kollege Ruhnert findet vielleicht etwas, was uns Hinweise auf den Absender liefert. Übrigens habe ich nur für einen ganz kurzen Augenblick ...«

»Ist schon in Ordnung, Krassnitz. Im Augenblick ist hier alles ein wenig durcheinander. Ich glaube, ich muss mich mal um die Frau Doktor kümmern. Erledigen Sie das mit dem Umschlag? Danke nochmal ... Sie sind ... ach, kommen Sie her!«

Lange hielt er die Frau in den Armen, von der er überzeugt war, dass sie ihn immer unterstützen würde. Zögernd legte sie die Arme auf seinen Rücken und genoss dieses besondere Zeichen der Wertschätzung.

- Kapitel 29 -

Wütend warf Milan Kladicz das Telefon in die Sofaecke. Eine schlechte Nachricht wechselte sich mit der nächsten ab. Jetzt teilte ihm sein Mittelsmann im Präsidium mit, dass dieser Hurensohn von Spelzer sich ganz klar gegen Geschenke ausgesprochen hatte. Das Geld wurde von seinem Konto zurücküberwiesen. Das Bargeld im Umschlag war in der Spurensicherung gelandet und somit verloren. Der Drecksbulle war unbestechlich, was letztendlich nur eine Lösung des Problems zuließ. Fredi hörte aufmerksam zu, als er zum großen Boss gerufen wurde. Die Instruktionen waren eindeutig. Ohne jede weitere Regung machte er sich an die Arbeit.

Schon lange freute sich Karin auf diesen freien Tag, den sie mit ihrer besten Freundin Katja verbringen wollte. Den Termin bei ihrer Friseurin Conny Giese in Rüttenscheid hatte sie sehr früh gelegt, um sich zum Mittagessen im Asia-Restaurant Cha Cha in dem City-Einkaufscenter treffen zu können. Schon die lockere Unterhaltung im Frisiersalon tat ihr gut. Es lenkte sie von den bedrückenden Gedanken ab, die sie gerne verdrängen wollte. Es hatte sich bereits zu einer leichten Manie ausgeprägt, dass sie ständig die Umgebung beobachtete, sich verfolgt fühlte. In jedem großen Schatten vermutete sie Pehling, obwohl ihr Unterbewusstsein sagte, dass sie sich vor diesem Mann nicht fürchten musste. Dazu kamen die Andeutungen, dass ihr noch zusätzlich Gefahr drohte, weil dieser Gangsterboss sie eventuell als Druckmittel gegen Sven benutzen könnte. Zufrieden betrachtete sie ihre neue Frisur im Spiegel.

»Du siehst traurig aus, Karin. Du solltest mal richtig ausspannen. Hast du mir nicht von deinem Thailand-Urlaub erzählt? Wann geht es los? Ich stell mir das gerade so vor, wie du mit diesem gutaussehenden ...«

»Ho, ho, ho, Conny. Jetzt jubel den Kerl mal nicht so hoch. So toll sieht der ja gar nicht aus. Ganz passabel, ja, aber es ist noch zu ertragen. Übrigens sind das noch drei Wochen und bis dahin haben wir noch verdammt viel zu tun. Er hat da noch einen sehr komplizierten Fall. Und ich muss zugeben, dass ich diese Angst vor dem Serienkiller nicht abschalten kann. Du weißt ja, dieser Pehling. Der ist immer noch nicht gefasst.«

»Das ist ja gruselig. Ich weiß nicht, wie ich damit umgehen würde. Du tust mir so leid. Aber Kopf hoch, Karin. Jetzt mach dir einen schönen Tag und grüß Katja von mir.«

Verzweifelt suchte Karin nach dem Haustürschlüssel. Die drei Einkaufstüten stellte sie schließlich genervt auf die Stufen und suchte verzweifelt in der Handtasche. Erleichtert fand sie den Schlüssel und stieß die Tür weit auf. Nachdem sie ihre Tüten wieder sicher in den Händen hielt, stellte sie die wieder vor der Wohnungstür ab. Mit einem befreienden Seufzer warf sie alles auf das breite Bett. Bevor sie den Mantel auszog, ließ sie sich nach hinten fallen, breitete die Arme auseinander und schloss zufrieden die Augen. Es war ein schöner Tag. Katja verstand es immer wieder, Karin aus einem Tief herauszuholen. Ihre lebensbejahende Art war ansteckend.

Die Wildlederstiefel, die sie nach einem Verhandlungsmarathon mit der Filialleiterin sehr günstig ergattern konnte, hatten ihr einen tollen Abschluss des Tages beschert. Jetzt hieß es für sie, Klamotten ausziehen, in den Jogger schlüpfen, den Obstsalat für den Abend vorbereiten und Pakete auspacken. Voller Elan schwang sie sich hoch.

Das Essen war schnell vorbereitet. Die Obstschüssel platzierte sie auf dem Wohnzimmertisch. Die Früchte würden ihr bestimmt gut schmecken, während sie sich zum gefühlt zwanzigsten Mal die DVD von dirty Dancing ansehen wollte. Ein erholsamer Abend zeichnete sich ab, an dem auch eine kleine Träne der Rührung gestattet und sogar eingeplant war. Diesen fatalen Irrtum bemerkte sie erst, als sie sich die Hände im Bad waschen wollte.

Obwohl die Wanne zur Hälfte mit blutrotem Wasser gefüllt war, konnte Karin den Hundekopf gut erkennen, der sie grinsend anstarrte. Der abgetrennte Torso schwamm am anderen Ende. Gut war der Hals zu erkennen, von dem der Kopf unsachgemäß abgeschnitten, ja teilweise sogar abgerissen worden war. Ihre Hände tasteten nach dem Türrahmen, stützten sich daran ab. Die Sinne drohten zu schwinden. Immer wieder schloss sie die Augen, um beim Öffnen die gleiche Szene vorzufinden. Letztendlich konnte sie den

Schrei nicht mehr zurückhalten, der einfach heraus wollte, der ihr das freie Atmen ermöglichen sollte. Er übertönte das schrille Klingeln des Telefons. Endlich, als der Schrei verhallte, nahm sie im Unterbewusstsein das Telefon wahr. Sie stürzte ins Wohnzimmer und suchte die grüne Taste.

»Sven, gut, dass du anrufst. Du musst sofort ... Sven? Melde dich doch bitte. Ich halte das nicht aus. Sven, bitte.«

Das Rauschen am anderen Ende ließ ihr das Blut gefrieren. Erst jetzt wurde ihr bewusst, dass sie einem Wunschdenken gefolgt war. Sie lauschte, um auch keinen Ton zu versäumen. Das Freizeichen beendete ihre Qualen. Ihre Hand mit dem Telefon senkte sich. Der Verstand versuchte, klare Gedanken zu schaffen. Kurz bevor sie das Gerät ablegte, klingelte es wieder. Diesmal riss sie es ans Ohr und lauschte nur. Schließlich fasste sie ihren Mut zusammen und sprach in die Muschel.

»Pehling? Warum tun Sie das? Was habe ich Ihnen denn angetan? Ich verstehe Sie nicht.«

Das Atmen am anderen Ende war nun deutlicher zu hören. Es war definitiv das Atmen eines Mannes. Karin konnte die Tränen nicht mehr zurückhalten, sie liefen in Strömen über ihre Wangen.

»Bestell deinem Bettgenossen, dass du dem Köter folgen wirst, wenn er seinen Fall nicht abgibt. Wenn das Geld keine deutliche Sprache spricht, dann muss es wohl eine härtere Gangart sein, die ihn zurückhält. Das ist die dritte, aber auch letzte Warnung. Bestelle ihm das. Es wird mir Freude bereiten, wenn ich dich in die Mangel nehmen darf.«

Wieder das Freizeichen, wieder diese Panik, die das Atmen fast unmöglich machte. Das war definitiv nicht

Pehling. Sie musste hier weg, die Wohnung verlassen. Karin riss ihren Mantel vom Haken, warf ihn sich über die Schulter und schlug lang hin. Sie hatte die abgestellten Tüten in der Diele übersehen. Ihr Kopf prallte gegen die Ecke des Schuhschranks. Das Blut ergoss sich über das Gesicht. Das Adrenalin verhinderte den Schmerz, ihre Hand versuchte, den Blutstrom zu stoppen. Allerdings erreichte sie nur, dass sich ihr Blut über das Gesicht verteilte.

Endlich bekam sie die Klinke der Wohnungstür zu fassen, riss sie auf und fiel vornüber ins Treppenhaus. Sie spürte den Aufprall nicht mehr, da sie eine gnädige Ohnmacht vom Schmerz befreite.

Immer wieder streichelte Sven Karins Hand, die zuckend auf dem Laken neben ihrem Körper ruhte. Besorgt war sein Blick auf ihr Gesicht gerichtet, das nun entspannt, aber sorgfältig verpflastert auf dem Kissen ruhte. Doktor Hecking hatte ihm versichert, dass es sich bei den Verletzungen um eine Platzwunde und eine leichtere Gehirnerschütterung handelte. Da bestand derzeit kein Grund zur Sorge. Mehr machte ihm der neurologische Befund Sorgen, der noch anstand. Nur wenige Menschen waren in der Lage, solche Erlebnisse ohne Nachwirkungen zu verarbeiten. Der Arzt wusste auch von den Vorerkrankungen.

»Bitte, bitte, wach auf. Komm wieder zu dir. Das wird mir dieser Kerl büßen. Ich jage ihn bis ans Ende dieser Welt. Pehling, du wirst dich nirgendwo vor mir verstecken können. Irgendwann finde ich dich und werde dich töten.«

Karins leise gesprochenen Worte verstand er erst, als sie längst verklungen waren. Entsetzt starrte er auf ihren Mund.

»Hast du gesprochen, Schatz? Hast du mit mir gesprochen? Bitte sage es nochmal, ich habe dich nicht verstanden.«

Wieder versuchten die Lippen, Worte zu formen. Sven legte sein Ohr näher an ihr Gesicht, lauschte angestrengt.

»Peh ... Pehling ... es war nicht Pehling. Das war Kla ...«

Wieder erschlaffte ihr Körper, die Stimme versagte. Karins Kraft hatte sie für den Augenblick verlassen. Sven sah hoch zu Doktor Hecking, der sich den Beiden unauffällig genähert hatte. Seine Hand lag nun auf Svens Schulter.

»Herr Oberkommissar, bitte. Ich kann verstehen, dass Sie der Patientin beistehen wollen, aber ich muss Sie jetzt doch bitten, sie alleine zu lassen. Frau Hollmann benötigt absolute Ruhe. Ihr Geist muss jetzt entlastet werden und dazu gehört erholsamer Schlaf. Morgen Nachmittag kann das schon ganz anders aussehen. Aber jetzt, bitte ...«

Sven nickte müde und küsste Karin auf die Stirn. Wortlos verließ er das Krankenzimmer, blieb aber noch einen Augenblick am Flurfenster stehen. Seine Gedanken waren bei den Worten, die Karin an ihn gerichtet hatte. *Pehling sollte nicht derjenige gewesen sein, der diese unmenschliche Sauerei veranstaltet hatte? Hatte sie etwa von Kladicz gesprochen?* Entschlossen machte er sich wieder auf den Weg zu Karins Wohnung.

- Kapitel 30 -

Immer noch fand Sven die Einsatzwagen der Spurensicherung, die versuchte, einen Bezug zwischen dem ermordeten Hund und einem möglichen Täter herzustellen. Karl Ruhnert stand auf dem Balkon und blickte in den Innenhof. Sven versuchte, sich vorzustellen, wie es in diesem Mann derzeit wühlte. Er wusste, dass Ruhnert erst vor Wochen seinen Hund begraben musste. Seine Hand legte sich auf die Schulter des Kollegen. Es bedurfte zwischen den Beiden keiner Worte. Jeder wusste nach all den Jahren der Zusammenarbeit, was der andere fühlte und dachte.

»Ach, was soll's. Ich werde noch oft trauern, wenn ich tote Hunde sehe. Kommen Sie mit. Ich will Ihnen was zeigen.«

Wieder verkrampfte sich alles in Sven, als er sich vorstellte, wie Karin diese Szene empfunden haben musste. Die beiden Teile des Hundes hatte man auf eine Folie in der Diele deponiert. Das nasse Fell erinnerte penetrant an das Äußere einer Wasserratte. Sven hasste diese Rattenviecher aus unerfindlichen Gründen, empfand aber tiefes Mitleid mit diesem Hund. Ruhnert wies mit einem Kugelschreiber auf bestimmte Schnittstellen am Hals des Tieres. Für Sven entstand immer noch der Eindruck, als hätte man dem armen Tier den Kopf einfach abgerissen.

»Sehen Sie hier. Die Amputation, wenn man es überhaupt so nennen möchte, wurde äußerst brutal und unsachgemäß durchgeführt. Ich würde zum jetzigen Zeitpunkt sagen, dass der Kopf mit einer zwar scharfen, aber einseitigen, kurzen Klinge durchgeführt wurde. Das Messer wurde mehrfach angesetzt, da man es mit einem Schnitt nicht geschafft hätte. Der Hund lebte zu diesem Zeitpunkt noch und muss unglaublich gelitten haben. Er ist elendig in der Wanne verblutet.

Ich möchte mal behaupten, obwohl es Ihnen kaum gefallen dürfte, dass wir es bei diesem Täter nicht mit Pehling zu tun haben. Der ist zwar ein perverses Schwein, aber er würde eine solche dilettantische Arbeit niemals abliefern. Das war ein verkommenes Schwein, dem ich sämtliche Krankheiten an den Arsch wünsche. Entschuldigen Sie meine Ausdrucksweise, aber ich ...«

»Das ist schon in Ordnung. Ich verstehe Sie gut, Ruhnert. Aber ich muss zugeben, dass ich mit meiner ersten Einschätzung daneben lag. Ich hatte tatsächlich Pehling auf dem Schirm. Dann kann ich wohl davon ausgehen, dass mir Kladicz eine Warnung geschickt hat. Dieser Drecksack bedroht tatsächlich Unschuldige, um mich von seiner Verfolgung abzuhalten. Wie krank muss dieser Wahnsinnige sein? Oder fühlt der sich so sicher? Sagen Sie, wie ist dieser Mistkerl überhaupt hier reingekommen?«

Fast mitleidig sah ihn Ruhnert an. Während er die Plane über den Hundekadaver deckte, gab er die Antwort.

»Gerade Sie fragen mich das? Hat man Sie eigentlich jemals gefragt, wie Sie damals in das Haus von Pehling gelangt sind? Ich bitte Sie. Die Frage war doch wohl nicht ernst gemeint, oder?«

»Die hat sich soeben von allein beantwortete, Sie Schlitzohr. Hat der Täter denn wenigstens Spuren hinterlassen?«

»Dafür ist es jetzt noch zu früh. Wir haben zwar Fingerabdrücke gefunden, doch da müssen wir erst einmal Ihre und die von der Wohnungsinhaberin herausfiltern. Allerdings erhoffen wir uns etwas von den Umfragen im Haus und in der Nachbarschaft. Dieses Schwein muss das Tier ja hier hochgeschafft haben. Dann gehe ich weiterhin davon aus, dass er einige Blutspritzer abbekommen hat. Vielleicht ist er jemandem aufgefallen.«

Sven begutachtete noch ein weiteres Mal sämtliche Räume, hoffte, Hinweise zu finden. Doch je länger er sich dort aufhielt, umso deprimierter wurde er. Schließlich verließ er die Wohnung und setzte sich in seinen Wagen. Mit an die Kopfstütze gelehntem Kopf und geschlossenen Augen versuchte er, sich die Szene vorzustellen, als Karin den Kadaver fand. Seine Hände verkrampften sich um das Lenkrad. Seine Zähne mahlten aufeinander.

Diesmal warnte ihn sein Bauchgefühl nicht. Die Augen, die jede seiner Bewegungen aus einer schwarzen Luxuslimousine heraus verfolgten, nahm er nicht wahr. Doch es waren nicht die Einzigen, die ihn und das Haus beobachteten.

- Kapitel 31 -

Fredi registrierte zufrieden den Aufmarsch der Polizeifahrzeuge, denen Ströme von Beamten entstiegen. Polizisten verteilten sich schon nach kurzer Zeit auf die Nachbarhäuser. Er vermutete, dass sie nach möglichen Beobachtungen der Leute fragten. Fredi war sich ziemlich sicher, dass er den Sack mit dem Hund unbeobachtet in die Wohnung geschafft hatte. Ihm war niemand aufgefallen, der ihn hätte beobachten können.

Das Grinsen in seinem breiten Gesicht wollte nicht enden. Er bemerkte das Klopfen an seiner Seitenscheibe erst, als sich das freundliche Gesicht eines Mannes dahinter abzeichnete. Die Scheibe ließ er langsam herunterfahren.

»Entschuldigen Sie bitte, wenn ich Sie störe, aber ich suche die Hirtsieferstraße. Könnten Sie mir da helfen. Meine Stieftochter müsste da ...«

»Nein, kann ich nicht. Verpiss dich und frag woanders.«

»Das ist aber sehr unhöflich. Ich habe Sie doch nur freundlich gefragt. Und außerdem liegt da auf Ihrem Beifahrersitz eine Stadtkarte. Verstehen Sie mich bitte nicht falsch, aber ich finde, dass ...«

»Ich habe es dir bereits gesagt. Mach dich vom Acker, sonst hau ich dir was aufs Maul.«

»Apropos Maul. Da hätte ich was für Sie.«

Bevor Fredi auch nur eine Abwehrbewegung machen konnte, spürte er den feuchten Lappen auf Mund und Nase. Das Narkotikum wirkte in Sekundenschnelle und ließ den Riesen zur Seite kippen. Den Lappen warf Pehling in den Schlitz eines Kanaldeckels. Bevor er die Beifahrertür öffnete, vergewisserte er sich, dass niemand diesen Zwischenfall bemerkt hatte. Dann zog er den Fleischberg vom Steuer auf den Nebensitz und legte ihm den Sicherheitsgurt um.

»So, mein Lieber, damit dir auf der Fahrt auch nichts zustößt.«

Ein teuflisches Lächeln nahm für einen kurzen Moment die Freundlichkeit aus seinem Gesicht. Er startete den Wagen und sortierte sich in den fließenden Verkehr ein. Nach einer relativ kurzen Fahrt sah er sein Ziel vor Augen. Die Brachfläche nördlich des Briefzentrums in Vogelheim schien ihm wie geeignet für sein Vorhaben. Den Mercedes stellte er hinter einem Sandhügel ab, der zusätzlich noch von einer Buschreihe vor jeglicher Sicht geschützt war. Geduldig wartete er darauf, dass sein Gast endlich das Bewusstsein wiedererlangte.

Fredi öffnete die Augen und schüttelte den Kopf wie ein nasser Bär, der aus dem Wasser stieg. Sein Gesicht verzerrte sich vor Wut, als er feststellen musste, dass seine Hände auf dem Rücken mit Kabelbindern zusammengebunden waren. Der große, blonde Mann neben ihm zeigte immer noch ein zufriedenes, freundliches Lächeln. Fredi zerrte wie ein

Berserker an den Handfesseln, trieb den Kunststoff dabei nur noch tiefer in das Fleisch.

»Was willst du Scheißer von mir? Das mit der Straßensuche war doch wohl ein Scherz, oder? Du scheinst nicht zu wissen, mit wem du dich im Augenblick anlegst. Mach die Fesseln ab und trage das wie ein Mann aus. Dann kommst du mit einer zerschlagenen Fresse davon. Machst du diese Scheiße hier weiter, bist du tot. Hast du das verstanden?«

Pehling betrachtete diesen Muskelberg mit dem Stiernacken ohne jede Regung. Seine Augen studierten nur wortlos das Opfer.

»Wer schickt dich, du Furz? Glaubst du wirklich, dass du Kladicz aufhalten kannst, wenn du dich an seine Leute ranmachst? Wir haben eine Armee, die dir deine Därme rausreißen wird, wenn mir was passiert. Wir kriegen dich irgendwann. Da kannst du dir sicher sein. Mach mich jetzt sofort los!«

»Hör zu, du so allmächtiger, tapferer Mann. Ich habe mitbekommen, was du in der Wohnung der Ärztin mit dem unschuldigen Hund angestellt hast. Da konntest du mal so richtig zeigen, was du drauf hast. Hat sich das Tier lange gewehrt? War es ein harter Kampf für dich? Ich mag mutige Männer, die den Tod nicht fürchten. Sie sind die Freunde meines Bosses.«

»Aha, daher weht der Wind. Hör zu, du Scheißer. Du bist ein guter Mann. Du hast schließlich geschafft, was vor dir noch keiner konnte. Du hast mich überwältigt. Jetzt lass es damit gutsein. Mach mich los und ich werde meinem Boss vorschlagen, dich aufzunehmen. Der zahlt dir das Doppelte von dem, was dir dein Boss zahlt. Das garantiere ich dir.«

»Ein Vorschlag, der mich zum Nachdenken bringt. Klingt interessant. Aber kommen wir zurück auf deine große Tat. Warum hast du das unschuldige Tier so grausam getötet und in die Wanne gelegt? Das macht doch keinen Sinn, oder?«

Fredi zerrte wieder an den Fesseln und verzog schmerzhaft das Gesicht, als sich die Binder immer tiefer ins Fleisch gruben. Mit den Füßen trat er gegen den Teppichboden. Seine Augen funkelten unruhig, als er sein eigenes Klappmesser in der Hand des Fremden sah. Dieses Überlebensmesser hatte ihm schon gute Dienste geleistet. Es ließ sich mit der kurzen Klinge wunderbar mit einer Hand öffnen. Seine scharfe Klinge war sogar zum Filetieren geeignet. Allmählich machte sich ein ungutes Gefühl in ihm breit, da der Mann neben ihm unbeeindruckt fortfuhr.

»Verdammt, mach jetzt nichts, was du später bereuen wirst. Wir wollten der Alten nur Angst einjagen. Der ist nichts passiert. Uns geht es nur um ihren Freund. Die Drecksfotze ist uns völlig egal. Was hast du mit der Schlampe zu tun? Warum interessiert dich das?«

»Eigentlich relativ wenig. Für mich muss der Tod eines Wesens nur einen Sinn ergeben. Sieh das einmal so. Der Hund war für dich nicht gefährlich, warum sollte der also sterben? Diese Ärztin ist ebenfalls völlig unschuldig, warum sollte sie wegen anderer Probleme leiden? Ich gebe zu, dass ich sie persönlich kenne und auch schätze. Das alleine wäre für mich schon Anlass genug, dir das Herz rauszuschneiden. Doch was mich wirklich wütend macht, ist die Tatsache, dass dir jegliches Gefühl dafür fehlt, wie man ein Wesen würdevoll dem Tod zuführt. Du bist ein Stümper, der es nicht verdient, die gleiche Luft zu atmen, wie deine Opfer.«

»Hast du noch alle beisammen? Was faselst du da? Mach mich jetzt endlich los und mach dich vom Acker, bevor ich wirklich böse werde.«

Spielerisch ließ Elmar Pehling das Messer zu- und wieder aufklappen. Fredi sah sich auf dem Schotterfeld um, war bereit, nach Hilfe zu rufen, sollte sich jemand zeigen. Wieder dieses Messergeräusch, das ihm nun endgültig den Schweiß auf den Körper trieb. Die Angst wurde zur Gewissheit, dass es der Fremde tatsächlich ernst meinte mit seinen Drohungen.

»Mensch, sei vernünftig, wir kommen doch aus demselben Stall. Ich tu doch auch nur, wofür ich bezahlt werde. Lass uns die Scheiße vergessen und ich garantiere dir einen gutbezahlten Job bei Kladicz.«

»Kladicz, Kladicz, ich höre immer nur Kladicz. Was soll ich mit dem Namen anfangen? Aus deinem Drecksmaul hört sich das an, als sprächst du über Gott. Ist er allmächtig? Ist der unsterblich? Wo finde ich den?«

Fredi war nun endgültig irritiert. Er hielt diesen Fremden bisher für einen Killer, den ihm ein anderer Bandenboss auf den Hals gehetzt hatte. *Was wollte dieser Typ wirklich von ihm?*

»Sag mal, wer hat dich wirklich geschickt? Du gehst doch nicht ohne gut bezahlten Auftrag das Risiko ein, zu sterben. Und das wirst du, wenn mir was passiert.«

Wieder diese stahlblauen, ausdrucksstarken Augen, die ihn musterten, fast schon mitleidig. Bevor Fredi auch nur eine Abwehrbewegung machen konnte, drang die scharfe Klinge ein Stück in seinen Hals. Die Halsschlagader reagierte sofort mit rhythmischen Blutungen.

»Du perverses Tier willst mir immer noch drohen? Hast du noch nicht begriffen, dass dein Weg genau hier zu ende ist? Du bist nicht in der Position, mir zu drohen, denn ich bin dein Richter. Du hast dein Leben dem Tod gewidmet. Und genau er ist es, der jetzt deine verkommene Seele fordert. Du sollst wissen, dass du zwar im Sinne meines Auftraggebers gehandelt, doch viel zu oft die falschen Mittel gewählt hast. Ich werde dir jetzt zeigen, wie sich deine Opfer gefühlt haben müssen, wenn du sie aus purer Lust gequält hast. Dein Tod wird langsam und qualvoll sein, damit du die Zeit der Reue auskosten kannst. Bevor wir es vergessen. Dein Wohltäter trägt den Namen Elmar Pehling. Vielleicht hast du von mir bereits etwas in den Zeitungen gelesen.«

Die Erkenntnis traf Fredi wie ein Vorschlaghammer. Die Augen wollten die Höhlen verlassen, quollen hervor. Sein Körper drehte sich im Sitz, versuchten, die Fesseln ein weiteres Mal loszuwerden. Mittlerweile war der Sitz blutdurchtränkt. Mit dem Kopf versuchte er, die Seitenscheibe zu zertrümmern. Sein Schrei, der die Verzweiflung ausdrückte, verhallte im schalldichten Innenraum der Luxuslimousine. Pehling gönnte dem Haufen Elend keinen weiteren Blick, als er das Auto angewidert verließ.

Noch ein letztes Mal überzeugte er sich davon, dass niemand ihn beobachtete. Den Deckel des Tankeinfüllstutzens hatte er bereits von innen geöffnet. Die Mullbinde stopfte er in die Öffnung und ließ einen etwa ein Meter langen Rest heraushängen. Während er am Tankstutzen hantierte, schaukelte das schwere Fahrzeug hin und her. Fredi tobte in seiner Todesangst auf dem Vordersitz. Seine Schreie quittierte Pehling mit einem kalten Lächeln.

Er setzte sich auf den vorderen, rechten Kotflügel und betätigte unablässig das Sturmfeuerzeug. Das Gesicht des Kladicz-Handlangers hatte eine tiefe Rötung angenommen, die den Wahnsinn gut zum Ausdruck brachte, dem er sich ausgesetzt fühlte. Noch ein letztes Mal zeigte Pehling seinem Opfer die offene Flamme, bevor er sich wieder an das Heck des Wagens begab. In aller Seelenruhe entzündete er die Mullbinde und machte sich auf den Weg. Mit weit aus den Höhlen tretenden Augen verfolgte Fredi den großen Fremden, der sich anmaßte, ihn im Namen des Satans, bestrafen zu wollen.

Pehling war kaum noch anzumerken, dass ihn einst ein künstliches Knie behinderte. Nur noch leicht hinkend entfernte er sich vom Fahrzeug. Zuvor genoss er die an Irrsinn grenzenden Schreie Fredis. Endlich schoss die Flammenlanze in den Himmel, die schrillen Hilferufe wurden leiser, verstummten schließlich ganz.

- Kapitel 32 -

»Tot? Was soll das heißen, Fredi ist tot? Dieser Mann stirbt nicht so einfach. Da muss schon eine Urgewalt über ihn gekommen sein.«

Kladicz hielt sein Glas in der Hand, ohne daraus zu trinken. Ungläubig lauschte er dem Bericht, den Nastas Milic, sein zweiter Bodyguard, ablieferte. Nastas duckte sich im letzten Augenblick weg, bevor ihn das schwere Glas treffen konnte, das Milan Kladicz nach ihm warf.

»Dieser verdammte Scheißkerl. Der lässt sich tatsächlich einfangen und in meinem Auto verbrennen? Was habe ich mir da an Weicheiern eingekauft? Hör mir jetzt genau zu, Nastas. Ich will denjenigen hier auf diesem Stuhl haben, der deinen Kumpel hingerichtet hat. Ich gebe dir dafür zwei Tage. Nimm dir so viele Männer, wie du brauchst. Bring ihn mir hierher, lebend. Und noch was, Nastas. Wage es nicht, mir zu sagen, du hast den Kerl nicht gefunden. Wage es nicht! Und jetzt verschwinde!«

Alle Unterführer hatten sich im Seitenflügel der Villa versammelt. Die wilde Diskussion verstummte, als Kladicz den Raum betrat. Er liebte diese Auftritte, sie taten seinem

Ego gut, stärkten sein Machtgefühl. Erwartungsvolle Blicke waren auf den Mann gerichtet, dessen Jähzorn, dessen Unberechenbarkeit alle fürchteten.

»Ich will wissen, wer eurer Meinung nach, mir an die Karre pissen will. Habt ihr irgendwas in der Szene gehört? Gibt es da einen Wahnsinnigen, der glaubt, mir in die Suppe spucken zu können? Was sagen eure Leute vor Ort? Macht jetzt endlich mal einer das Maul auf?«

Es war Avram Kostalic, der für alle anderen das Wort ergriff. Er war für den Mädchenhandel verantwortlich.

»Milan, wenn da etwas im Gange wäre, hätten wir was gehört. Keiner unserer Mittelsmänner hat bisher auch nur den leisesten Verdacht geäußert. Wir haben das gerade diskutiert, bevor du reinkamst. Wir wissen doch von deinem Mann bei den Bullen, dass dieser Oberkommissar von der Mordkommission einen Klüngel mit der Ärztin aus der Rechtsmedizin hat - diesem Drecksweib, dem Fredi eine Warnung verpassen wollte. Wir haben uns gedacht, dass dieser Spelzer vielleicht ... Ich meine, dass er sich dafür rächen wollte. Der ist bekannt dafür, dass er ab und zu Wege geht, die sich nicht immer an Recht und Gesetz halten.«

Die kurze Ansprache verhallte im Raum. Gespannt blickten alle auf Kladicz, der aufmerksam zugehört hatte und jetzt nachdachte.

»Ihr glaubt tatsächlich, dass dieser kleine Pisser es gewagt hat ...? Das kann ich mir nicht vorstellen. So bescheuert kann doch selbst ein Bulle nicht sein. Das gibt es doch nur im Kino. Der Wichser wird doch nicht wie Clint Eastwood durch die Gegend laufen und die bösen Buben hinrichten. Andersherum hat diese Überlegung was. Dem könnte sein steifer Schwanz das Gehirn vernebelt haben. Jetzt spielt der vielleicht den einsamen Rächer vor seiner Tussi.«

Kostalic blickte sich beifallheischend in der Runde um. Es erfüllte ihn mit Stolz, dass der große Boss seinen Worten Glauben, zumindest Beachtung schenkte. Das Gefühl der Überlegenheit verging schon mit den nächsten Worten, die wie Peitschenhiebe bei ihm einschlugen.

»Avram, du könntest recht haben. Du bist ein guter Mann, deshalb die folgende Aufgabe. Du sorgst dafür, dass ich mich ungestört mit dem Bullen unterhalten kann. Du wirst ihn höflich darum bitten, sich mit mir an einem neutralen Ort zu treffen. Ich sagte *höflich*, und das meine ich auch so. Ich will dem Mistkerl verklickern, dass ich nichts mit dem Anschlag auf seine Pissnelke zu tun habe. Wir können bei dem, was wir noch vorhaben, keinen Privatkrieg mit einem Bullen gebrauchen. Wenn da Emotionen ins Spiel kommen, gerät alles aus dem Ruder. Kriegst du das hin?«

»Da habe ich keine Zweifel. Wo sollte das denn sein?«

»Verdammt, such dir eine Kneipe aus oder irgendwas anderes. Von mir aus auch auf dem Grugaturm. Hauptsache ich muss nicht unter Tage.«

Die Männer tauschten unauffällig Blicke, denn es hatte sich rumgesprochen, dass Kladicz selbst den Teufel nicht fürchtete, aber panische Angstzustände bekam, wenn er sich in engen, geschlossenen Räumen befand. Dass man ihn vor Jahren aus einem Aufzug befreien musste, der auf halber Strecke zwischen zwei Stockwerken festsaß, war in aller Munde. Er war mit akuten Atembeschwerden zusammengebrochen, nachdem er sich vor lauter Angst in die Hose geschissen hatte. Es kam einem Todesurteil gleich, noch nach so langer Zeit darüber zu sprechen. Avram Kostalic war zwar von seiner Aufgabe nicht begeistert, nickte jedoch eifrig, sodass Kladicz das Thema wechseln konnte. Der allseits gefürchtete Augenblick war gekommen, an dem alle Unterführer ihre Umsätze darlegen mussten.

Sven betrachtete noch ein letztes Mal kritisch den Blumenstrauß, den er sich hatte zusammenstellen lassen. Er war auf sich selbst wütend, weil er keine Ahnung hatte, welche Blumen Karin bevorzugte. Das war schon immer sein Manko, nicht auf solche wichtigen Nebensächlichkeiten zu achten. Das musste er sich damals ständig von seiner Exfrau anhören. Er würde sich einen Scheiß dafür interessieren, was ihr wichtig war. Der vergessene Hochzeitstag brachte damals das Fass endgültig zum Überlaufen, von der kleinen Affäre mit der Brünetten, dessen Namen er schon nicht mehr wusste, mal abgesehen. Verdammt, woran sollte er denn noch alles denken?

Das protzige, silberfarbige Audi R8 Coupé war ihm schon aufgefallen, bevor er den Blumenladen betrat. Jeder sah sich automatisch danach um, wenn dieses satte Motorbrummen die Luft vibrieren ließ. Sven mochte diese Angeberautos absolut nicht. Für ihn stand fest, dass kein Mensch sich diese Zweihunderttausend-Euro-Benzinschleudern erlauben konnte, der einer ehrlichen Arbeit nachging. Insofern saßen oft Männer am Steuer, denen er innerhalb seines Berufslebens einmal begegnen könnte. Das war auch in diesem Augenblick der Fall.

Als sich die Beifahrertür direkt neben ihm öffnete, erstarb der Motor. Ein ganz in Leder gekleideter Mann quälte sich aus dem Schalensitz und baute sich vor dem Oberkommissar auf. Sven blickte in kalte Schlitzaugen, die sich in einem Gesicht befanden, das nur eine Mutter lieben konnte. Pure Brutalität bestimmte die harten Züge, spöttisches Grinsen beherrschte die wulstigen Lippen. Svens Körper spannte sich an, die Blumen ließ er sinken. Was hatte das zu bedeuten? Wollte man ihn auf offener Straße angreifen?

»Ich soll Ihnen eine Nachricht, besser eine Einladung von meinem Chef überbringen.«

Als dieser menschliche Abfall zu reden begann, entspannte sich Sven wieder. Keiner, der ihm Gewalt antun wollte, würde vorher mit ihm plaudern.

»Und wer ist dieser ominöse Chef? Und was genau möchte der von mir?«

»Kladicz möchte einfach nur mit Ihnen reden. Er garantiert für Ihre Sicherheit. Sie dürfen den Ort und die Zeit bestimmen.«

»Bestellen Sie Ihrem Herrn Kladicz, dass ich kein Interesse habe. Wenn ich was von ihm will, bestell ich ihn zum Verhör in mein Büro.«

Sven wollte sich an dem unsympathischen Kerl vorbeidrücken, als sich eine Riesenhand auf seine Brust legte. Wortlos sah Sven auf die Hand und wischte sie weg.

»Fass mich nie wieder an, verstehst du? Nie wieder!«

»Was soll ich ihm sagen? Wann kann er zu Ihnen ins Präsidium kommen?«

»Ach sieh mal einer an. Der große Herr Kladicz würde sich sogar dazu herablassen. Das muss aber wichtig für den Herrn sein. Nun gut. Dann bestellen Sie ihm, dass ich morgen, sagen wir so um zehn Uhr, Zeit für ihn habe. Er

wird mein Büro sicher finden. War´s das oder gibt es noch
Einwände? Ich habe nämlich noch zu tun.«

Der Riesenkerl blieb eine Antwort schuldig und stieg
wieder in den Wagen. Die durchdrehenden Reifen hinter-
ließen den unangenehmen Geruch von verbranntem Gummi.

- Kapitel 33 -

Sven betrachtete die Bilder des ausgebrannten Mercedes, den sie vor zwei Tagen im Stadthafen vorfanden. Er selbst war schon vor Ort, als der Wagen noch dampfte. Die Feuerwehr, die seine Abteilung alarmiert hatte, weil sie einen Toten im brennenden Wagen vorfanden, löschte noch die letzten Glutnester. Das Bild zeigte eine fast völlig verkohlte männliche Person, deren Arme weit nach vorne ausgestreckt waren. Ein leichter Schauer lief Sven über den Rücken. Die Stimme hinter ihm ließ ihn zusammenzucken.

»Kein schöner Anblick. Das kann ich mir vorstellen.«

Karin, die in den Raum eingetreten war, wedelte mit dem Untersuchungsbericht.

»Der muss ordentlich gelitten haben. Erstens war er gefesselt, und zweitens lebte er noch, als das Fahrzeug angezündet wurde. Aber das weißt du ja schon durch den Bericht von Ruhnert. Ich kann das dadurch weiter untermauern, weil ich eine Menge Ruß, der aus den Rauch- und Schwelgasen gebildet wird, im Kehlkopf, in den Bronchien und dem Magen gefunden habe. Der Typ hat lange mit der Hitze gekämpft. Nachdem sich die Kabelbinder an seinen Handgelenken aufgelöst hatten, wird er die Hände wohl zum Schutz vorgestreckt haben. Aber das ist nicht der einzige Grund für diese Arm- und Beinstellung. Man nennt das auch Fechterstellung. Die entsteht allmählich durch eine Verkürzung der Muskeln und der Knochen durch die Eiweißgerinnung. Unsere Knochen schrumpfen bei der Hitze um ungefähr zehn Prozent. Durch die Schrumpfung der Halsmuskulatur öffnet sich auch der Mund und die Zunge wird aus dem Hals herausgepresst.

Der Schädel ist an mehreren Stellen geöffnet, sodass das geschrumpfte Hirn sich zur Mitte hin an der Falx anlegt. Die Falx ist die Platte, die unsere beiden Großhirnhemisphären in der Mitte trennt. Siehst du diese Krähenfußbildung an den Augen? Die entsteht, wenn ...«

»Lass es gut sein, Karin. Ich muss das jetzt nicht haben. Mein Magen hat einen leichten Knacks bekommen ... zu viel Kaffe in der letzten Zeit, vermute ich. Warum hat mir keiner was davon gesagt, dass du aus dem Krankenhaus entlassen wurdest? Ich hätte dich doch abgeholt.«

»Schatz, beruhige dich. Ich habe mich selber entlassen. Vorhin habe ich den Bericht aus der Klinik abgeholt, um ihn mit dir durchgehen zu können. Habt ihr schon Anhaltspunkte, wer das einmal war?«

»Hörster rief mich an. Er ist davon überzeugt, dass es sich um einen Fredi Asbach handelt. Der ist bei uns mehrfach erkennungsdienstlich registriert. Mit dem Vorstrafenregister kannst du deine Diele tapezieren. Nur die Morde, die wir ihm zuordnen, konnten wir bisher nicht beweisen. Steht übrigens in Diensten des Herrn Kladicz, den ich in Kürze hier erwarte. Das ist sein Mann für Sonderaufgaben.«

Kaum hatte er den Satz beendet, entstand Unruhe auf dem Flur. Krassnitz steckte den Kopf durch den Türspalt.

»Chef, Ihr Besuch ist da. Kann der reinkommen?«

Sven nickte und gab Karin ein Zeichen, dass sie sich auf den zweiten Stuhl setzen möge. Völlig irritiert sah sie zu ihm hoch.

»Kein Problem. Bleib da sitzen und höre gut zu.«

Zwei Männer betraten den Raum, die Sven schon aus früheren Besuchen in den Bars gut kannte. Kladicz kam niemals ohne seine Bodyguards. Dafür hatte er zu viele Feinde. Dass es sich dabei um Nastas Milic handelte, hatte Sven schon lange vorher recherchiert.

»Darf ich die Herrschaften miteinander bekannt machen? Das ist Milan Kladicz und bei der Dame handelt es sich um meine Kollegin Karin Hollmann.«

Kladicz reichte ihr die Hand und deutete einen altmodischen Handkuss an.

»Es freut mich, Frau Doktor Hollmann.«

Sowohl Karin, als auch Sven war sofort aufgefallen, dass Kladicz sie mit ihrem akademischen Titel ansprach, ließen das aber unkommentiert.

»Also, Herr Kladicz. Da sind wir nun. Sie wollten mit mir reden. Was kann ich für Sie tun?«

»Sie sollten meinen heutigen Besuch bei Ihnen nicht falsch verstehen. Ich möchte Sie um nichts bitten. Eher wollte ich mich austauschen. Sie und Ihre Soko haben sich zum Ziel gesetzt, meine Betriebe unter einen gewissen Druck zu setzen. Ich möchte einfach verstehen, warum Sie sich ausschließlich auf meine Unternehmen stürzen? Meine Kunden finden das auf Dauer sehr befremdlich.«

»Darf ich Sie an dieser Stelle unterbrechen? Sie sprechen von Ihren Betrieben, von Ihren Unternehmungen. Das möchte ich verstehen. Wir waren bisher nur ein einziges Mal in einer Ihrer Bars. Gut, wir haben noch Razzien in anderen Lokalen gemacht, die jedoch alle auf andere Besitzer eingetragen sind. Weiterhin erinnere ich mich an eine Großrazzia im Duisburger Hafen und in einer Spedition in Herne. Wie kommen Sie darauf, dass wir Ihnen was anflicken wollen. Sie selbst erklärten mir doch, dass Sie die Firmen gar nicht kennen, nach denen ich Sie gefragt hatte. Jetzt sitzen Sie hier in meinem Büro und beklagen sich darüber, dass ...«

»Langsam, langsam, Herr Spelzer. Mit keinem Wort habe ich erwähnt, dass ich hinter diesen Firmen stehe. Doch ab und zu gibt es da kleine geschäftliche Verknüpfungen, eine Zusammenarbeit. Ich sitze hier auch im Namen der Geschäftspartner.«

»Waren es auch Ihre Geschäftspartner, die versucht haben, mich mit Geld zu bestechen? Stammt von denen die Überweisung auf mein Konto? War es einer von diesen bösen Buben, die mir einen Umschlag mit einer hohen Summe auf den Tisch legten. Hören Sie, Herr Kladicz. Sollten Sie davon wissen, möchte ich Sie bitten, den Hinterleuten zu bestellen, dass ich nicht käuflich bin. Auch sonstige Drohungen, wie sie aktuell stattfanden, werde ich nicht zum Anlass nehmen, meine Aufgaben zu vernachlässigen.

Wo wir gerade bei dem Thema sind. Haben Sie oder einer Ihrer Geschäftspartner, wirklich geglaubt, dass Sie mit dieser Aktion *toter Hund* Ihres Leibwächters Fredi Asbach bei mir einen Stopp erreichen können? Ich garantiere Ihnen, genau das Gegenteil wird der Fall sein.«

Kladicz ließ sich seine Nervosität nicht direkt anmerken. Sven verfolgte dennoch, dass er jetzt begann, einen Rosenkranz durch die Finger zu ziehen.

»Ich kann Ihnen nicht folgen, Herr Oberkommissar. Wieso kommen Sie darauf, dass ich etwas mit dieser ominösen Aktion eines Mannes zu tun habe, den ich schon seit Wochen nicht mehr beschäftige? Ich weiß nicht, wovon Sie gerade reden.«

»Dann werde ich es Ihnen kurz schildern. Ich spreche von diesem Fredi Asbach, der noch vor einigen Tagen in Ihrem Büro hinter Ihnen stand. Das erst einmal zum Thema *ist nicht auf meiner Lohnliste*. Dieser Fredi hat vermutlich im Auftrag eines bisher noch Unbekannten meiner Kollegin hier einen toten Hund ins Bad gelegt. Was auch immer das bewirken sollte – es hatte nicht den erwarteten Erfolg.

Nun finden wir diesen Mann einen Tag später als Leiche in einem ausgebrannten Mercedes im Stadthafen. Und was glauben Sie, auf welchen Namen dieses Luxusauto zugelassen ist. Das wird Sie nicht überraschen, Herr Kladicz. Solche Verluste laufen sicher bei Ihnen unter Peanuts. Wollen Sie mir immer noch erzählen, dass der Tote nicht mehr bei Ihnen beschäftigt war?«

Kladicz beugte sich vor und stützte die Hände auf die Schreibtischkante. Sein Gesicht hatte mittlerweile eine leichte Röte angenommen, was Sven auf unterdrückte Wut zurückführte. Es war auch seine Absicht, diesen abgebrühten Dreckskerl aus seiner sichergeglaubten Position zu locken.

»Hören Sie mir gut zu, Herr Spelzer. Ich wiederhole mich nämlich ungern. Dieser Asbach ist nicht mehr bei mir beschäftigt. Das Auto hat er mir gestohlen und es liegt längst eine Diebstahlanzeige vor. Was jedoch den Tod dieses Mannes betrifft, werden Ihre Ermittlungen in meiner Richtung ins Leere laufen. Mich würde es selbst sehr interessieren, wer hinter dieser Hinrichtung stehen könnte. Das interessiert mich sogar sehr. Das können Sie mir glauben. Selbst wenn mich verdiente Mitarbeiter irgendwann verlassen, den Arbeitgeber wechseln, gibt es doch noch etwas, was mich mit ihnen verbindet. Meine Loyalität gegenüber den Leuten hört nicht in dem Augenblick auf, wenn sie fortgehen. Ich werde deshalb alles daran setzen, diesen Schweinehund zu erwischen, der Fredi so grausam hingerichtet hat. Das sollten Sie wissen, Herr Oberinspektor. Und wenn ich ihn erwische, dann Gnade ihm Gott.«

Sven und Karin wechselten einen bedeutsamen Blick. Beide hatten das Gefühl, als würde in diesen letzten Worten eine gefährliche Drohung mitschwingen. Kladicz erhob sich und der Muskelberg im Hintergrund gab die Haltung einer versteinerten Statue auf.

»War es das, was Sie mir sagen wollten, Herr Kladicz? Wollten Sie nur diese Drohung loswerden, die ich nicht so ganz einordnen kann?«

»Denken Sie, was Sie wollen. Nur behalten Sie bitte im Hinterkopf, dass meine Geduld nicht endlos ist. Und unterlassen Sie es bitte, mich für jeden Drogendeal in dieser Stadt verantwortlich zu machen. Meine Geschäfte sind sauber und ich zahle regelmäßig meine Steuern. Ich wünsche Ihnen und der reizenden Frau Doktor noch einen schönen Tag.«

»Was war das denn? Hat der dich wirklich bedroht? Ich glaube, dass der ernsthaft glaubt, dass du den Asbach ...«

»Na so verrückt kann doch selbst dieser Kladicz nicht sein. Er könnte sicher davon wissen, dass uns mehr als der Beruf verbindet. Doch mir einen Mord zuzumuten, halte ich dann doch schon für sehr weit hergeholt. Aber gleichzeitig habe ich jetzt Zweifel daran, dass er hinter dem Mord steht. Warum sollte er sich sonst die Blöße geben und mich vor Zeugen bedrohen? Das mit dem Asbach geht dem schon gehörig an die Nieren. Wir sollten unsere Fühler auch mal in andere Richtungen ausstrecken. Mir geht da etwas nicht aus dem Kopf.«

»Sven, das glaubst du doch nicht wirklich. Ich weiß, an wen du denkst. Aber das wäre ja unglaublich. Dann hätte Kladicz wirklich einen triftigen Grund, um nervös zu werden.«

- Kapitel 34 -

Der schwarze BMW war in der Dunkelheit des Parkplatzes an der Johanniskirche kaum zu erkennen. Nur mit dem Nachtsichtgerät war es Sven und seinem Kollegen Hörster möglich, das Aufglimmen der Zigaretten zu beobachten. Um nicht aufzufallen, mussten sie ihren Wagen etwa achtzig Meter entfernt parken. Nur noch wenige Minuten würde es im Normalfall dauern, bis der zweite Wagen auftauchen würde, der die Drogen abholen sollte. Die weiteren Einsatzkräfte warteten in den Nebenstraßen in neutralen Fahrzeugen. Die beiden Kommissare wussten, wie wichtig dieser Zugriff für sie war. Einen weiteren Fehlgriff konnten sie sich nicht erlauben, wenn sie weiterhin in der Soko mitarbeiten wollten. Eine solche Klatsche, wie die in Herne, wollten sie sich nicht wieder einhandeln.

Immer wieder sah Hörster auf die Uhr, setzte das Fernglas an die Augen. Beruhigend legte ihm Sven die Hand auf den Arm, starrte aber selbst gebannt auf die beiden Scheinwerferkegel, die sich der Kirche näherten. Der Fiesta hielt gegenüber der Kirche, blendete die Scheinwerfer ab ... nichts geschah. Nach wenigen Minuten stieg eine junge Frau aus und warf noch eine Kusshand zurück ins Auto. Dann verschwand sie in der Haustür, während der Wagen sich wieder Richtung Weserstraße entfernte. Enttäuscht schlug Hörster gegen die Türinnenseite. Wieder legte sich Svens Hand auf Hörsters Arm. Ein weiteres Fahrzeug näherte sich sehr langsam, bog auf den Parkplatz der Kirche ein. Der Fahrer parkte so ein, dass er mit der Front Richtung Ausfahrt stand. Die Scheinwerfer erloschen. Wieder passierte nichts.

Erst nachdem die Scheinwerfer des BMW kurz aufblitzten, stieg aus dem angekommenen Mercedes ein Mann aus, der eine kleine Tasche trug. Er verschwand in dem BMW. Minuten vergingen, die den beiden Kripoleuten wie Stunden erschienen. Sie warteten ungeduldig darauf, dass der neue Gast wieder mit der Ware ausstieg. Erst dann konnten sie den Befehl zum Zugriff erteilen. Die Innenbeleuchtung des Wagens blieb aus, als der Mann wieder die Tür öffnete und sich mit einer größeren Tasche auf den Weg zurückmachte.

»Zugriff! Gruppe zwei und drei vorrücken! Vier macht die Straße dicht!«

Noch während Sven den Befehl an die Kollegen des Einsatzkommandos durchgab, stiegen er und Hörster aus und näherten sich geduckt dem Parkplatz. Gedeckt durch den Stamm einer dicken Eiche warteten sie ab, bis sich die ersten dunklen Schatten der Sondereinheit neben der Hecke des Parkplatzes zeigten. Plötzlich kam Bewegung in die Männer, die in den Fahrzeugen auf die heranziehende Gefahr aufmerksam wurden. Die Motoren wurden gestartet. Doch keiner wagte es, loszufahren, da die Läufe von mindestens dreißig Waffen in den Innenraum ihrer Autos zielten. Der Mann, der sich noch mit der Tasche auf dem Weg befand, spürte die harten Hände eines SEK-Beamten um seinen Hals. In Sekundenschnelle wurde er auf den Boden gedrückt, Handschellen schlossen sich um seine Gelenke. Die Türen öffneten sich und aus jedem Fahrzeug stiegen drei Männer mit erhobenen Händen.

Ein kurzer Blick zwischen den beiden Kommissaren reichte, um die Erleichterung spüren zu lassen, die sie erfüllte. Die Aktion war ohne einen einzigen Schuss abgelaufen, niemand war verletzt worden. Sven nahm die beiden Taschen an sich und legte sie auf die Motorhaube des Mercedes. Vorsichtig öffnete er die Verschlüsse und wagte einen Blick hinein.

»Bingo. Endlich haben wir den Scheißer am Arsch. Ist das dahinten nicht dieser Nastas Milic? Nun darf mir Kladicz nicht mehr mit der Ausrede kommen, der ist nicht bei mir beschäftigt. Die beiden waren noch vor drei Tagen zusammen in meinem Büro.«

Hörster nickte und öffnete die zweite Tasche. Sven warf auch da einen Blick hinein.

»Scheiße, das sind bestimmt zweihunderttausend Kröten. Geil. Können Sie sich vorstellen, wie Kladicz jetzt toben wird? Jetzt bin ich nur noch gespannt, ob unser Plan komplett aufgegangen ist. Die Wichser abführen! Alle in Einzelzellen unterbringen Ich will nicht, dass die sich absprechen können.«

»Kommen Sie rein, Herr Kollege. Ich weiß, dass die Besprechung unvorbereitet kommt, aber wir dachten, dass wir das zügig über die Bühne bringen. Setzen Sie sich zu uns. Kriminalrat Fugger wollte gerne daran teilnehmen.«

Peter Krüger zeigte auf den Stuhl neben sich. Gespannt sahen Sven und der Kriminalrat auf den Kollegen der Drogenabteilung.

»Wir haben gerade den Bericht von Oberkommissar Spelzer gehört, der gestern einen bemerkenswerten Erfolg verbuchen konnte. Ein paar Kilo Drogen und eine sechsstellige Summe an Bargeld, die wir sicherstellen konnten. Die Männer sind in Gewahrsam und werden im Laufe des Tages verhört. Ich denke, dass wir dem Kollegen gratulieren können. Das wird diesem Kladicz nicht nur einen großen Verlust bescheren, sondern eventuell auch endlich eine Anklage. Einer von den Verhafteten wird erfahrungsgemäß singen. Den packen wir dann in das Zeugenschutzprogramm, was die Lage für ihn ungefährlicher gestaltet.

Nun ja, unsere Aktion dagegen war gestern ja nicht so erfolgreich, wie ich es mir erhofft hatte. Ich verstehe das einfach nicht. Der Tipp kam von dem gleichen Informanten, aber nur einer war erfolgreich. Wenn Sie mich fragen, hat da wieder jemand seine Finger im Spiel gehabt. Jemand aus unserem Hause.«

»Das halte ich aber für unsinnig. Warum sollte der Verräter denn dann nicht beide Einsätze an Kladicz weitergegeben haben? Der hätte dann doch entsprechend reagieren können.«

»Sehen Sie, genau da liegt der Hund begraben. Dieser Maulwurf konnte das gar nicht weitergeben, weil er nichts davon wusste. Die Informationen über die getrennten Einsätze wurden sehr kurzfristig und völlig getrennt voneinander an die Einsatzkräfte weitergegeben. Die Gruppe Spelzer wusste nichts von meiner Gruppe. Das war doch geschickt, oder? So konnten wir zumindest die Verdächtigen stark eingrenzen. Und siehe da, es hat geklappt.«

Drei Männer am Tisch lächelten zufrieden, nur einer rutschte auf seinem Stuhl hin und her, blickte nervös auf seine Hände.

»Das war aber nur ein Teil des Planes. Wir haben uns eine richterliche Verfügung eingeholt, um die Telefon-Anschlüsse von Kladicz überwachen zu dürfen. Der Kollege Spelzer erzielte mit seinem Plan einen Supertreffer. Wir haben unseren Ohren nicht getraut, als wir die Gespräche analysierten, die nach Bekanntgabe der Einsatzpläne mit Kladicz geführt wurden. Alles konnte aufgezeichnet werden. Doch damit nicht genug. Der Mann, den wir als Verräter enttarnen konnten, war so dämlich, seine Nummer nicht zu unterdrücken. Ich muss Ihnen ja nicht erklären, dass der Besitzer dieser Nummer in Sekunden ermittelt wurde.

Jetzt frage ich Sie, Kommissar Tetzlaff, was Sie verdammtes Arschloch dazu verleitet hat, für diesen Mörder zu spionieren? Für mich persönlich gibt es kaum etwas Schlimmeres, als Kameraden zu hintergehen. Immer besteht dabei die Gefahr, dass bei einem dieser Einsätze mal was schief läuft und unschuldige Kollegen erschossen werden. Sie sind das dreckigste Arschloch, was mir jemals begegnet ist. Seine schmutzigen Geschäfte hinter einer Polizeimarke zu tarnen ist ekelig. Legen Sie jetzt ganz vorsichtig Ihre Marke, Ihren Dienstausweis und Ihre Waffe auf den Tisch. Der liebe Kollege hinter Ihnen wird alles in Verwahrung nehmen.

Abführen! Ich will das Schwein nicht mehr sehen, schaffen Sie ihn mir aus den Augen!«

194

– Kapitel 35 –

In sich zusammengesunken saß Nastas Milic am Tisch des Verhörraumes. Sein stumpfer Blick ruhte auf dem Schwanenhals des Mikrofons, das sich ihm entgegenstreckte. Hinter der verspiegelten Scheibe beobachteten ihn Kriminalrat Fugger, Kommissar Hörster und Sven, der gemeinsam mit seinem Kollegen das Verhör leiten sollte. Die Strategie war klar. Alle waren gespannt darauf, wie weit die Loyalität gegenüber dem Bandenboss reichen würde. Milic sah nicht einmal auf, als die beiden Kommissare den hellerleuchteten Raum betraten. Sven warf seine Unterlagen auf den Tisch und setzte sich neben Hörster, ohne ein Wort zu sagen.

Milic war ein Mann, der sich nicht zum ersten Mal in dieser Situation befand. Er wusste, dass Schweigen das oberste Gebot war. Sollten die Bullen ihm eine Schuld nachweisen. Sie waren es, die den Nachweis führen mussten. Die Anwälte vom Boss würden ihn schon wieder raushauen.

»Dürfen wir Ihnen Fragen stellen? Sie sind darüber aufgeklärt worden, dass Sie keine Fragen beantworten müssen, bei deren Beantwortung Sie sich selbst belasten würden. Können Sie uns das bestätigen?«

Milic hob den Blick und sah Sven schweigend an.

»Ich bin mir nicht sicher, Herr Milic, ob Schweigen im Augenblick das beste Mittel ist, um Sie vor einer langen Gefängnisstrafe zu bewahren. Die Beweise gegen Sie sind erdrückend. Wie wird ein Gericht wohl urteilen, wenn wir Fotos und Zeugenaussagen vorlegen, die beweisen, dass Sie und fünf Komplizen bei der Übergabe von mehreren Kilo Kokain und Speed festgenommen wurden. Das wird selbst für die Anwälte Ihres Bosses schwierig, darzustellen, dass Sie sich nur zufällig im Wagen befanden und eigentlich zur Nachtmesse wollten.

Wir reden in Ihrem Fall von einem schweren Verstoß gegen das Betäubungsmittelgesetz, §29, also dem gewerbsmäßigen Drogenhandel. Bei der Menge an Drogen dürften Sie mit Ihren Vorstrafen bei einem Strafmaß von fünfzehn Jahren liegen. In dieser Zeit wird Herr Kladicz weiter in Saus und Braus leben, Champagner saufen und junge Weiber vögeln. Ihnen wird er ab und zu ein Carepaket in den Knast schicken, damit Sie auch mal in den Genuss von Zartbitter-Schokolade kommen. So ungefähr dürfte Ihre Zukunft aussehen. Wenn Sie wieder rauskommen, sind Sie sechzig Jahre alt und Ihr Haar hat einige weiße Strähnen mehr als heute. Das muss allerdings nicht sein. Hören Sie mir überhaupt zu?«

Zumindest die Bewegung seiner Pupillen zeigten Sven, dass ihn Milic verstanden hatte. Sein Gesicht blieb ausdruckslos.

»Bevor ich Ihnen Alternativen vorstelle, will ich nicht unerwähnt lassen, dass es vor zwei Jahren, also einige Monate, bevor Sie in die Dienste Ihres Bosses eintraten, einen Zwischenfall in der Dortmunder Justizvollzugsanstalt gab. Wir hatten einen Mann dort eingeliefert, dem gewerbsmäßiger Menschenhandel nachgewiesen werden konnte. Wir alle wussten, dass er für Kladicz arbeitete. Der hielt zwar dicht, doch sein Boss hatte wohl Zweifel daran, dass er durchhielt. Schon nach vier Tagen im Knast fand man den Kollegen mit durchschnittener Kehle in der Dusche. Das kann Zufall sein, doch die Beurteilung der wahren Hintergründe möchte ich Ihnen überlassen. Bei den Ermittlungen zum Tod Ihres Kollegen Fredi Asbach sind wir ebenfalls auf Zusammenhänge gestoßen, die auf eine Beteiligung des Herrn Kladicz hinweisen könnten. Da arbeiten wir noch dran. Doch das sollte Sie wohl nicht sonderlich beunruhigen. Kladicz liebt sein Volk und sorgt für die Menschen.«

Wortlos blätterte Hörster die Polizeifotos vom Brandort vor Milic hin. Beide Beamte konnten das Zucken in den Augen des Gangsters gut erkennen. Fredis Gestalt, die fast vollständig verkohlt im Sitz zu erkennen war, machte ihm sichtlich zu schaffen.

»Doch nun zurück zu den Alternativen. Sie werden sicher davon gehört haben, dass wir Möglichkeiten haben, die Kronzeugenregelung nach §46b des Strafgesetzbuches in besonderen Fällen anzuwenden. Sie können sich bei unserem Altkanzler Helmut Kohl bedanken, dass wir nach heutigem Recht Kronzeugen die Strafe mildern, manchmal sogar ganz erlassen können. Das hängt immer davon ab, inwieweit man bereit ist, gegen die großen Fische im Hintergrund auszusagen. Das kann sogar so weit gehen, dass wir dem Zeugen eine neue Identität geben. Das entscheidet jedoch die Staatsanwaltschaft im Einzelfall. Wir würden Sie schützen, indem wir Sie bis zur Verhandlung irgendwo unterbringen, also in Schutzhaft nehmen. Sollten Sie allerdings das Schweigen vorziehen, werden wir das Gespräch genau hier beenden. Überlegen Sie sich das aber gut, denn ansonsten werden Sie in Untersuchungshaft überführt und können auf Ihren Gerichtstermin warten.«

Immer wieder irrten die Augen über die Fotos, die Fredis grausam entstellten Körper zeigten. Den erfahrenen Kripoleuten entging nicht, wie es in dem Mann arbeitete. Eine gewaltige Wand der Angst baute sich in ihm auf. Genau das war Svens Absicht. Fugger hatte zuerst Bedenken, dass Sven die Fotos des verbrannten Kumpels ins Spiel bringen wollte, da er befürchtete, dass dies die Anwälte als unerlaubtes Druckmittel ansehen könnten. Doch schließlich willigte er ein.

»Ich vergaß übrigens, zu erwähnen, dass wir euren Maulwurf im Präsidium enttarnt haben. Tetzlaff ist bereit, gegen Ihren Boss und damit auch gegen Sie auszusagen. Vielleicht erleichtert das Ihre Entscheidung. So, nun lassen wir Sie mit Ihren Überlegungen mal alleine. Sie haben ja heute noch Ihren Termin beim Haftrichter. Morgen werde ich Sie ein weiteres und ein letztes Mal fragen. Dann erwarten wir eine Antwort, Herr Milic. Ihnen noch einen guten Tag.«

Fugger hielt Sven am Arm zurück, als dieser den Verhörraum verließ und sich wieder ins Büro verziehen wollte.

»Mensch Spelzer, sind Sie jetzt völlig verrückt geworden? Das mit dem Asbach habe ich ja noch gedeckt, aber was sollte das mit der Aussage von Tetzlaff? Wie kommen Sie darauf, dass der freiwillig aussagen wird? Sie bringen uns in Teufels Küche. Wenn das rauskommt, verdammt.«

»Wie soll das rauskommen, Chef? Haben Sie was gehört, Hörster?«

»Spelzer, machen Sie keine Spielchen mit mir. Die Bandaufnahme wird das beweisen.«

»Welches Band? Hatten Sie die Tonaufnahme eingeschaltet, Hörster?«

»Nein, warum auch? Der hat doch keinen Ton von sich gegeben.«

»Spelzer, Sie verdammter ...«

Fugger blickte nur noch auf die breiten Rücken der Ermittler, die den Raum verließen und feixend den Flur entlangmarschierten.

- Kapitel 36 -

»Das wird mir dieser Drecksbulle büßen, den mach ich fertig.«

Kladicz lief wie ein wildes Tier durch das Büro. Die Damen, die sonst wie die Schmeißfliegen um ihn herumliefen, hatten sich an die Theke verdrückt. In dieser Laune war ihr Boss unberechenbar, das wussten alle. Nur sein Barkeeper musste ausharren und sich der Gefahr aussetzen, beschimpft zu werden oder Schlimmeres zu erleben.

»Wo bleiben die anderen Penner? Wenn es was zu verdienen gibt, können die gar nicht schnell genug auf der Matte stehen, jetzt lässt sich keiner sehen.«

Rainer Holbe, der ansonsten nur das Bargeschäft leitete, zuckte mit den Achseln und wischte fleißig Flecken von der Theke, die nur er erkennen konnte. Prompt öffnete sich die Tür und drei Männer erschienen. Sie setzten sich in die äußerste Ecke, nachdem sie ihren Boss begrüßt hatten. Holbe beeilte sich, Getränke auf den Tisch zu stellen, um sich dann wieder hinter den Tresen zu verziehen.

»Wer von euch weiß mehr über dieses Desaster in Rellinghausen? Ich will endlich wissen, wer die Informationen an die Bullen weitergibt. Jetzt hilft uns der Kontakt im Präsidium auch nichts mehr. Den habgierigen Irren haben die geschnappt. Jetzt müssen wir schnell handeln, damit die Burschen nicht anfangen zu singen. Eigentlich sind nur dieser Tetzlaff und Nastas in der Lage, Brauchbares zu verraten. Die anderen Typen wissen so gut wie gar nichts über die Organisation.

Wir müssen unsere Leute hinter den Mauern aktivieren. Ich will jetzt wissen, wen wir im Essener Untersuchungsgefängnis haben und ich brauch die Namen von unseren Leuten in den umliegenden Gefängnissen. Die müssen schon wissen, was sie zu tun haben, wenn die beiden Männer eingeliefert werden. Doch will ich denen das Maul schon stopfen, bevor sie beim Verhör zusammenbrechen. Die Anwälte werden jetzt erst einmal aktiv. Die müssen rauskriegen, was genau man denen vorwirft, wie die Anklage lautet. Vielleicht kriegen wir Nastas sogar frei, bevor der das Maul aufmacht.«

Allgemeines Nicken in der Runde. Jeder von ihnen wusste, was er nun zu tun hatte. Ihre eigene Existenz stand auf dem Spiel, wenn das Imperium, das Kladicz verwaltete, plötzlich zusammenbrach. Dann würden sie alle im Knast landen. Sie wären bereit gewesen, die Zeugen selbst umzulegen, nur um ihre Haut zu retten.

»Ich erwarte spätestens Übermorgen die Nachricht, dass die Beiden das ewige Schweigegelübde abgelegt haben. Ist das klar? Die werden kein Wort sagen. Wofür bezahle ich sonst die ganze Kohle.«

Der Plan war besprochen und die nötigen Schritte eingeleitet. An diesem Abend glühten die Drähte und eine stille

Post lief gefährlich schnell durch die Mauern des Untersuchungsgefängnisses. Schon am nächsten Morgen schrillten die Sirenen im Trakt für Neueingänge.

»Tetzlaff soll sich selber ...? Das glaube wer will. Dieser Pisser hätte doch gar nicht den Mut, sich selbst aufzuknüpfen. Wie soll der denn an einen Strick gekommen sein?«

Hörster hatte erst einmal den Kopf hineingesteckt, trat jetzt aber ganz in Svens Büro. Selbst Frau Krassnitz gesellte sich von Neugierde getrieben zu ihnen.

»Nein, nein, da täuschen Sie sich. Die haben aus seiner Jacke einen langen Schal geknüpft und den am Fenstergitter festgemacht. Der Arzt meint, dass er sich wohl, bevor er sich aufknüpfte, drei Mal selbst was aufs Maul gehauen haben musste. Also, so ganz freiwillig ist das Ganze dann wohl doch nicht abgelaufen. Die vernehmen jetzt alle Aufsichten, die in der Nacht Dienst hatten. Ich wette meinen Arsch darauf, dass einer von denen sich eine kleine Belohnung bei Kladicz abholen wird.«

»Hören Sie Hörster. Was ist mit diesem Milic? Ist der wohlbehalten durch die Nacht gekommen?«

»Dem ist nichts passiert. Zumindest bisher. Ich befürchte allerdings, dass man ...«

»Der muss sofort da raus. Dieser Schweinehund von Kladicz beseitigt uns sonst auch den letzten Zeugen. Sofort die Wohnung klarmachen. Das mit dem Zeugenschutz regel ich schon mit der Staatsanwaltschaft. Holen Sie den da raus. Das nehme ich auf meine Kappe. Wir alle wissen, wenn wir den Milic verlieren, sind wir wieder genau da, wo wir vor fünf Jahren angefangen haben. Das verfluchte Schwein geht uns wieder durch die Lappen. Los doch, jetzt geht es vielleicht um Minuten.«

Kriminalrat Fugger schrie schon los, bevor er die Tür ganz geöffnet hatte. Sven streckte die Hände vor, da er befürchtete, Fugger würde vor seinem Schreibtisch nicht halt machen, sondern über ihn hinwegsteigen.

»Sie arroganter Hund. Jetzt haben Sie es zu weit getrieben mit Ihren Alleingängen. Sie können doch nicht ohne Genehmigung einen Gefangenen aus der Zelle holen lassen. Der Staatsanwalt reißt uns den Kopf ab. Welcher Satan hat Sie geritten, als Sie Milic versteckt haben?«

Es wirkte wie die Generalprobe zu Rumpelstilzchen, als Fugger seinen Tanz vor Svens Schreibtisch aufführte. Krassnitz, die den Kopf aus Ihrem Büro herausgestreckt hatte, musste unwillkürlich diesen Vergleich anstellen. Sie grinste über das gesamte Gesicht. Als sie bemerkte, dass Fugger sie wütend ansah, verschwand sie eilig wieder.

»Chef, jetzt kommen Sie mal wieder runter. Ich habe den Mann nicht entführen lassen oder auf freien Fuß gesetzt, sondern habe ihn nur in Schutzhaft genommen.«

»Sie holen jemanden aus einer Zelle und nennen das dann ›in Schutzhaft nehmen‹? Haben Sie was aus der Asservatenkammer geraucht? Wo soll Milic besser geschützt sein, als in einer Zelle? Sie glauben doch etwa nicht, dass ...?«

»Doch, genau das glaube ich. Sie haben doch sicher von Kommissar Tetzlaff gehört, oder? Sie sind doch nicht so naiv, um anzunehmen, dieser dreckige Feigling hätte sich selber aufgeknüpft? Der Kladicz holt sich einen nach dem anderen. Keiner darf gegen ihn aussagen. Und genau deshalb habe ich diesen Milic unter unsere Fittiche genommen. Den wird er nicht kassieren.«

Fuggers Gesicht hatte mittlerweile wieder die Normalfarbe angenommen. Er setzte sich schnaubend auf den Stuhl und nahm wortlos den Kaffee entgegen, den ihm Krassnitz anreichte.

»Chef, Sie auch einen?«

»Jepp, ich auch.«

»Wo haben Sie den Kerl denn untergebracht? Nicht dass wir noch einen zweiten Maulwurf in unseren Reihen haben. Dann war die Mühe umsonst.«

Sven wirkte einen Augenblick irritiert. Dahingehend hatte Fugger sogar recht. Niemand konnte garantieren, dass Tetzlaff die einzige Kreatur im Präsidium war, die auf der Lohnliste von Kladicz stand. Warum hatte er diese Möglichkeit nicht selbst in Betracht gezogen?

»Bisher wissen nur vier Personen von der Verlegung. Sie, Hörster, Frau Krassnitz und ich. Nein falsch, Frau Hollmann auch. Mit der hatte ich vorhin telefoniert. Aber ich denke, dass sie über jeden Verdacht erhaben sein dürfte. Ich werde Hörster anrufen und ihm sagen, dass ich drei zuverlässige Kollegen aus meinem Team zur Verstärkung schicke. Ich selbst werde auch gleich hinfahren. Ich brauche diese verdammte Zusage von dem Typ, dass er gegen Kladicz aussagt. Wenn der jetzt immer noch das Maul hält, kann ihm keiner mehr helfen. Auch wir nicht, Chef. Ich muss nur vorher in der Klinik vorbei. Frau Hollmann wollte mir noch etwas Wichtiges zeigen.«

- Kapitel 37 -

Sven faszinierte es immer wieder, mit welchem Eifer Karin ihre Aufgaben erfüllte. Er sah ihr minutenlang zu, als sie mit der Lupe das Gesicht des Verräters Tetzlaff untersuchte.

»Du kannst ruhig näherkommen, du Feigling. Habe dich schon längst bemerkt und gerochen.«

»Wie kannst du mich in diesem Geruchsinferno gewittert haben? Das ist ja heute der reine Wahnsinn. Hättet ihr den Kohlehaufen da hinten nicht wenigstens abdecken und dann in die Kühlung verfrachten können? Dieser Fredi Asbach stinkt ja zum Fürchten.«

»Ist das so? Das ist uns noch gar nicht aufgefallen. Aber du hast recht, der könnte jetzt wirklich mal in die Kühlung.«

Der Blick auf ihren Praktikanten genügte, damit der tätig wurde. Karin zeigte auf eine freie Stelle, die nicht von der Mundbinde abgedeckt war und streckte Sven das Gesicht entgegen. Mit spitzen Lippen und geschlossenen Augen gab er ihr einen Kuss auf die Wange. Sofort beugte sie sich wieder über den Toten.

»Eine Kugel ... wahrscheinlich eine Billardkugel.«

»Wovon sprichst du?«

»Tetzlaff wurde mit einer Billardkugel traktiert. Die haben ihm wohl erst eine dieser Kugeln mehrfach ins Gesicht geschlagen. Die wickeln die immer vorher in ein Handtuch und dann kawumms ... auf die Birne. Der hat gar nicht mitbekommen, dass sie ihn aufgeknüpft haben. Der war zu diesem Zeitpunkt schon im Reich der Träume und hat seine ausgeschlagenen Zähne gezählt. Also definitiv kein Selbstmord. Verdammt, ist man denn heute nicht einmal in seiner Zelle sicher? Wie kommt man in diesem Zusammenhang überhaupt auf den Begriff Sicherungsverwahrung?«

Ab und zu wunderte sich Sven immer noch über den sonderbaren Humor dieser wunderbaren Person, die auch ihre zärtlichen Momente hatte. Das konnte er bezeugen.

»Woran denkst du gerade, Sven?«

»Ach nichts Besonderes. Kann ich den Bericht zu Tetzlaff morgen bekommen? Die Führung macht uns Dampf unter dem Arsch. Die erwarten jetzt auch eine schnelle Festnahme von Kladicz. Die sind fest davon überzeugt, dass Nastas Milic jetzt aussagen wird. Ich bin mir da noch gar nicht so sicher. Man soll die Angst nicht unterschätzen, die dieser Drecksack auch unter seinen Leuten verbreitet. Der hat oft genug auch Zugriff auf die Familie der Leute, selbst wenn die noch in der serbischen Heimat wohnen. Da hat es schon so manches, unaufgeklärtes Massaker gegeben.«

»Darüber habe ich noch nie nachgedacht. Aber du hast recht. Die müssen sich entscheiden, ob sie für ihren Boss in den Knast marschieren, oder das Risiko eingehen, dass ihre Familie gemeuchelt wird. Gott nochmal, was ist das nur für eine verkommene Welt? Hast du überhaupt was eingekauft für heute Abend, oder gehen wir was futtern?«

»Wir können griechisch essen, aber vorher will ich noch kontrollieren, ob dieser Milic sicher untergebracht wurde. Den würde ich nur ungern verlieren. Das ist der einzige, brauchbare Zeuge gegen das Untier. Die anderen Dealer wissen gerade, wie sie heißen und wo es wirklich wehtut, wenn man zuschlägt. Du kannst gleich mitfahren. Für heute Abend würde ich vorschlagen, dass wir erst Garnelen-Saganaki essen, und anschließend Moussaka.«

»Du leidest unter einer krankhaften Esssucht. Das schaffe ich niemals. Ich nehme lieber eine zweite Vorspeise, vielleicht noch Dolmades. Das reicht mir. Du darfst dir ruhig den Magen vollschlagen. Doch schlaf dann aber bitte in der Wanne. Ich kann diese Schnarchtöne nicht die ganze Nacht über ertragen.«

Geschickt wich sie dem Griff aus, mit dem er sie heranziehen wollte. Lachend lief Karin zum Duschen.

Das vierzehnstöckige Haus lag mitten in der Fußgängerzone und wurde hauptsächlich von Menschen bewohnt, die sich eine hohe Miete in den umliegenden Villen nicht erlauben konnten. Grundsätzlich eine unauffällige Bleibe für einen Menschen, den man verstecken musste. Sven betrachtete die Außenfassade und suchte das Fenster zur Wohnung im dritten Stock, in der sie Milic untergebracht hatten. Sein Blick glitt weiter über die angrenzenden Häuser, die weitestgehend durch Büros und Produktionsräume besetzt wurden. Dennoch war die freie Sicht in die Mietwohnungen gegeben. Das gefiel ihm nicht.

Hörster öffnete ihm. Er begrüßte Karin Hollmann sogar mit einer überschwänglichen Umarmung. Seit der Befreiung aus Pehlings Folterkeller hatte sich zwischen den Beiden eine Freundschaft entwickelt. Er führte Karin durch die Räume, hielt sie jedoch in einer gewissen Entfernung von Milic, der sie gewohnheitsmäßig abschätzend, wie eine Ware, betrachtete. Sven stand am Fenster und beobachtete die umliegenden Gebäude sehr genau, um nach verdächtigen Personen Ausschau zu halten.

Auf der Nebenstraße, in der er seinen Wagen abgestellt hatte, parkte direkt hinter ihm ein dunkelblauer Lieferwagen einer Elektrofirma ein. Die beiden Arbeiter, die ihre Arbeitstaschen aus dem Laderaum holten, lachten und schlugen sich vor Vergnügen auf die Schenkel. Der Streit, der zwischen einem Pärchen entbrannt war, das versuchte, einen Kinderwagen aufzubauen, lenkte ihn ab. In diesen Situationen klopfte er sich gedanklich auf die Schulter, weil ihm solche Szenen als Single erspart blieben. Er zog die Vorhänge an dem breiten Wohnzimmerfenster bis auf einen Spalt zu, sodass noch genügend Licht einfiel. Er war grundsätzlich mit den Sicherungsmaßnahmen zufrieden, zumal die beiden Posten auf dem Flur zusätzlichen Schutz versprachen.

»Das nenne ich Service. Die hätte zwar ein paar Jahre jünger sein dürfen, aber das Alter hat ja auch seine Reize. Bleibt die Tussi über Nacht, oder darf ich mich nur tagsüber damit vergnügen?«

»Die Tussi, wie du sie nennst, ist Ärztin. Die haben wir vorsichtshalber mitgebracht, damit sie die Erstversorgung vornehmen kann, nachdem ich dir deine Zähne in dem vorlauten Maul eingeschlagen habe. Fühl dich hier nicht zu sicher, du mieses Stück Scheiße. Wenn es nach mir gegangen wäre, hätten wir dich in die Zelle gesperrt und darauf gewartet, dass man dir die Rübe abschneidet. Du hast diese bevorzugte Behandlung nicht verdient. Ich habe damals die Frauenleichen in dem Container gesehen. Dafür bist auch du verantwortlich. Wenn du deine verfickten Augen schließen wirst, warten diese Frauen in der Hölle auf dich. Und das wird hoffentlich bald sein.«

Sven war mit geballten Fäusten auf Milic zugegangen, der ihn mit einem schmierigen Grinsen entgegensah. Karin hielt Sven am Arm zurück. Selbst Hörster stand sprungbereit daneben. Er konnte den Zorn seines Vorgesetzten gut verstehen. Auch ihn hatten die Bilder der verdursteten Menschen noch viele Nächte verfolgt. Außerdem musste er sich schon stundenlang mit den zynischen, herablassenden Bemerkungen dieses Gewaltverbrechers herumschlagen. Sven beruhigte sich wieder und verschwand in der Küche, aus der ihm der Duft von frischem Kaffee entgegenschlug.

»Du darfst dich nicht von diesem Typ provozieren lassen, Schatz. Ich kann mit solchen Sprüchen umgehen, bin schon ein großes Mädchen.«

Karin zog Svens Kopf herunter und hauchte ihm einen Kuss auf die Stirn.

»Trotzdem danke, mein Held.«

»Oh, Entschuldigung, ich wollte nicht stören.«

Hörster war hinter den Beiden eingetreten und wollte wieder abdrehen.

»Wo wollen Sie hin, Hörster? Sie stören nicht. Kaffee? Warten Sie, ich hole eine Tasse.«

Karin griff in den Schrank und zog eine saubere Tasse heraus. Das Zersplittern des Porzellans auf der Spüle folgte dem Knall, den die Gewehrkugel hinterließ. Nur kurz war die Reaktionszeit bei Sven und Hörster. Beide griffen gleichzeitig nach Karin und rissen sie auf den Boden. Kaum hatte Sven Bodenberührung, als er schon den Weg ins Wohnzimmer suchte. Er robbte vorsichtig vorwärts und lugte um den Türpfosten.

Milic sah erstaunt an die Decke. Die Augen besaßen eine gewisse Leere. Schuld daran trug das Loch in seiner Stirn, durch das nun Blut sickerte. Teile der Schädeldecke fehlten und hatten sich hinter ihm auf dem Sessel verteilt. Sofort erkannte Sven auch das Loch in der Fensterscheibe. Dadurch, dass dieses Geschoss erst die Scheibe durchschlug, wirkte es beim Aufprall auf der Stirn wie ein Dummdumm-Geschoss. Es bestand keinerlei Zweifel daran, dass dieser Schuss sofort tödlich war.

Neben Sven erschien Hörster auf dem Boden.

»Das kam von neun Uhr. Der Schütze muss sich gegenüber zwischen dem vierten und sechsten Stockwerk befinden. Ich schicke die beiden Männer rüber und rufe Verstärkung. Kümmern Sie sich um Frau Hollmann. Die sieht nicht mehr so gesund aus, ziemlich blass um die Nase.«

Hörster robbte weiter zur Wohnungstür und tastete vorsichtig nach der Türklinke. Kein weiterer Schuss. Er war davon überzeugt, dass sie keinerlei Spuren finden würden. Die oder der Schütze waren mit Sicherheit nach dem Treffer wieder verschwunden.

»Geht es dir gut, Schatz? Bist du verletzt?«

»Nein, nein. Ich habe mich nur erschreckt. Wie konnten die wissen, wo sich der Kerl versteckt hält?«

»Ich kann nur vermuten, dass die einen weiteren Informanten in unserem Präsidium haben oder den Transport von

Milic akribisch verfolgt haben. Vielleicht sind die auch nur mir gefolgt, als ich hierher fuhr. Das werden wir wohl niemals herausfinden. Scheiße, Scheiße. Jetzt haben wir unseren wichtigsten Zeugen verloren. Dieser Kladicz ist schlimmer als die zehn Plagen, die Gott über die Ägypter sandte. Jetzt rudern wir wieder ohne Wasser unter dem Kiel.«

Hörster trat einen Schritt zurück, als der dunkelblaue Lieferwagen rückwärts aus der Parklücke setzte. Der Fahrer bedankte sich freundlich und wartete einen Augenblick, bis sein Kollege ebenfalls eingestiegen war. Hörster und seine beiden Männer stürmten weiter in den Hauseingang des Geschäftshauses. Immer mehr Polizeifahrzeuge trafen ein und die Beamten sperrten sämtliche Eingänge. Jeder, der das Haus verlassen wollte, wurde festgehalten und verhört.

- Kapitel 38 -

Sven hatte Karin wieder vor der Klinik abgesetzt. Obwohl der Vormittag in einer Katastrophe endete, freuten sie sich auf das gemeinsame Essen am Abend. Der Bericht über den angeblichen Freitod von Tetzlaff war schnell geschrieben. Für Karin Holmann gab es keine Zweifel an der Tatsache, dass hier nachgeholfen wurde. Es würde sich schwierig gestalten, Helfer in der Justizvollzugsanstalt und die Täter unter den Gefangenen zu finden. Aber das gehörte nicht zu ihren Aufgaben.

Das Parkhaus war um diese Zeit, wo ein Schichtwechsel im Klinikum stattfand, von Leben erfüllt. Von allen Seiten drangen Gesprächsfetzen und Motorgeräusche auf sie ein. Wieder einmal hatte sie es versäumt, am Morgen die Türen zu verschließen. Befreit atmete sie durch, als sie sich in den Sitz fallen ließ und die Geräusche des Parkhauses draußen blieben. Die Bilder des Vormittags, vor allem der aufgerissene Schädel des Gangsters, erschienen wieder vor ihren Augen, die sie für einen Augenblick geschlossen hielt. Die sanfte, ihr mittlerweile bekannte Stimme eines Mannes riss sie aus ihren Gedanken.

»Doktor Hollmann, du siehst müde aus. Du musst dir mehr Zeit nehmen zum Ausspannen.«

»Wie sind Sie in den Wagen gekommen?«

»Ich bitte dich, liebe Freundin. Unterschätze niemals deinen Nächsten. Doch lass uns doch nicht über diese Nebensächlichkeiten reden. Du wirst verstehen, meine Zeit ist begrenzt. Ich habe feststellen müssen, dass du heute Vormittag einen Außentermin hattest. Wieder ein Leichenfund, oder hast du dir mit meinem Lieblingskommissar ein paar nette Stunden gemacht?«

Karin konnte sich immer noch nicht erklären, warum sie keine Furcht empfand, obwohl ein Jünger Satans hinter ihr auf dem Rücksitz saß. Es wäre für ihn ein Leichtes, sie inmitten der vielen Menschen und Fahrzeuge zu töten und unbehelligt das Gelände zu verlassen. Trotzdem spürte sie keinerlei Angst. Wieder einmal saß der sanfte Pehling hinter ihr, der sich zumindest für den Augenblick gegen den Satan durchgesetzt hatte. Sie betete innerlich, dass der Wechsel nicht in den kommenden Minuten stattfinden würde. Mittlerweile hegte sie den Verdacht, dass Pehling das sogar selbst steuern konnte.

»Warum interessiert Sie das überhaupt? Ich verstehe sowieso nicht, warum Sie sich immer wieder der Gefahr aussetzen, entdeckt zu werden. Es ist für Sie bestimmt nicht ungefährlich in meiner Nähe. Man wird Sie irgendwann überraschen, wenn Sie mit mir reden. Ich könnte doch auch um Hilfe rufen.«

Einen Augenblick blieb es ruhig hinter ihr, sodass Sie in den Spiegel sehen musste, um sich von Pehlings Anwesenheit zu überzeugen. Sie sah in diese faszinierenden Augen, die scheinbar tief in ihre Seele blicken konnten. Hinter ihr saß ein Mann, der sie schon allein durch seine Ausstrahlung in einen gewissen Bann gezogen hatte. Wüsste sie nicht, wozu dieses Monster in ihm fähig war, könnte sie sich vorstellen ... Nein, das durfte sie nicht einmal denken. Pehling war ein gnadenloser Killer, der, aus welchen Gründen auch immer, ihre Nähe suchte. Es mochte auch aus der Einsamkeit heraus geschehen, die er gnadenlos zu spüren bekam. Niemand sonst hörte ihm zu.

»Das würdest du doch nicht tun, oder? Warum auch? Ich spüre bei dir etwas, das dich belastet. Du trägst eine Last, über die du nicht reden möchtest. Es ist etwas aus deiner Kindheit. Habe ich recht?«

Karin erstarrte. Woher konnte diese Bestie wissen, was sie unbedingt verdrängen wollte?

»Siehst du, Doktor Hollmann, Volltreffer. Du kannst nicht ein leben lang vor etwas weglaufen, das geschehen ist und dich verfolgt. Es holt dich immer wieder ein, so weit du auch läufst. Glaube mir, ich weiß, wovon ich spreche. Wer war es? Dein Vater oder ein Onkel?«

»Nein, lassen Sie mich in Ruhe. Das geht nur mich etwas an. Gehen Sie. Bitte.«

Verzweifelt versuchte sie, die Tränen wegzuwischen, die plötzlich über ihre Wangen liefen. Das konnte einfach nicht sein, dass dieser geheimnisvolle Fremde ihr tiefstes Geheimnis entdeckt hatte, es schonungslos entblößte. Sie hatte bisher Niemandem davon erzählt. Als sich seine Hand beruhigend auf ihre Schulter legte, spürte sie, dass es guttat. Der Drang entstand, diese Hand zu berühren, seine Kraft aufzunehmen. Im letzten Moment konnte sie sich davon freimachen. Sie ergriff das Taschentuch, das er ihr anreichte und tupfte sich damit die Tränen aus den Augen. Pehling schwieg und wartete ab. Seine Augen ruhten in ihren, trafen sich im Rückspiegel.

»Mein Bruder war es.«

Immer noch schwieg Pehling, wartete darauf, dass Karin weitersprach. Stockend kamen die Worte von ihr.

»Er konnte keine Beziehungen zu anderen Mädchen aufbauen. Er trug immer diese Angst in sich, bei ihnen zu versagen. Wir alle versuchten stets, ihm Mut zu machen, verabredeten sogar Dates für ihn. Er ging einfach nicht hin, zog sich in sein Zimmer zurück, um dort sein Spiegelbild zu beschimpfen. Er schrie, dass er ein elender Feigling wäre und ein Versager. Ich hatte sogar mal eine Freundin mitgebracht, nur so zum Abendessen. Er ist nicht aus seinem Zimmer heruntergekommen.«

»Was geschah weiter?«

»Er hat mich als Hexe beschimpft, mir nach dem Essen eine fürchterliche Szene gemacht.«

»Das war aber nicht alles, Karin. Was geschah dann?«

Ihr blieb die Luft weg, das Atmen fiel Karin schwer. Jetzt vermied sie es, in den Rückspiegel zu sehen, blickte starr geradeaus.

»Als ich versuchte, ihm in aller Ruhe zu erklären, dass wir uns alle Sorgen machten, drehte er durch, schlug mir ins Gesicht. Er ... er riss mir den Pyjama vom Leib und entblößte sein Glied. Es war angeschwollen und er versuchte ... er brach plötzlich ab und lief weinend aus dem Zimmer. Vater wollte ihn unten aufhalten. Doch Peter riss die Tür auf. Er lief, nur noch mit Oberhemd bekleidet, in den Garten.«

Hier legte Karin eine Pause ein. Ihr Gesicht verhärtete sich. Wieder spürte sie die Hand auf ihrer Schulter, strich sie jedoch energisch herunter.

»Was wurde aus Peter? Jetzt bring es endlich zu Ende. Es lässt dich sonst niemals mehr los.«

»Er stürzte sich in eine Mistgabel. Wir fanden ihn in der Scheune. Geht es Ihnen jetzt besser, Sie Sadist? Glauben Sie, dass Sie jetzt alles wissen über mich? Nichts wissen Sie ... gar nichts.«

Wieder schossen die Tränen aus ihren Augen. Verzweifelt legte sie die Stirn auf das Lenkrad. Eine Hand strich zärtlich über ihren Rücken.

»Nein, Du hast recht, Doktor Hollmann. Ich weiß deshalb nicht viel mehr über dich. Aber zumindest hast du einen Teil deiner Last verteilt. Ich denke, dass du dir die Schuld an seinem Tod gibst. Das kann ich verstehen. Doch Peter hat seinem Leiden aus freien Stücken ein Ende bereitet. Er hat den ewigen Tod dem Leben in Angst vorgezogen. Ein mutiger Junge. Du kannst stolz auf ihn sein.«

Karin riss den Kopf hoch und sah Pehling entsetzt an.

»Der Tod kann doch nicht immer die Lösung unserer Probleme sein. Dann müsste sich die halbe Menschheit umbringen.«

Fast mitleidig war der Blick, den Karin einfing.

»Ich ziehe einen gnädigen Tod auf jeden Fall einem immerwährenden Leiden vor. Doch wo wir gerade über Leiden sprechen. Was gibt es Neues über diesen Verbrecher? Kladicz hieß er doch, oder?«

Karin war froh, das Thema Peter und Tod endlich verlassen zu können. Sie berichtete ausführlich über die

Geschehnisse der letzten Tage. Sie hatte in Pehling einen aufmerksamen Zuhörer. Jedes Wort sog er in sich hinein, stellte sogar ab und zu eine Zwischenfrage.

Als Karin über die Verabredung zum Abendessen berichtete, sah Pehling auf die Uhr und rückte näher an Karin heran.

»Glaubst du mir, wenn ich dir sage, dass ich euch Beiden einen tollen Abend bei gutem Essen wünsche? Schaltet einfach mal ab. Trennt euch einige Zeit von den Problemen des Berufs. Ihr habt es euch verdient. Oft erledigen sich Dinge von ganz allein.«

Karin konnte ihm nicht mehr antworten, da in ihrem Mini Countryman nur das Schließen der hinteren Tür nachhalte. Nachdenklich verfolgte sie den großgewachsenen Mann, der ohne jede Eile zum Ausgang schlenderte. Schließlich verschwand er in einer Gruppe von Besuchern, ohne sich zu ihr umzusehen.

- Kapitel 39 -

»Das werden wir wohl niemals erfahren, wieso Kladicz Wind davon bekam, wo wir diesen Milic versteckt hielten. War es wieder einer von uns, der es verraten hat, wünsche ich ihm die schlimmste Pest an den Hals. Der sollte sich jetzt aber auch klar darüber sein, was mit ihm passiert, wenn er nicht mehr in der Organisation von Kladicz gebraucht wird. Tetzlaff könnte ein gutes Beispiel dafür sein.«

Sven machte hier eine Pause und sah sich in der Runde um. Alle blickten wieder auf, als Hörster etwas vor sich hinmurmelte.

»So allmählich kommen mir Zweifel daran, dass dieser Kladicz zwingend die Schuld am Tod von Tetzlaff trägt. Wer sagt uns, dass nicht einer unserer Kollegen im Knast ihm den Hahn abgedreht hat? Ich will das nicht behaupten, aber undenkbar wäre es schließlich nicht.«

Keiner in der Runde wollte das kommentieren. Und doch hatte Hörster einen neuen, gewagten Gedanken ins Spiel gebracht.

»Kollegen, wir müssen jetzt wieder ganz von vorne anfangen. Die Drecksbande, die wir bei der letzten Razzia festsetzen konnten, weiß nichts über die Strukturen des Unternehmens. Wir können nur darauf hoffen, dass dieser Saukerl einen Fehler macht. Ich möchte euch darum bitten, einen Einsatzplan festzulegen, mit dem wir Kladicz weitere Knüppel zwischen die Beine werfen können. Ich muss jetzt leider zur Pressekonferenz. Die Medien werden versuchen, uns als Deppen aussehen zu lassen. Ich muss zugeben, dass ich wenige Möglichkeiten sehe, das zu entkräften. Ich versuche mein Bestes.«

Sven erhob sich, während die Tür zum Besprechungsraum aufgerissen wurde. Alle blickten in das aufgeregte Gesicht von Marianne Krassnitz.

»Chef, ein Anruf. Dringend. In Ihrem Büro.«

Sie winkte aufgeregt, was Sven deutlich machte, dass es sich tatsächlich um einen wichtigen Anruf handelte. Sofort dachte er an Karin, die sich womöglich in Gefahr befand. Krassnitz bemühte sich, mit ihm Schritt zu halten, hielt ihn schließlich energisch am Arm zurück. Sie flüsterte ihm die alarmierenden Worte zu.

»Es ist Pehling!«

»Das ist gut, dass ich Sie erreiche, Spelzer. Bitte versuchen Sie nicht, den Anruf zurückzuverfolgen. Sie wissen, dass es Ihnen nichts hilft. Ich hänge nach zwei Minuten ein. Hören Sie mir nur zu.

Ich weiß um ihr Problem mit diesem Kladicz. Ich weiß auch, dass er Ihnen immer einen Schritt voraus ist. Nun werden Sie mir sicher nicht glauben, wenn ich Ihnen sage, dass ich diesen Kerl verachte. Er mordet Menschen ohne Stil. Er tötet dabei sogar Unschuldige, die den Tod einfach nicht verdient haben. Glauben Sie bloß nicht, dass ich nichts von diesem Massaker in dem Container mitbekommen habe. Das wird dem Herrn über Leben und Tod nicht gefallen.

Außerdem kommt dieser brutale Killer einem Menschen sehr nahe, den ich sehr schätze. Das kann ich nicht zulassen. Gönnen Sie mir das Vergnügen, Ihnen ein wenig zur Seite stehen zu dürfen. Ich habe den Vorteil, dass ich mich nicht an Recht und Gesetz halten muss. Nun möchte ich Sie nicht länger aufhalten. Die Presse wartet auf Sie.«

Sven blickte in die entsetzt dreinblickenden Augen von Krassnitz. Er hatte das Gespräch auf lauthören gestellt, sodass sie jedes Wort verstanden hatte. Ängstlich blickte sie sich im Raum um, als vermutete sie Pehling hinter dem nächsten Stuhl.

Woher wusste Pehling von seiner Pressekonferenz? Hielt er sich etwa in seinem direkten Umfeld auf? Wen meinte er mit der Person, die er schätzte? Meinte er damit etwa Karin?

Sven schluckte. Es sah danach aus, als wollte sich der Satan persönlich mit ihm verbünden und würde ihm zu Hilfe eilen. Ein abstruser Gedanke, der ihm aber immer mehr gefiel. Wie hieß es doch immer? Der Teufel musste mit dem Beelzebub ausgetrieben werden. Warum eigentlich nicht?

Krassnitz sah ihm nachdenklich hinterher, als Sven seine Mappe griff und sich zur Pressekonferenz verabschiedete.

- Kapitel 40 -

Das Gesicht von Kladicz verzog sich zu einer zynischen Grimasse, als er das Smartphone wieder in die Tasche steckte. Die Nachricht aus der Bar kam doch etwas überraschend, denn eigentlich hatte er diesen lästigen Oberkommissar schon abgeschrieben. Doch wenn er es sich durch den Kopf gehen ließ, könnte sich ein Mann aus der Führungsebene schon recht nützlich für seine Geschäfte auswirken, sofern er sich auf die Lohnliste setzen ließ. Zumindest wollte er sich dessen Vorschläge anhören, obwohl er starke Zweifel an Spelzers Sinneswandel hatte.

Es konnte auch eine Falle sein, in die ihn dieser abgebrühte Bulle locken wollte. Doch da hatte er die Rechnung ohne Kladicz gemacht. Er besaß ein untrügliches Gespür dafür, wenn eine Sache stank. Spelzer wollte sich auf neutralem Boden mit ihm treffen. Was neutral bedeutete, würde Kladicz ihm noch klarmachen. Für seine Sicherheit hatte er sich zuverlässige Männer aus der Heimat kommen lassen, nachdem ihm Fredi und Nastas nicht mehr zur Verfügung standen. Die kannte er noch aus dem Kosovo-Krieg, in dem er seine brutale Herrschaft gründete, um sich Jahre später in

Deutschland ein eigenes Territorium aufzubauen. Als serbischer Befehlshaber verstand er sich auf Massenmord, der ihm für die Zukunft alle Skrupel nahm.

Die vier versammelten Männer warteten gespannt darauf, wie ihr Boss sich das Treffen mit dem korrupten Bullen vorstellte. Der Ort am Regattahaus am Baldeneysee war schon soweit in Ordnung. Doch würde er sicher nicht ungeschützt dort auftauchen wollen. Jeder von ihnen erhielt einen festen Platz, von dem aus er einen klaren Blick und freies Schussfeld zum Geschehen haben würde. Zwei würden aus der Entfernung sichern, während die anderen Beiden direkt beim Boss bleiben würden.

Keiner von ihnen nahm an, dass es zu einer Schießerei kommen würde. Nicht in der Öffentlichkeit, und erst recht nicht mit dem Bullen. Ein Sondierungsgespräch – mehr würde es nicht werden. Es blieb noch Zeit bis man sich am folgenden Tag gegen Abend treffen würde.

Einige Kilometer entfernt saßen währenddessen zwei Menschen auf dem Balkon und nippten an ihren Rotweingläsern. Karin hatte für den Abend einen leichten Salat zubereitet, den sie mit Sven nun mit Käsestückchen als Beigabe genießen wollte. Die untergehende Sonne schickte ihre letzten, rötlichen Strahlen durch die Häuserlücke, die ihnen einen Blick auf einen Teil des Horizontes erlaubte. Die lärmenden Kinder hatten längst den Innenhof verlassen, Stille beherrschte für einen Augenblick das Haus.

Nachdem Karin die Salatschüssel auf den Beistelltisch gestellt hatte, zog Sven sie an ihrem Blusenzipfel zu sich heran. Sie gab ihm einen Kuss und drehte sich lachend wieder aus seiner Umklammerung. Erst als sie auch Käse und Kräcker abgestellt hatte, ließ sie sich in seinen Schoß fallen. Der Balkonstuhl bog sich bedenklich. Zärtlich legte er den Arm um ihre Schulter und streichelte ihr Haar. Als das Plastik nachgeben wollte, befreite sie sich zur Sicherheit aus dieser Position und setzte sich neben Sven auf den eigenen Stuhl. Völlig entspannt setzten sie schließlich ihre Teller wieder ab und spülten die letzten Salatreste mit einem Schluck Rotwein runter. Beide legten die Köpfe an die Rückenlehne. Karin schloss die Augen.

»Hast du ihn nochmal wiedergesehen?«

Karin schrak aus ihren Gedanken hoch. Sie hatte sich für einen Augenblick in ein Nichts verabschiedet, war gedankenfrei.

»Wen soll ich gesehen haben?«

»Diesen Pehling meine ich.«

Sven hatte den Kopf immer noch angelehnt und sah in den Himmel mit den vorüberziehenden, rötlichen Wolken.

»Was bringt dich denn gerade jetzt auf solche Gedanken? Wir haben Feierabend, Schatz. Kannst du denn nie abschalten?«

»Hast du?«

»Ja, verdammt nochmal, habe ich. Vorgestern, im Parkhaus.«

Sven sah zu ihr rüber. Den Ärger über diese Antwort konnte er gut verbergen.

»Warum sagst du es mir nicht? Gerade du solltest besser als alle anderen wissen, wie gefährlich dieser Kerl ist und dass wir ihn immer noch suchen. Du bist dazu verpflichtet, mir ...«

»Ja, ich weiß das. Ich hätte es dir sagen müssen. Ich kann dir wirklich keinen Grund nennen, warum ich es nicht tat. Es war alles so surreal, so unwirklich. Er saß ganz einfach in meinem Wagen plötzlich hinter mir. Er sprach mit mir, als würden wir uns schon hundert Jahre kennen. Ich weiß nicht, ob du dir das vorstellen kannst, aber ...«

»Nein, das kann ich mir nicht vorstellen, Schatz. Das klingt mir etwas zu irreal. Ein Massenmörder sitzt im Auto meiner Freundin und möchte plaudern. Klingt das nicht etwas verrückt?«

»Ja, das ist verrückt. Ich sagte es ja schon. Aber genau so war´s. Wir haben uns ganz normal unterhalten. Und ich kann dir nur sagen, dass ich nicht einen Augenblick das Gefühl hatte, mir könnte etwas zustoßen. Er gab mir ein Gefühl der Sicherheit, so wie ein Schutzengel.«

Sven zuckte einen Augenblick zusammen und erinnerte sich an das Telefonat mit Pehling. Jetzt war er sich wirklich sicher, wen Pehling mit der nahestehenden Person gemeint hatte.

»Möchtest du mir von eurem Gespräch erzählen, oder ist es ein Geheimnis zwischen euch? Es würde mich schon interessieren, wie er denkt, wie er tickt. Außerdem möchte ich wissen, was er vorhat, was er als Nächstes tut.«

Sven konnte die plötzlich aufkeimende Unruhe in Karins Blick nicht einordnen, begann damit, sie falsch zu deuten. Plötzlich bemerkte er eine aufkeimende Resignation bei ihr. Sie begann, zu erzählen. Die Geschichte mit ihrem Bruder berührte ihn sehr. Er rückte seinen Stuhl näher heran und legte seine Hand auf ihre. Das Schweigen danach tat beiden gut. Sie verarbeiteten still ihre Emotionen.

»Schatz ... du hättest ihm besser nichts über Kladicz erzählen sollen. Es hat zu einer Reaktion geführt, bei der ich nur ahnen kann, wie sie endet. Und das möchte ich mir erst gar nicht vorstellen.«

Nun begann Sven damit, ihr von dem Anruf zu berichten. Schockiert sah ihn Karin ins Gesicht, saugte jedes Wort aus seinem Mund.

»Oh, mein Gott. Wie soll das enden? Wenn Pehling das so gesagt hat, hat Kladicz allen Grund zur Sorge. Pehling scheint eine Aufgabe darin zu sehen, mich beschützen zu müssen. Frage mich nicht warum. Ich habe ihm keinen Grund dazu gegeben, das musst du mir glauben. Der wird alles daran setzen, den Mann umzubringen. Was sollen wir tun? Willst du diesen Satan beschützen? Du bist laut Gesetz dazu verpflichtet. Ich könnte schreien. Du musst aber auch Pehling hinter Gitter bringen. Vor uns steht eine Entscheidung zwischen Pest und Cholera. Oh Gott.«

Sven schwieg. Er konnte Karins Überlegungen folgen und befand sich genau in dieser Zwickmühle. Es musste eine Möglichkeit geben, beide Fliegen mit einer Klappe zu schlagen. Seine Gedanken jagten sich. Plötzlich griff er zum Telefon und wählte die Nummer von Hörster. Ihm war ein gruseliger Verdacht gekommen.

- Kapitel 41 -

Der Himmel hatte eine dunkle Färbung angenommen, die Wolken sich zu schwarzen Türmen angehäuft. Ein unangenehmer Wind strich über die Tribüne der Regattastrecke. Das Wasser des Baldeneysees wirkte mit seiner aufgewühlten Oberfläche bedrohlich. Ein Wetter, bei dem man den Hund nur schnell ums Haus führte. Die beiden schwarzen Limousinen näherten sich über die Lerchenstraße dem Parkplatz am Regattaturm. Ein älterer Opel Commodore stand einsam mit einem Plattfuß neben der Hecke. Eine Horde Dohlen zankte sich um einen Kadaver, der mitten auf der Zufahrt lag. Sie erhoben sich erst im letzten Augenblick schwerfällig in den Himmel, kurz bevor die Fahrzeuge ihr Opfer passierten.

Die beiden Wagen parkten an verschiedenen Stellen. Nichts geschah. Die Insassen schienen auf etwas zu warten. Plötzlich öffneten sich die Türen des einen Wagens und zwei Männer stiegen aus. Die Umgebung sichernd, blieben sie einen Moment neben dem Fahrzeug stehen, bevor sie an verschiedenen Punkten durch eine Hecke verschwanden. Der zweite Wagen ließ keinen Blick durch die geschwärzten

Scheiben zu. Ab und zu blitzte die Glut einer Zigarette dahinter auf. Der Nieselregen verteilte sich über die Scheiben. Die Laternen der Parkplatzbeleuchtung spiegelten sich darin wider.

Kladicz hatte sich bewusst schon früher an dem Treffpunkt eingefunden, so konnte er jede verdächtige Bewegung im Umfeld besser ausmachen. Seine Männer wusste er an den besprochenen Punkten. Auf die konnte er sich absolut verlassen. Geduldig wartete er darauf, dass der Drecksbulle auftauchte.

Slavko zog den Kragen zusammen, um sich vor dem unangenehmen Wind zu schützen. Er erzeugte ein nerviges Heulen in den beiden Drahtzäunen, zwischen denen er sich postiert hatte. Der Blick auf die Fahrzeuge und das gesamte Parkgelände war ausgezeichnet. Er wusste nur dreißig Meter entfernt seinen Kumpel Radovan. Frierend zog er die Schultern zusammen und verfolgte angewidert den Weg der Ratte, die direkt über seine blankgeputzten Schuhe lief.

Den Draht, der sich um seinen Hals legte, spürte er erst, als es zu spät für ihn war. Seine Hand griff ins Leere, das leise Röcheln erstarb schon nach wenigen Sekunden. Selbst die Versteifung von Armen und Beine schaltete das Gehirn schnell ab. Er fiel wie ein nasser Sack in sich zusammen.

Ein Rascheln an der rechten Seite ließ Radovan für einen Augenblick den Blick wenden. Aus der Richtung, in der er Slavko wusste, kam ein leises Stöhnen. Der Wind schob sich unter die Haarsträhne, die er mühsam zuhause mit Haargel in diese Form gebracht hatte. Reflexartig versuchte er, die völlige Zerstörung der Frisur zu verhindern, indem er die

Hand über die Haare hielt. Das führte aber nur dazu, dass er sämtliche Finger verlor, als die Axt mit einem satten Knirschen in die Schädeldecke eindrang. Ungläubig öffnete sich der Mund, als wolle er noch ein letztes Mal schreien. Es blieb bei dem Versuch. Noch bevor das Blut sich über den teuren Mantel des Opfers verteilen konnte, schlug der Leichnam auf dem Boden auf. Ein letztes Strampeln. Der Parkplatz lag wieder im stillen Frieden vor dem großgewachsenen Mann, der zufrieden sein Werk betrachtete. Zwei harte, unerbittliche Augen richteten sich nun auf den schwarzen BMW, in dem sich ab und zu eine Bewegung zeigte.

Der graue Passat drehte zwei Runden über den Parkplatz, um sich dann nur wenige Meter neben den BMW zu stellen. Der Motor erstarb. Nichts geschah. Die Insassen beider Fahrzeuge schienen sich zu belauern. Das einzige Geräusch, das den böigen Wind überschattete, war das Lärmen der Dohlen, die jetzt wieder um den größten Happen vom Tierkadaver kämpften. Endlich öffnete sich die Tür des Passats. Der uniformierte Polizist, der sich die Schirmmütze schützend über die Augen zog, kam mit ausladenden Schritten um den Wagen herum und bewegte sich auf den Wagen von Kladicz zu.

Nur noch wenige Meter fehlten ihm noch, als sich die hintere Tür öffnete und ein breitschultriger Mann erschien. Mit in die Seiten gepressten Fäusten empfing er den Polizisten, streckte ihm eine Hand entgegen.

»Was soll das? Wo ist Spelzer? Wir wollen nur mit deinem Chef verhandeln.«

»Glaubt ihr denn wirklich, dass unser Chef sich ohne vorherige Sicherungsmaßnahme bei euch blicken lässt? Wo ist euer Boss? Der Oberkommissar wollte ein Treffen mit Kladicz und keine Betriebsversammlung. Ich muss euch filzen. Es war verabredet: *keine Waffen*. Hoch mit den Flossen und anschließend dein Kumpel da drinnen auch.«

Der Stiernacken hatte keine Möglichkeit, dem Messerstich knapp unterhalb des Solarplexus auszuweichen. Die lange Klinge drang von unten ins Herz. Während er erstaunt seinen Gegner anstarrte, zerschellte die Flasche mit dem Narkotikum im Fahrzeug. Indem der Riesenkerl tot zusammenbrach, stieß er gleichzeitig die Autotür zu, sodass die beiden verbleibenden Insassen in den vollen Genuss des Betäubungsmittels kamen. Sie verdrehten bereits die Augen, als die Finger noch versuchten, die Tasten für die Seitenscheiben zu finden. Zufrieden lehnte sich der Uniformierte gegen das Auto und beobachtete das Gezänk der Dohlen.

- Kapitel 42 -

Die beiden Mannschaftswagen bremsten unmittelbar vor der Bar. Das Geräusch der schweren Polizeistiefel durchdrang die Stille und ließ den Türsteher aufschrecken. Er stellte sich mutig der Übermacht entgegen und versuchte den in vorderster Front heranstürmenden Sven Spelzer aufzuhalten. Ein Mann des SEK stellte sich vor ihn und drückte ihn zur Seite. Sven hob einen Zettel für einen Moment hoch.

»Hausdurchsuchung. Keiner verlässt ohne meine Genehmigung den Laden. Wo finde ich Kladicz?«

»Der müsste hinten sein, im Büro. Habe den aber seit Mittag nicht mehr gesehen.«

Sven drückte die Schwingtür auf und betrat mit seinen bis an die Zähne bewaffneten Beamten den Barraum. Das Champagnerglas, das einem der Gäste vor Schreck aus der Hand fiel, beachtete er nicht. Einige Männer an den Tischen knöpften sich verschämt die Hosenschlitze zu und lächelten gezwungen die Beamten an.

»Wo ist Kladicz?«

Der Barmann stand wie vom Donner gerührt hinter der Theke. Sein Blick war auf Sven gerichtet.

»Aber ... ich versteh das nicht, Herr Oberkommissar. Der war doch mit Ihnen ... ich meine, ihr ward doch für heute Abend verabredet. Der ist vor fast zwei Stunden losgefahren.«

Sven trat verärgert vor die Thekenverkleidung. Die SEK-Leute sahen ihn fragend an und sammelten sich im Eingangsbereich, um neue Befehle zu erhalten.

»Verdammt, ich habe es befürchtet. Wir müssen sofort losfahren. Ich hoffe, dass wir nicht zu spät kommen. Alles wieder in die Fahrzeuge.«

Das Telefon in seiner Jacke schellte wie verrückt. Verärgert hielt er es ans Ohr und stoppte seinen Lauf zum Mannschaftswagen. Er hörte konzentriert zu und signalisierte den Kollegen, dass sie warten möchten.

»So eine Scheiße, Hörster, verdammt. Haben Sie genug Leute vor Ort? Ich fahre dann schon mal los. Ich glaube, ich weiß, wo ich suchen muss.«

Sven winkte den Einsatzleiter herbei und instruierte ihn über das weitere Vorgehen. Dann setzte er sich in das zweite Fahrzeug und zeigte dem Fahrer einen Punkt auf einer Karte, den er so schnell wie möglich ansteuern sollte. Er schob das Trenngitter zum Rückraum auf und rief in den Innenraum.

»Also Leute, folgende Lage. Dieser Kladicz ist vermutlich mit vier Leuten zu einem Treffpunkt an der Regattastrecke am Baldeneysee gelockt worden. So wie es aussieht, wurde im vorgegaukelt, dass ich ihn dort zu einem konspirativen Treffen hinbestellt hätte. Fußgänger haben dort einen verlassenen Wagen vorgefunden. Auf dem Parkplatz lag ein Mann, dem man ein langes Messer ins Herz gestoßen hatte. Als unsere Leute das nähere Umfeld abgesucht haben, entdeckten sie zwei weitere, männliche Leichen, die auf grausamste Weise hingerichtet wurden. Von Kladicz aber keine Spur.

Dort, wo die erste Leiche gefunden wurde, muss ein zweites Fahrzeug gestanden haben, das jetzt allerdings verschwunden ist. Wir vermuten, dass Kladicz vom Täter mit dessen eigenem Wagen entführt wurde. Es besteht der dringende Verdacht, dass es sich bei diesem Täter um den gesuchten Massenmörder Elmar Pehling handelt. Wir werden jetzt zu dem Haus fahren, wo er bisher seine Opfer misshandelt und getötet hat. Für uns alle bedeutet das, meine Herren, dass wir sehr gezielt und aufmerksam vorgehen müssen. Ich werde Ihnen den Einsatzplan erklären, sobald wir vor Ort sind.«

Aus dem Hintergrund hörte Sven eine Bemerkung, die er zwar verstehen konnte, jedoch ignorierte.

»Dann können wir uns ja Zeit lassen, bis sich die Saukerle gegenseitig gekillt haben.«

Mittlerweile war auch die Spurensicherung an der Regattastrecke eingetroffen. Ruhnert wartete noch ab, bis der kleine Mini eingeparkt und die Rechtsmedizinerin Hollmann ausgestiegen war.

»Schön, dass Sie Zeit hatten, Doktor Hollmann. Das macht uns die Arbeit etwas leichter.«

»Wo ist denn Oberkommissar Spelzer? Ich kann ihn nicht entdecken.«

»Der ist nicht hier. Den Einsatz leitet Hörster. Spelzer sucht meines Wissens nach diesem Kladicz, den Pehling entführt hat.«

Karin stoppte.

»Was sagen Sie da? Ich verstehe jetzt gar nichts mehr. Pehling – Kladicz – was ist hier los?«

Ruhnert versuchte, ihr so gut es ging, die Vorgänge zu erklären. Dabei vergaß er nicht zu erwähnen, dass es sich bei der Täterzuweisung nur um eine Hypothese seitens Spelzer handelte.

»Nein, um Gottes Willen. Er darf auf keinen Fall zurück in dieses Haus. Das wird ihn wieder zurückwerfen, seinen Geist endgültig verwirren.«

Mit offenstehendem Mund verfolgte Ruhnert, wie sich Doktor Hollmann herumwarf und zurück zu ihrem Wagen lief. Die durchdrehenden Reifen zeigten ihm deutlich, wie eilig sie es haben musste. Der kleine Flitzer raste die Lerchenstraße hoch, überfuhr eine rote Ampel an der großen Kreuzung im Stadtwald, um anschließend die letzten Kilometer über die Heisinger Straße zu heizen.

Schon von Weitem erkannte sie die Polizeifahrzeuge, die am Rande des Schellenberger Waldes abgestellt worden waren. Sie stellte ihren Mini am Straßenrand ab und arbeitete sich zu Fuß an das Haus des Grauens heran. Weit und breit war von den Männern des Einsatzkommandos nichts zu sehen.

- Kapitel 43 -

Das schwere Holztor schloss sich hinter dem BMW, der bis auf wenige Zentimeter in den Verschlag passte. Pehling wickelte einen Draht um die Halterungen an den Toren, damit sie nicht vom Wind aufgeweht werden konnten. Er wollte schließlich kein Risiko eingehen. Durch das hintere Fenster warf er noch einen Blick auf den Mann, dessen Kopf in einem unnatürlichen Winkel zum Rest seines Körpers stand. Sein Blick war gegen den Wagenhimmel gerichtet. Pehling hatte Mühe, den kräftigen Kladicz wieder auf die Schulter zu heben, da dieser mittlerweile aus der Betäubung erwacht war. Ein kräftiger Hieb gegen den Hals ließ wieder Stille einkehren. Hände und Füße waren mit Kabelbindern gefesselt, den Mund überspannte ein Panzerklebeband.

Pehling warf den Gangster neben die hölzerne Falltür, öffnete sie und stieß sein Bündel mit dem Fuß in die dunkle Tiefe. Ein Stöhnen erklang aus der Tiefe. Pehling stieg vorsichtig hinunter, nicht ohne sich zuvor noch ein letztes Mal umgesehen zu haben. Die Stille des Waldes war beeindruckend. Selbst die Vögel hatten ihren Abendgesang eingestellt und schienen sich verzogen zu haben. Die Holzverschläge schlossen sich über seinem Kopf. Diesmal verriegelte er sie von innen.

Er wusste genau, wo er die Kerzen suchen musste, die ihm den Weg auf dem moosbedeckten Kellergang beleuchten würden. Der Stoppelhaarschnitt des Serben erlaubte es Pehling nicht, ihn wie die anderen Opfer an den Haaren in seine Kammer der Freuden zu schleifen. Er ergriff die Beine und zerrte den sich windenden Körper hinter sich her. Die Kammer war mit elektrischem Strom ausgestattet. Die schwachen Lampen beleuchteten den Raum zumindest so weit, dass Kladicz sich umsehen konnte. Was er zu sehen bekam, diente nicht dazu, ihn zu beruhigen.

Das Zuschlagen der Tür ließ ihn zusammenfahren. Aus seiner Position am Boden wirkte die ohnehin imposante Gestalt seines Gegners noch gewaltiger. Das geheimnisvolle Lächeln machte ihn zusätzlich unsicher. Ständig bemühte er sich darum, das Klebeband durchzubeißen, um endlich sprechen zu können. Pehling bückte sich und riss das Klebeband mit einem kräftigen Ruck ab. Für den Schrei des Gepeinigten fand er nur ein mildes Grinsen.

»Was willst du Teufel von mir? Glaubst du, ich weiß nicht, wer du bist? Ich habe mit dir nichts zu tun, war dir nie im Weg. Was soll das also? Wir hören an dieser Stelle mit dem Wahnsinn auf und du lässt mich frei. Ich kann mir vorstellen, dass du aus diesem beschissenen Land verschwinden willst. Das Geld kann ich dir geben – viel Geld. Ich kann mir mit meinem Geld die halbe Welt kaufen. Damit kannst du dir irgendwo ein schönes Leben machen. Also entferne endlich diese Kabel von meinen Händen. Ich werde sonst richtig sauer.«

Die Handkante traf Kladicz wieder direkt auf der Hals-schlagader und ließ ihn augenblicklich verstummen. Pehling warf ihn auf den Tisch und befestigte zwei Metallschlaufen um die Handgelenke. Nachdem er die Kabelbinder durch-trennt hatte. Mit der Winde zog er den Oberkörper des Gangsters immer höher, bis er den Boden unter den Füßen verloren hatte. Wie ein Sack hing er in den Ketten und schaukelte hin und her. Das Skalpell in Pehlings Hand trennte fein säuberlich die teure Kleidung vom Körper seines Opfers. Kladicz hatte stets darauf geachtet, dass sein Body nahtlos braun und durchtrainiert war. Vor Pehling hing ein Männerkörper, der vielen seiner angestellten Mädchen Freu-den, aber auch schlimme Qualen bereitet hatte.

Langsam kam das Bewusstsein zurück, das für Kladicz zum bösen Erwachen wurde. Sein Blick irrte durch die Folterkammer und blieb an der langen Eisenstange hängen, die Pehling in seinen Händen wog. Kladicz hatte noch nicht damit begonnen, sich über den Zweck dieses Werkzeuges Gedanken zu machen, als das Metall hart gegen seine Knie-scheibe schlug. Pehling wusste aus eigener Erfahrung, welche Schmerzen eine zertrümmerte Kniescheibe bescheren konnte. Dem Schmerzensschrei folgte ein Zwei-ter, als das dumpfe Knacken die Zerstörung des anderen Knies begleitete. Die Schreie gingen in ein leises Wimmern über, da Kladicz drohte, wieder in eine Ohnmacht zu fallen. Pehling goss ihm einen kompletten Wassereimer ins Gesicht, was den Gangster wieder zur Besinnung brachte.

»Hör auf damit, du Arschloch. Was willst du haben? Eine, oder zwei Millionen. Ich gebe sie dir. Ich habe genug Gold für dich. Nur hör mit diesem Wahnsinn auf.«

»Was du dreckiges Schwein Wahnsinn nennst, hast du bisher anderen zugemutet. Hast du da Erbarmen gezeigt? Du hast dich an ihren Schmerzen ergötzt, es wie eine Droge genossen. Nun wirst du kennenlernen, wie es sich anfühlt, auf der anderen Seite zu stehen. Aber habe Geduld, wir sind erst am Anfang des Spiels.«

Pehling sortierte seine Instrumente und griff außer zum großen Skalpell auch die Knochensäge. Damit ging er langsam auf Kladicz zu und begann sein perfides Werk, das er als Kunst bezeichnete.

Die SEK-Einheit hatte das efeubewachsene Haus komplett umstellt. Von irgendwoher, aus den Tiefen der Mauern, hörten alle ganz gedämpft beängstigende Schreie, die das Blut selbst dieser trainierten Männer gefrieren ließ. Sven hatte sich der Falltür genähert und versuchte, eine der Türen anzuheben. Nach dem dritten Versuch gab er auf. Auch er vernahm die unmenschlichen Schreie dahinter. Mit dem Ärmel wischte er sich den Schweiß von der Stirn, der sich schlagartig gebildet hatte. Seine Beine zeigten das erste Zittern, gaben schließlich völlig nach.

Ein Beamter, der neben ihm auftauchte, konnte Sven im letzten Augenblick auffangen. Zwei Kameraden kamen ihm zu Hilfe. Gemeinsam trugen sie Sven zur Seite, legten ihn auf einen Bretterstapel.

»Sofort den Krankenwagen, der Mann steht unter einem schweren Schock. Alle Anderen aus Gruppe eins folgen mir zur Haustür. Wir werden jetzt in das Haus eindringen. Kohler, wo ist die Ramme. Ich brauche hier sofort die Ramme! Ausführung!«

Das Zersplittern des massiven Holzes drang durch das gesamte Haus. Schattengleich verteilten sich die in schwarz gekleideten Männer in den Räumen im Parterre. Die Kellertür war nur angelehnt. Vorsichtig sah der Gruppenleiter hinunter in den dunklen Schlund des Kellers. Neben dem ekelig muffigen Geruch drang der dezente Schein eines Lichtes zu ihnen hinauf. Jeden Lärm vermeidend, die Waffe im Anschlag schlichen sie die steilen und glatten Stufen hinunter. Die Sicht war schlecht.

Die Lampen auf den Läufen ihrer Waffen stachen wie Lanzen durch die Dunkelheit. Sie leuchteten notdürftig den schmalen Gang aus, der nur in einer Richtung den Schein einer Lampe zeigte. Geduckt näherten sie sich einer Tür, die nur angelehnt war. Bei dem Kommando drei sprangen die Beamten mit vorgehaltener Waffe in den Raum und blieben wie angewurzelt stehen.

Jeder von ihnen hatte das Fahndungsfoto des gesuchten Kladicz gesehen. Nur wenig von dem, was an die Wand genagelt vor ihnen hing, erinnerte noch an diesen kräftigen Mann. Durch Hände und Füße waren dicke Nägel getrieben worden. Die Beine bestanden nur noch aus einer blutigen Masse. Doch was die Männer besonders schockierte, waren die Organe, die sauber herausgetrennt worden waren und nun, mit Draht befestigt, auf den Körperstellen festgeklammert waren, unter denen sie einst ihre Arbeit verrichtet hatten. Das Gesicht war unverletzt, zeigte aber in schockierender Deutlichkeit, welche Qualen dieser Mann in den letzten Minuten seines Daseins durchlebt haben musste.

- Kapitel 44 -

»Habt ihr ihn auch überall gesucht?«

Sven hatte sich wieder von seiner Trage erhoben, auf die man ihn gelegt hatte. Die Beruhigungsspritze hatte eine wohltuende Wirkung. Er probierte, zu gehen, was auch relativ problemlos gelang. Auf wackligen Beinen stand er vor dem Haus, das für ihn den Vorhof der Hölle darstellte.

»Zwei Mann kommen mit mir. Der Rest sucht weiter im Umfeld und im Haus. Der kann sich nicht in Luft auflösen.«

Sven suchte mit der Lampe den Weg, den er schon einmal gegangen war. Endlich fand er den kleinen Schuppen und die offenstehende Tür. Die Worte, die er vor sich hinmurmelte, verstanden die Männer klar und deutlich.

»Dass ich das aber auch vergessen konnte. Verdammte Scheiße. Dieser Ausgang war mir völlig entfallen. Sucht bitte die Flächen um den Schuppen ab. Der ist hier rausgekommen, da bin ich mir sicher.«

Die Männer verteilten sich. Sven entdeckte das frisch aufgeworfene Laub sofort und folgte der Spur durch den kleinen Wald. Nur das Rascheln des Laubes, das er beim Gehen aufwarf, drang durch die Stille des Waldes.

Mit gezogener Waffe im Anschlag schob er sich von Baum zu Baum, jede Deckung ausnutzend. Jeden Augenblick erwartete Sven einen Angriff. Der Ruf eines Kauzes ließ ihn zusammenfahren. Sven verfluchte sich dafür, dass er plötzlich diese tiefe Angst spürte, die ihn fast lähmte.

Er stolperte in den Straßengraben der Landstraße, robbte durch das brackige Wasser. Nachdem er die Straße überquert hatte, fand er die Spur wieder im Waldboden. Sie führte hinunter zum nahen Seeufer. Nur schemenhaft erkannte er die Uferböschung, die schließlich in einem Anlegesteg überging. Sven trieb sich zur Eile an, da er das Plätschern des Wassers hörte. Ein Boot – da ruderte jemand mit einem Boot. Er hörte, dass die Paddel ins Wasser getrieben wurden. Er rutschte wie ein Besessener den Hang hinunter, immer darauf bedacht, seine Waffe nicht zu verlieren.

Die Umrisse des kleinen Bootes verwischten mit der Schwärze, die sich über den See gelegt hatte. Nur noch wenige Meter trennten ihn vom Steg, als er den Schatten der Frau erkannte, die am Rand des Ufers stand. Sie versperrte die Schussbahn. Er ließ den Arm mit der Waffe, die zuvor auf die verschwimmende Kontur des Mannes im Boot gezielt hatte, resigniert sinken. Karin sah sich nach ihm um. Ihr Blick war ein einziges Flehen.

- Nachwort -

Liebe Leserinnen und Leser

Hat Sie dieses 2. Buch aus meiner Serie wieder gut unterhalten können und die erwartete Spannung geliefert? Das hoffe ich sehr. Weitere Romane aus meiner Feder finden sie im Anhang, Fortsetzungen der Serie werden folgen.

Eine große Hilfe für andere Leser, aber auch für uns Autoren ist stets eine von Ihnen verfasste Einschätzung. Der Leser weiß dann, worauf er sich einlässt, der Autor bekommt einen klaren Blick für die Gefühlswelt seiner Leser. Ich würde mich über eine ehrliche Rezension freuen.

Persönliche Anmerkungen und ein Feedback können Sie mir gerne unter harald2066@gmx.de zukommen lassen. Sie erhalten garantiert zeitnah eine Antwort von mir.

Aber auch Mitglieder, die bei LovelyBooks aktiv sind, können sich dort gerne zu meinen Büchern äußern.

Ich würde mich sehr darüber freuen, wenn ich Sie auch in Zukunft spannend unterhalten dürfte.

Ihr H.C. Scherf

ISBN 978-3746067858

Band 1 aus der Serie Spelzer/Hollmann

Als Taschenbuch und Ebook in allen Buchhandlungen und Online-Shops.

Inhalt:

Der Wald rund um die Ruine der Essener Isenburg - eine Oase der Ruhe und des Friedens. Das ändert sich mit dem Fund einer ersten, grausam zugerichteten Leiche.

Kommissar Sven Spelzer, als erfahrener Leiter der Mordkommission, begegnet einem Serienkiller, der präzise seine unvorstellbaren Taten plant.

Der Täter preist seine Morde als Kunstwerke.

Wenn bisher ein System sein Wirken steuerte, so ist es die Gier Außenstehender, die eine unfassbare Lawine der Gewalt auslöst.

Gemeinsam mit der Rechtsmedizinerin Karin Hollmann begibt sich Spelzer auf die Suche nach dem Wahnsinnigen. Sie ahnen nicht, welche Hölle die Bestie schon für sie vorbereitet hat.

Kalendermord - der erste Fall für dieses Ermittlerteam, der sie sofort an ihre Grenzen zwingt.

ISBN 978-3744873024

Als Taschenbuch und Ebook in allen Buchhandlungen und Online-Shops.

Inhalt:

„Gib diese Frau auf, denn die Zeit auf dieser Erde ist endlich ... besonders für sie."

Die Warnung ist eindeutig, die der erfolgreiche Schriftsteller Jan Hellman
in dem Umschlag vorfindet.
Niemals wieder hat er eine Verbindung eingehen wollen. Die Trennung von Claudia
saß noch wie ein Stachel in seinem Herzen. Sein Single-Dasein war beschlossen.
Doch das Schicksal hatte eigene Pläne gehabt. Sandra veränderte alles.
Jetzt aber hält er diesen Drohbrief in den Händen.
Bei Jan Hellmann und den eingeschalteten Ermittlern keimt der Verdacht, dass ihn der
Gegner gut kennen muss.
Lebt der Verursacher dieser Grausamkeiten in einem vertrauten Umfeld?
Ekelige Tierkadaver und weitere Drohbriefe verstärken die Angst.
Perfekt getarnt treibt der Täter sein perfides Spiel. Die Einschläge, die Opfer und
Polizei weiter rätseln lassen, kommen immer näher, werden immer brutaler.
Eine Liebe, an deren Erfüllung sich mit jeder gelesenen Seite die Zweifel mehren.
Eine Beziehung, die direkt auf den Vorhof der Hölle zusteuert.

H.C. SCHERF

THRILLER

Der Flug der
Libellen

ISBN 978-3744869997

Als Taschenbuch und Ebook in allen Buchhandlungen und Online-Shops.

Inhalt:

Seit Jahren verschwinden Prostituierte im Ruhrgebiet.

Keine Leichen. Keine Spuren.

Nichts kann den Killer aufhalten.

Die erst 10jährige Andrea Lesbe und ihr gleichaltriger Freund leiden schon in der
Schule unter Mobbing. Die Mitschüler machen ihnen das Leben zur Hölle.

Was die Kinder zu diesem Zeitpunkt nicht wissen können:

Ein Hurenmörder beginnt gleichzeitig sein perfides Werk.

Unaufhaltsam verbindet sich ihr Schicksal mit dem des irren Killers.

Als Andrea als Erwachsene wieder in ihre Heimatstadt Essen zieht, trifft sie nicht nur
auf den einstigen treuen Freund.

Sie begegnet auch einem geheimnisvollen Fremden, der sie magisch anzieht.

Hauptkommissar Schlicht ermittelt mit seiner Soko seit 16 Jahren erfolglos im Fall
eines vermissten Kindes und der beängstigenden Mordserie. Erst als der Killer die
Abstände seiner grausamen Taten verkürzt, finden sich erste Spuren.

Damit das Geheimnis um den Serienkiller gelüftet werden kann, müssen die Betei-
ligten in den Vorhof zur Hölle hinabsteigen.

Erst dort begegnen sie der grausamen Wahrheit.

»Ein Thriller, der die schmale Kluft zwischen Normalität und dem menschlichen
Wahnsinn spannend beschreibt.«

ISBN 978-1511436229

Als Taschenbuch und Ebook

Inhalt

Die beschauliche Idylle des Sauerlandes möchte der aus Kanada stammende Schriftsteller Patrick Schreiber eigentlich nutzen, um Depressionen und Alkoholprobleme in den Griff zu bekommen. Der Herbstwald offenbart ihm allerdings ein schreckliches Geheimnis und einen Serienmörder, der ihm weit überlegen scheint. Mit Gewalt wird er in einen Sog aus Mord, Lynchjustiz und Intrigen gezogen. Um diese ungewöhnlich brutalen Frauenmorde aufzuklären, schaltet sich der bärbeißige LKA-Mann Franz Kalkove ein.

Fehlende Spuren lassen die Ermittlungen lange ins Leere laufen. Weitere Morde können dadurch geschehen. Die Dorfgemeinschaft entpuppt sich als trügerische Fassade. Erst als sich diese beiden eigenwilligen Typen solidarisieren, scheint eine Lösung dieses Falles möglich. Dazu müssen Schreiber und eine alte Liebe aber erst durch eine wahre Hölle gehen.

Mit Wortwitz wird der Leser durch das Geschehen geführt, ohne dennoch auf den erwarteten Grusel verzichten zu müssen. Nach der Lektüre wird man die kleinen Orte und Wälder rund um das sauerländische Winterberg mit ganz anderen Augen sehen. Nichts wird mehr so sein wie vorher.

ISBN 978-3741275203

Als Taschenbuch und Ebook in Online-Shops und im Buchhandel

Inhalt

Täglich gibt es in Deutschland etwa vierzig Fälle von Kindesmissbrauch. Die Dunkelziffer ist jedoch höher, denn viele Opfer und ihre Angehörigen schweigen, aus Scham, aus Angst. Heilt die Zeit diese Wunden? Kann der Mensch erlittenes Leid vergessen? Tina muss sehr bitter erfahren, was es bedeutet, wenn Gespenster der Vergangenheit lebendig werden. Wohlbehütet aufgewachsen, begegnen ihr plötzlich Grausamkeiten, die sie sich nie hätte vorstellen können. Die Gräueltaten eines Sexualtäters verknüpfen sich unaufhaltsam mit dem Schicksal ihrer Familie.

Ein Thriller, der nicht loslässt. Er nimmt den Leser mit in eine Welt, die direkt neben uns existiert. Eine Welt, mit der viele Menschen selbst Erfahrungen sammeln mussten und es aus unterschiedlichsten Gründen totschweigen.

Der Autor möchte mit seiner Geschichte nachdenklich machen und zu Diskussionen anregen. Gibt es hier nur Schwarz und Weiß, nur Gut und Böse?

Eine Geschichte, frei erfunden, doch grausam nah an der Realität.

ISBN 978-3741226458

Als Taschenbuch und Ebook in Online-Shops und im Buchhandel

Inhalt:

Als Nicole Manfred Kirchner begegnet, glaubt sie, den Richtigen für ein blei-
bendes Glück gefunden zu haben. Als das Monster die Maske fallen lässt, ist es
schon zu spät. Nicole muss einen sehr hohen Preis bezahlen: Sexueller Miss-
brauch, grausame Misshandlung und kriminelle Machenschaften treiben Nicole
fast in den Freitod.

Ihr Weg kreuzt den eines älteren Mannes. Nun erfährt sie, dass es auch
Menschen gibt, die Hilfsbereitschaft und Freundschaft über ihre eigene Sehnsucht nach Liebe stellen. Doch Manfred Kirchner ist nicht der Mann, der sein
Opfer so schnell aus den Klauen lässt. Das Schicksal treibt ein makabres Spiel
und zwingt zwei Menschen an die Grenze des Zumutbaren.

Wird Nicole sich befreien können? Erkennt sie das wahre Glück und greift
danach? Kennt das Glück wirklich kein Erbarmen?

Der Autor lässt den Leser wie schon in seinen beiden vorangegangenen
Romanen tief in die dunklen Seiten des menschlichen Zusammenlebens eintau-
chen und bietet viel Stoff für Diskussionen.

ISBN 978-3741299056

Als Taschenbuch und Ebook in allen Buchhandlungen und Online-Shops.

Inhalt:

Alfred Reimann, dreiunddreißig, Single, gut aussehend, Jungfrau.
Bis heute lief das Leben des liebenswerten Finanzbeamten und seiner Teddy-
dame Bienchen in geordneten Bahnen. Noch weiß er nicht, dass sich dieser
Zustand mit dem Einzug der süßen Nachbarin Verena ändern wird. Ein glücklicher Umstand führt sie zusammen.
Seine Mutter ist davon alles andere als begeistert, denn in ihren Augen wollen
junge Frauen wie Verena nur das Eine. Und dieses Chaos wird sie zu verhindern
wissen!
Mithilfe von Verena und dem kauzigen Pfarrer Hollerberg stolpert Alfred in das
eine oder andere Abenteuer. Ob er auf den Reisen sein Glück findet, bleibt abzuwarten ... Ein rasanter Liebesroman mit dem gewissen Schmunzelfaktor.